LÉON ZACOT

LE PRINCE DE MÉADI
OPÉRATION NOA

DU MÊME AUTEUR

Moi Lollo, Prince de Méadi, Éditions Maïa, 2017
Opération Maadi, Éditions Maïa, 2018

Inspiré de faits historiques qui ont défrayé la chronique en décembre 1969 l'auteur propose une interprétation fictionnelle pour cette énigme.

CHERBOURG

– Comme d'habitude, monsieur Robert ?

Le barman a reconnu son client.

David acquiesce d'un hochement de tête.

– Comme d'habitude, Philippe.

Le barman sort la bouteille de jus de tomates, verse le contenu, avec élégance, dans un verre rempli d'un seul glaçon, ajoute une pincée de sel de céleri, un brin de persil, saupoudre de poivre, conformément au rituel pratiqué tous les soirs à dix neuf heures.

David, le Prince de Méadi, devenu Robert Garnier pour la circonstance, a gardé ses habitudes du London Club de Marseille, du temps où il avait été recruté par le Mossad, les services secrets israéliens, orchestrés par Sarah qui l'avait séduit et dont il avait été follement amoureux.

Elle l'avait persuadé de servir l'État d'Israël, l'avait convaincu, conditionné et métamorphosé, pour accomplir et réussir, sa première mission, pour le Mossad l'« Opération Maadi ».

Après sa sélection, un entraînement complet et intense, David, le « Prince de Méadi », agent secret du Mossad, avait rempli son mandat.

Mission, qui devait être une de celles, qui a permis à l'État d'Israël, de gagner la Guerre des Six Jours, puisque les plans des bases des missiles et des avions, avaient été subtilisés, par Sarah et David, chez le colonel Ramis l'ancien camarade de classe de David à Maadi, banlieue du Caire en Égypte.

Une guerre éclair qui n'a duré que six jours.

C'était surtout la guerre de la réunification de Jérusalem, de la neutralisation du Golan et de la récupération des zones de Cisjordanie, pour la sécurisation de la Terre retrouvée.

Israël.

L'État d'Israël.

État, âgé de vingt ans, Israël pouvait enfin envisager d'imposer par les armes, une frontière plus calme avec ses voisins arabes, qui voulaient sa destruction.

David avait choisi.

Pendant les missions ordonnées par le Mossad, il n'abandonne pas sa richissime situation d'homme d'affaires. Il continue, pour une façade crédible, à surveiller et diriger l'entreprise familiale florissante dans le commerce du textile, implantée en 1956 à Marseille, depuis son expropriation d'Égypte par le Colonel Gamal Abdel Nasser et devient, conjointement, l'agent le plus chevronné des services secrets israéliens.

Il a choisi de vivre autrement.

Exister.

Exister différemment, plus intensément, en consacrant la plus grande partie de sa vie, à la défense du pays, où il avait vu le jour, trente-six ans auparavant, s'engageant, avec conviction et fidélité à suivre les règles et les commandements du Mossad.

Israël.

Trois mois, qu'il a quitté Londres pour Cherbourg.

Quatre mois, qu'il n'a plus revu Myriam.

Six mois, qu'il n'a pas vu ses parents.

Une heure, qu'il est au Café de Paris à attendre.

Attendre un couple.

Il sirote son verre de jus de tomates.

David, respectant les consignes de sa préparation, de sa formation d'agent secret, est en poste, attentif.

Ce soir, dans le cadre de sa mission, il doit observer, sans être repéré.

C'est « ce soir ».

À Cherbourg.

Une ville du nord de la France, peu accueillante, au climat triste et aux conditions de vie pénibles.

Depuis son arrivée dans cette ville, il s'est adapté, avec beaucoup de difficultés, à son nouveau mode de vie d'agent commercial dans le textile. Il a troqué son costume trois pièces, d'homme d'affaires, acheté à prix d'or à Savile Row, le quartier de Londres où sont implantés les plus grands tailleurs, contre un deux pièces, acheté dans un modeste magasin de prêt-à-porter.

Il a aussi, oublié ses habitudes bourgeoises, héritées de sa famille en Égypte, abandonné ses coutumes de « fils à papa » de la cité méridionale, celle du Mistral et du Pastaga, pour devenir un anonyme représentant de commerce.

Il a surtout décidé, depuis deux ans, avec beaucoup de chagrin et d'amertume, de s'éloigner de ses parents, Sultana sa mère, qui lui a donné le jour à Jaffa maintenant Tel Aviv et Samuel son père, richissime commerçant venu d'Izmir, ville florissante sous l'Empire Ottoman, installé en Égypte pendant la royauté, et le protectorat anglais.

Les deux familles d'origine judéo-espagnole, rescapées de l'expulsion, décrétée par Isabelle la Catholique en 1492, se sont unies après un long périple à travers les terres Ottomanes. L'alliance commerciale des deux familles, construite autour du commerce des tapis et celui des tissus, a permis le développement de leur négoce à partir du dix-neuvième siècle, pour s'imposer sur le territoire turc et devenir une force économique, protégée et aidée par les sultans en place.

Les épidémies de choléra, la montée de l'antisémitisme ont eu raison de ces familles obligées d'émigrer vers d'autres contrées plus accueillantes, plus sûres. L'Italie, la France pour les familles Carasso et Camondo, l'Égypte sous la protection des anglais, et de l'Empire Britannique, pour les parents de David.

Ses parents, lui ont donné une vie douce, heureuse, d'homme cultivé et comblé.

Il a su poursuivre et pérenniser les affaires du textile, les faire prospérer sur le plan du commerce international, ce dont son père était fier.

C'est ce soir.

Au Café de Paris.

Ce soir, au cours duquel David va pour la première fois découvrir, sans le montrer, un couple qui doit venir dîner.

Depuis l'« Opération Maadi », il organise sa vie, entre Marseille, Londres, Tel Aviv et le reste du monde, quand les missions l'exigent.

Apprécié à cause de ses connaissances industrielles et commerciales, il fait maintenant partie de l'élite des membres de l'organisation pour ses qualités d'analyste et de fin stratège. Le Mossad l'a sélectionné, au vu de ses compétences de négociateur, mais aussi et surtout, choisi pour ses dons de séducteur.

Recruté à Marseille, par Sarah, dont il était fou amoureux, il reconnait que sa nouvelle vie, plus excitante, lui apporte des joies et des moments fabuleux qu'il n'aurait jamais pu connaître, comme « fils à papa », riche industriel, reclus dans sa ville d'adoption.

Après sa première opération, réalisée avec Sarah, il partage à présent sa vie au gré des missions avec Myriam, militaire de Tsahal, sa compagne rencontrée à Beer-Sheva. Ils arrivent à se voir le plus fréquemment à Londres où David a installé ses quartiers depuis deux ans.

La Guerre des Six Jours, couronnée par la victoire des forces israéliennes en 1967 sur les armées Arabes, a pu réunifier, au grand bonheur de Myriam, de David, et de tous les juifs du monde, la ville de Jérusalem. Ce succès leur a permis de manifester leur joie, en priant au mur des lamentations, vestige du Temple du roi Salomon, symbole du Judaïsme.

David, à présent, voyage beaucoup à travers le monde.

Son nouveau job consiste à établir des contacts dans les milieux influents de la finance et de l'industrie. Il doit s'infiltrer, habilement, discrètement dans les réseaux politiques, économiques et médiatiques des grandes capitales, et agir ponctuellement pour obtenir les renseignements servant la « Cause ».

Israël.

Le principal siège des services secrets israéliens qui encadrent les agents, en dehors d'Israël, est situé à Londres, base géostratégique des transactions internationales.

David a su établir au sein de la City, des liens particuliers avec l'entourage du premier ministre Harold Wilson, travailliste qui a succédé après l'affaire Profumo, au conservateur Sir Alec Douglas Home.

Son carnet d'adresse s'est enrichi de personnalités célèbres, au gré de ses actions, de ses liaisons amoureuses et aussi, de son confortable compte en banque.

Jouant au golf, au tennis, parlant parfaitement la langue de Shakespeare, David, élevé comme un prince en Égypte, instruit au Victoria Collège, avec des diplômes obtenus à l'université d'Oxford, n'a pas eu de mal à se glisser dans la peau d'un personnage du monde industriel, ni même à se faire surtout apprécier par les acteurs influents de la L.S.E., la bourse de Londres, à qui il a confié d'importantes sommes d'argent.

Il habite un luxueux appartement à Chelsea, rue King's Road, dans le quartier très chic de Myfair, tout prêt de la rue Albermale street, près du Browns Hôtel ouvert depuis 1837 et pas trop loin du studio Apple Corps des Beatles.

Ses ressources financières lui assurent un train de vie confortable et enviable.

Pour son intérieur, décoré avec minutie et raffinement, David a fait le choix d'une sélection rigoureuse de mobilier acheté chez les antiquaires de Londres où il aimait chiner.

Il a du goût.

C'est dans ce confort recherché qu'il reçoit les personnalités liées à son activité, sans jamais accueillir ni même rencontrer les membres de son organisation.

Comme agent, il se doit d'être plus que discret, comme on le lui a appris pendant sa formation. Personne ne doit soupçonner de signes religieux montrant son attachement au judaïsme qu'il garde par tradition mais aussi pour faire plaisir à ses parents, qui l'ont élevé dans une stricte observance de la religion.

Ce mode de vie d'homme fortuné lui sert surtout de couverture pour exercer en secret les missions que le Mossad lui confie. Il s'en accommode bien.

Il a toujours joué la prudence et n'a jamais abusé des moyens financiers pour se mettre à l'abri de certaines controverses possibles.

Mais, il le confesse, son péché mignon c'est « *l'amour des voitures de luxe* » qu'il camoufle du mieux qu'il peut. Il possède, en effet, à Marseille, une Porsche, reçue en cadeau de ses parents pour sa majorité. Il détient aussi dans son garage à Londres une vieille Triumph une Tr3 cabriolet rouge décapotable, de 1956, qu'il a achetée aux enchères. Il ne la sort jamais, sauf de temps à autres, le dimanche, incognito, accoutré de sa casquette bombée Ascot en tweed écossais, et de ses gants de conduite de Dent.

Il s'est vite adapté à la vie londonienne, fréquente régulièrement les pubs, mais son endroit préféré reste le vieux Ye Old Mitre Tavern où se côtoient, hommes d'affaires et personnalités connues, pour discuter et passer de bons moments.

Il sait séduire, aime les bonnes manières, s'habille *fashion* britannique chez le tailleur mondialement réputé Kilgour French Stanburry.

C'est un charmeur aux multiples aventures abouties et son cœur tendre se laisse facilement attirer par la gent féminine.

Il le sait.

Myriam sa compagne en Israël le sait aussi.

Elle accepte ses incartades, surtout s'il s'agit de missions pour la « Cause » : Israël.

Il a dominé la naïveté de son grand cœur qui ne lui permettait pas toujours de comprendre l'univers féminin ; surtout les femmes fatales, celles qui utilisent le pouvoir de leur sensualité, de leur sexualité.

Il peut à présent les conquérir sans aucun état d'âme.

Il le sait.

Il en profite.

Le Mossad et ses chefs le savent aussi.

C'est pour cette raison qu'ils l'ont choisi, connaissant l'importance et l'influence des dispositions sexuelles dans des relations stratégiques complexes.

Notamment celle pour laquelle ils l'ont missionné à Cherbourg.

David se rend régulièrement au Q.G. du Mossad, à Twickenham, situé à une quinzaine de kilomètres de Londres, dans une vieille maison sans signes extérieurs particuliers, pour rencontrer ses contacts membres du réseau, établi en Angleterre depuis la création de l'État d'Israël en 1948.

Londres.

Le Mossad lui confie une mission de la plus haute importance : l'« Opération Noa ».

C'est à Londres, au début de 1969, dans le cadre de son action secrète, que Robert Garnier, alias David, « le Prince de Méadi », a pu, à plusieurs reprises, rencontrer dans la plus stricte discrétion, les responsables de l'industrie norvégienne proches des milieux juifs et du rabbin Melchior à Oslo.

Il a étudié longuement les rapports transmis par les enquêteurs sur leur personnalité et leurs traits de caractères, avec les détails de leur vie professionnelle et leur vie sentimentale.

Il devient, à cette occasion, l'émissaire de l'entreprise française des C.M.N (Constructions Mécaniques de Normandie), qui doit permettre la transaction avec une société norvégienne dont le siège est au Panama.

Les services secrets israéliens sont à l'origine de cette création et Robert Garnier mis au courant, devra, comme l'exige sa fonction, gagner la confiance de Monsieur Siem, le président cette société, la Starboat and Oil Driling Compagny, pour établir un contrat d'achat validé par les autorités françaises portant sur cinq vedettes.

Fabriquées à Cherbourg, capables d'être armées de missiles, elles sont prévues pour des actions militaires.

Ces vedettes, en partie payées, auraient dû être livrées à Israël.

La politique française en a décidé autrement.

L'embargo des armes, les a immobilisées aux quais de l'entreprise :

C.M.N en difficulté financière. Celle-ci qui a un besoin imminent de récupérer le solde de la commande fait pression sur les autorités françaises pour trouver un arrangement.

La société norvégienne se propose de les racheter pour les utiliser à des fins d'exploitation pétrolière, et dans le même temps, Israël s'engage, d'une façon politiquement habile, avec le gouvernement français à renoncer à ses vedettes et consent à les céder à la compagnie norvégienne.

La transaction tout à fait légale rassure tout le monde.

Mais...

L'« Opération Noa » est claire : Israël, veut, et doit en réalité, récupérer et rapatrier coûte que coûte les vedettes arrimées dans les chantiers des C.M.N à Cherbourg. Les cinq vedettes seront vendues à la Norvège mais elles iront... en Israël à Haïfa.

David prend son verre, se dirige au fond du Café de Paris, quai de Caligny, haut lieu de la gastronomie régionale, spécialisé dans les crustacés et les fruits de mer, qu'il fréquente régulièrement depuis son arrivée à Cherbourg, mais qui ne correspond pas du tout à ses goûts culinaires plutôt orientaux.

Dans ce restaurant, situé légèrement en hauteur de la ville, la cuisine raffinée, et la superbe vue sur le port attirent les hommes d'affaires mais aussi les cherbourgeois issus de la classe aisée.

Cependant, le décor des années cinquante est clinquant et n'a aucun charme pour séduire une clientèle étrangère à la ville.

Pour le patron peu importe, l'essentiel se trouve dans les assiettes.

Soigneusement entretenu, le comptoir en zinc, qui date certainement de l'époque d'avant la première guerre mondiale, résiste. Il brille toujours malgré les stigmates du temps, entretenu par les gestes répétés et délicats du personnel, qui reconnaît dans cette imposante structure réalisée sur mesure, la pièce emblématique de l'établissement.

Aux murs légèrement décrépis, des tableaux, évoquant les scènes de pêche, jaunis par la fumée du tabac, prétendent, sans succès, décorer le lieu.

Heureusement la vue sur le port atténue la situation. À travers des rideaux froissés et poussiéreux pendus aux fenêtres anciennes, le spectacle des bateaux, qui rentrent et qui sortent accompagnés des bruits des sirènes et les cris des mouettes, font l'attraction et satisfont le regard des clients qui jettent un œil de temps en temps au cours de leur repas.

L'odeur du poisson, qui a étouffé celle des légumes préparés soigneusement par le chef, s'oublie peu à peu, au fil du temps, par les clients de passage et même par les habitués occupés à savourer les plats mijotés.

L'établissement est un des rares restaurants de la ville prisé par les nantis et les notables, la plupart fonctionnaires et militaires travaillant au port.

David fréquente ce lieu depuis trois mois.

Il s'assoit à l'abri des regards, nostalgique, le coude sur la table, sa main tenant son front, pensant à Myriam, pensant à Jérusalem, à sa première mission à Maadi, et à ses parents qu'il voit de temps en temps en transit à Marseille.

Que vient faire David dans ce trou ?

Le Mossad l'a dépêché à Cherbourg.

Il a obéi.

Loin de Marseille, de Londres et de Tel Aviv.

Il a, depuis trois mois, pris ses habitudes, structuré sa vie, pour sa nouvelle mission dans cette région, qu'il n'affectionne pas particulièrement.

Il vient régulièrement tous les soirs, au Café de Paris, vers 19 heures pour boire son jus de tomates en guise d'apéritif avant son repas.

En service commandé.

En observateur d'abord, en acteur par la suite.

Ici à Cherbourg, pour la mission « Opération Noa ».

Cherbourg, ville du nord de la France, s'est développée après la Deuxième Guerre mondiale, surtout autour de la construction navale, et en particulier avec la réalisation de sous-marins nucléaires, dont celle du *Redoutable* lancé en 1967.

David se reconcentre sur son devoir programmé ce soir.

Attentif et discret, il a choisi un coin retiré du restaurant, loin du bar.

Les clients qui dînent sont nombreux.

Les tables réparties par ci, par là.

Des couples, des hommes d'affaires mais aussi des personnes seules.

Un homme, la trentaine, au teint basané, à l'allure un peu particulière, se tient à l'écart et attire le regard de David, formé pour observer et analyser les éléments de risques et de menaces.

Il remarque que l'inconnu a des mouvements répétitifs anormaux de la tête, se mordille les lèvres, fronce les sourcils sans arrêt, clignote des yeux.

Son assiette est pleine.

C'est la première fois que David le voit, depuis qu'il vient, et conclut qu'il n'appartient pas à la bourgeoisie et encore moins à la population locale, et qu'il représente cependant un risque potentiel de danger non négligeable.

Il se méfie.

David appelle le garçon pour passer la commande.

Il a le temps. La cible déterminée n'est pas encore là.

Ceux qu'il guette, ne sont pas arrivés.

Il ne les connaît pas, ne les a jamais vus, mais il a leur signalement.

Il sait aussi qu'ils ont réservé une table pour 20 heures.

Il attend, discrètement et patiemment, la venue d'un couple. Une femme et un homme, qui travaillent dans l'entreprise de Monsieur Félix Amiot, fondateur de la C.M.N.

Il pourra aisément les reconnaître grâce aux photos capturées par les agents des services secrets. Il a une description de leur apparence, leur allure et il est indiqué dans les rapports que la jeune femme au type suédois est très élégante et a beaucoup de charme.

Après la victoire de Tsahal sur les pays arabes, au cours de la Guerre des Six Jours en 1967, après le bombardement de l'aéroport de Beyrouth en 1968, la politique de la France a changé.

Le Général de Gaulle et son premier ministre, Georges Pompidou, issu de Normale Sup, professeur au Lycée Thiers à Marseille, puis directeur de la banque Rothschild, ont décrété l'embargo des armes vers Israël, suspendu la livraison des cinq vedettes militaires lance-missiles restantes, sur les douze qui avaient été commandées.

Israël ne l'entend pas de cette manière d'autant plus qu'une partie avait été payée.

Il lui faut, à tout prix, récupérer ces vedettes, qui sont le gage de sa protection et sont indispensables pour la défense et la sécurité de ses côtes et de son littoral méditerranéen. Surtout depuis que l'Égypte, ennemi d'Israël, s'est dotée de navires livrés par la Russie.

La possession de ces vedettes est devenue obligatoire, indispensable pour sa protection.

Les cinq vedettes sont à quai, au port de commerce, dans la darse de l'entreprise où travaille le couple qui doit venir dîner.

Ces vedettes sont sous surveillance étroite, dans un endroit du port extrêmement protégé.

Les vigies veillent.

Comment s'y prendre ?

Les interventions diplomatiques n'ont pas abouti.

Les transactions engagées sont un échec.

Le gouvernement présidé par Jacques Chaban Delmas et par Michel Debré, ministre de la Défense, ne cède pas.

Israël, qui ne peut supporter cette impasse, décide de mettre en place une stratégie, lancer la mission « Opération Noa », supervisée par l'amiral Mordechai L…. architecte de l'opération.

David, devenu pour cette mission un des premiers responsables, après son précieux et méticuleux travail d'approche avec les Norvégiens, doit installer et organiser à Cherbourg la vie des officiers marins israéliens, recrutés, formés par Tsahal et prêts à intervenir pour subtiliser les vedettes sans éveiller de soupçons sur Israël. Ils vivent clandestinement dispersés dans la région normande, dans le plus grand secret.

Des techniciens, déjà sur place depuis les premières livraisons, officiellement engagés dans les chantiers navals, travaillent avec les ingénieurs de l'entreprise conformément aux contrats passés avant l'embargo.

L'un d'eux, Yaacov, ingénieur maritime qualifié, d'une très haute compétence, est un élément important dans la stratégie choisie.

Robert Garnier, alias David, doit surtout se procurer le plan précis de l'emplacement des vedettes au quai, obtenir les clefs pour accéder aux pontons, connaître les modes d'amarrage au bollard, savoir le nombre de surveillants dans la vigie, et les horaires des quarts de travail.

Comprendre avec précision comment tout ce monde fonctionne.

Il doit fournir tous ces renseignements au commandant Moshe T.... affecté à Cherbourg, désigné et recommandé par l'amiral Mordechai L..., qui de Paris organise et coordonne l'opération.

David sait que le couple qu'il attend, fréquente ce restaurant et détient tous ces renseignements. Deux maillons dans cette structure qui séquestre les vedettes. Lui, ingénieur, elle, à la direction, bras droit du patron, qui possède les codes et les clefs.

Il les lui faut.

Il a été choisi pour cette mission.

Assis, il attend ce couple

Il a pu obtenir, par la discrète filature de ses agents, le rapport minutieux d'une enquête auprès des commerçants, et par des indiscrétions du voisinage, des renseignements sur la vie de ce couple.

Surtout des informations confidentielles sur la jeune femme qui occupe un poste de confiance hautement qualifié auprès de la direction.

C'est elle qui peut lui fournir toutes ces informations.

Elle seule.

Son mari, ingénieur, qui travaille dans les services techniques de l'entreprise où il occupe un poste qualifié, n'intéresse guère les services secrets.

David les voit arriver.

Il les reconnait.

Il admet que la femme élancée, grande et mince, possède la grâce d'un mannequin de mode. Sa démarche déhanchée, lente et rythmée est harmonieuse.

Il est séduit.

Elle s'assoit avec délicatesse à la table réservée, disposée à l'écart des autres.

Le maître d'hôtel, avec un certain empressement, marque une attention toute particulière envers ces hôtes, leurs présente avec déférence la carte des menus, puis énonce discrètement ses conseils sur le choix des plats.

Blonde, les cheveux lisses et longs, elle ressemble aux modèles des magazines, photographiées pour leur beauté plastique.

Un visage noble, épargné des marques du temps, elle dégage une sorte de candeur.

David est sous le charme.

Vêtue d'un tailleur gris perle et d'un chemisier blanc, la jeune femme au style recherché, affiche un goût certain pour les belles choses chic et sobres. Son sac « Chanel » bleu foncé, assorti à sa ceinture et à ses souliers, sont le signe d'une élégance étudiée. Elle porte un collier de perles blanches coordonnées aux boucles d'oreilles, qui donne un éclat supplémentaire à son visage, maquillé légèrement, mettant habilement en valeur ses yeux bleus.

Son mari à côté, insignifiant reste dans l'ombre.

David est ravi et motivé de devoir remplir une telle mission en pensant à la stratégie élaborée par le Mossad.

La séduire.

Il reste cependant interrogatif et marque un moment d'hésitations

Il réfléchit.

Sous cette apparence de divine créature, n'y aurait il pas l'âme du démon qui sommeille ?

Les ordres sont les ordres.

« Prudence », se dit-il. Le monde féminin qui lui a déjà joué des tours, reste une énigme et il a renoncé à trouver des explications cohérentes aux questions légitimes que se pose la plupart des hommes.

Séduit et oubliant son appréhension, il accepte le « challenge ».

Il est effectivement sous le charme de la jeune femme qui affiche cependant une mine plutôt agacée, irritée et qui ne semble pas du tout satisfaite d'être là. Pourquoi ?

Elle doit avoir des raisons.

Elle doit avoir des défauts.

Lesquels ?

Peu importe.

Sa beauté l'emporte, c'est suffisant.

Comment l'aborder ?

Quel stratège employer pour obtenir ses faveurs ?

Comment arriver à obtenir d'elle, secrètement, les renseignements réclamés par ses supérieurs du Mossad ?

Le défi de David, est clair et défini.

Il lui faut ces documents. Point.

Elle seule peut les lui fournir.

À lui de se débrouiller.

Au fond de lui-même, il est satisfait, et content de cette rencontre parce qu'il doit convenir que cette femme est belle, et qu'il retrouve l'émotion du jeune adolescent qui sent battre son cœur d'une façon intempestive,

Retiré dans l'arrière-salle, à l'abri des regards, David poursuit son repas sans montrer l'attention qu'il porte au couple. Il s'attarde en même temps sur l'homme à l'allure singulière qui bouge la tête possédé par ses grimaces.

Il observe les gestes délicats de la femme qui a l'air d'apprécier la dégustation des plats qui se succèdent contrairement à son mari qui, lui, reste indifférent.

Ils se parlent peu, ne se regardent même pas, signe d'une mésentente que note au passage David.

Le repas se termine, le couple s'en va, David, peu de temps après, règle les trente-cinq francs de l'addition se retire bien content de quitter ce lieu, où l'odeur du poisson et le bruit ambiant commençaient à lui être pesants.

— Bonsoir, Philippe, et merci.

— Bonsoir, monsieur Robert, à demain.

En s'en allant, David remarque que reste attablé, devant son assiette pleine, l'homme qui n'a pas arrêté de gigoter la tête.

SURPRISE

Habillée à la perfection.

Les détails comptent.

Les chaussures, la ceinture, le sac, tout est assorti.

La jeune femme se rend quotidiennement à son travail, dans les bureaux de la C.M.N., d'une manière régulière, accompagnée par son mari qui la conduit dans une DS 21 Citroën beige crème, acquise six mois plus tôt.

Ils quittent leur petite maison qui se trouve à quelques kilomètres de Cherbourg, dans le quartier retiré « les Roquettes », toujours à la même heure, accompagnent leurs enfants à l'école et se retrouvent le soir de manière ritualiste et sans fantaisie.

Le couple vit apparemment une vie tranquille.

Sauf que…

Sauf que Gérard, au bout de quinze années de vie commune, ne s'intéresse qu'à ses modèles réduits d'avions et de bateaux, qui l'occupent toutes les soirées et même les weekends, abandonnant sa femme Sylvie qui a renoncé de l'attirer à de meilleures attentions envers elle, comme au début de leur union.

« Elle avait dix huit ans, quand elle a connu Gérard, à l'université de Rennes, et avait été séduite par sa gentillesse et l'attention qu'il lui portait. C'était son premier amour, mais elle était obligée de convenir, secrètement, qu'il était malhabile avec elle, négligeant sa sensualité. Elle avait quand même donné naissance à deux enfants, respectant la traditionnelle morale de l'éducation reçue, et s'était contentée longtemps de cette situation de résignation. En réalité elle ne l'aimait plus, et avait mis fin à cette contrainte et soumission, cherchant ailleurs une pseudo-libération affective nécessaire pour son équilibre, mais psychologiquement inconfortable, pour la bourgeoise qu'elle entendait d'être. »

La filature minutieuse de Sylvie avait permis, aux services secrets du Mossad de démasquer une liaison adultérine et de révéler à David ses rendez-vous secrets, avec un jeune artiste, soixante-huitarde, très différent de son mari bourgeois normand.

Torturée pendant longtemps avant de franchir le pas de l'infidélité, elle avait décidé de mettre de côté la morale et les principes religieux devenus l'obstacle à son épanouissement.

Elle avait fait ce choix.

Un amant.

L'adultère.

Elle se rend régulièrement chez lui, le samedi, entre deux courses en ville, pour se sentir vivre. Il lui apporte de quoi oublier l'indifférence de son mari.

Après cet intermède physio-affectif, Sylvie retrouve son amie Isabelle rencontrée pendant ses études, d'abord à l'école primaire puis au Lycée Corneille de Rouen.

Elle lui sert d'alibi et de couverture.

Isabelle et Sylvie se connaissent bien.

Leur amitié a débuté pendant leur scolarité sous l'occupation allemande.

Elles ne se sont jamais quittées, sont restées fidèles et se voient régulièrement.

Isabelle, de son vrai prénom Rachel, rescapée de la Seconde Guerre mondiale, cachée et protégée par une famille normande, amie de ses parents déportés et exterminés à Auschwitz, est devenue enseignante de mathématiques comme son père, professeur dans les classes préparatoires au lycée Carnot à Paris. Elle a été élevée dans cette famille catholique normande, sans enfant, qui l'a mise en sureté, adoptée sans jamais lui donner d'éducation religieuse.

Ils ne lui ont jamais caché qui elle était. Elle savait que ses parents naturels et sa famille étaient d'origine juive, mais avec les années, ces souvenirs s'étaient estompés.

Isabelle n'a jamais mis les pieds à l'église. Ses parents adoptifs, respectant les convictions religieuses de leurs amis déportés, ne le lui ont jamais proposé. À huit ans quand elle posait la question : « pourquoi eux et pas moi ? » elle n'obtenait pas de réponse, n'insistait pas, se contentait d'étudier et de briller en mathématiques. Ils lui apportaient une affection très attentive et Isabelle qui avait compris qu'elle ne reverrait jamais ses vrais parents, les appelaient au fil du temps « papa, maman ». Son passé d'enfant juive s'effaçait d'année en année, mais son visage taciturne, ses yeux, témoignent d'une profonde mélancolie. Les longs moments d'isolement à s'interroger, ont provoqué des blessures intérieures dont elle ne se plaignait jamais.

Sylvie élevée, elle, dans une famille bourgeoise, de tradition catholique stricte, est une élève studieuse et appliquée qui obtient en 1950 son bac avec mention « très bien » qui lui permettra de franchir les portes de la faculté de Rennes. Elle obtiendra son diplôme de docteur en sciences économiques.

Les deux amies sont très proches. Sylvie peut confier ses secrets sentimentaux à Isabelle qui n'est pas mariée mais qui vit depuis peu avec un jeune médecin exerçant à l'hôpital de Cherbourg.

Isabelle admire la beauté de Sylvie, Sylvie jalouse les qualités intellectuelles d'Isabelle.

Mais il existe entre elles, une sorte de complicité qui transcendent leurs relations purement amicales.

Des liens quelque peu étranges, gardés pudiquement secrets, sans jamais avoir été révélés, ni par l'une ni par l'autre.

Il y avait tout de même ce pouvoir de séduction. De l'une sur l'autre.

Amitié ?

Un pouvoir de domination pour l'une ?

Une position de soumission pour l'autre ?

Refusé, refoulé ?

Inavoué, certes.

Admis, peut être.

Ce pouvoir de l'une sur l'autre.

Mais réciproque.

Équilibré ?

L'égalité dans ces rapports n'existe pas.

Pourtant l'interdit existe.

L'espace de la frontière est flou, les limites imprécises.

Vingt ans d'amitié.

Vingt années de complicité respectant les territoires intimes de chacune.

Isabelle avait bien été le témoin de son mariage, avait choisi avec elle le prénom de ses enfants, partagé son ascension professionnelle et participé à son évasion adultérine dans la discrétion la plus totale.

L'amitié ?

Sylvie n'intervenait jamais dans la vie d'Isabelle bien loin de la sienne, respectait ses choix, son mode de vie.

Elle était heureuse de pouvoir compter sur l'écoute d'une âme sœur.

Entre elles, l'amitié féminine réunissait tour à tour le monde des formules mathématiques, du progressisme et celui du paraître bourgeois, bravant secrètement les interdits d'une morale séculaire traditionnellement respectée.

Le Mossad, depuis plus de six mois, enquête, de manière très précise, sur ces deux jeunes femmes.

Il a déjà établi la stratégie d'approche et élaboré le plan pour subtiliser les informations et les documents concernant les vedettes réquisitionnées.

Sylvie devient le personnage central.

L'approcher d'abord, la convaincre de devenir *Sayan* (agent dormant) ensuite.

Obtenir d'elle tous les renseignements.

Isabelle, le vecteur.

Elles sont filées, espionnées depuis plusieurs mois.

Tous leurs faits et gestes sont notés, répertoriés, consignés par deux agents qui travaillent en binôme.

Ces deux enquêteurs, une femme docteur en psychologie, et un homme spécialisé dans les arts martiaux, les surveillent et ne les quittent presque jamais.

Ils prennent des photos, collectent les détails de leurs habitudes, interrogent le voisinage, les commerçants pour une analyse précise communiquée à leur chef le commandant Moshe.

Ce sont eux, qui ont décrypté le comportement et la relation des deux amies, échafaudé le plan retenu et la mise en place de la stratégie.

Le troisième, Yaacov, agent discret, qui travaille comme ingénieur maritime israélien aux chantiers navals depuis un an, va devenir, le pivot central de l'organisation, pour donner les clefs de la réussite de cette opération.

Né à Constantine, en Algérie, Yaacov a fait ses études en France. Il est parti en Israël une fois son diplôme d'ingénieur des Arts et Métiers en poche et d'une formation spécifique dans les techniques maritimes. Il est très vite remarqué pendant son service militaire, fait carrière dans Tsahal, où il est promu au grade de capitaine. Retraité de l'armée il a cependant été réquisitionné pour la mission « Noa » comme ingénieur qualifié dans le domaine maritime.

La méthode mise en place prend tournure.

Yaacov voit David régulièrement.

Ils se rencontrent discrètement, se concertent sur la manœuvre stipulée, suivant les ordres.

David doit impérativement séduire Sylvie.

Yaacov a approché d'abord Léon, jeune médecin, compagnon d'Isabelle, avec qui il a pu nouer des liens cordiaux par le biais d'un club d'échecs.

Les deux hommes, qui considèrent ce jeu comme une détente, aiment se retrouver. Le courant passe.

Ils jouent, tous les deux, le jeudi soir, dans l'arrière-salle d'un café situé au centre-ville, réservé aux joueurs d'échecs et aux amateurs de jeux de cartes.

Dans ce lieu, aux couleurs ternes, au décor rudimentaire, qui abrite une dizaine de tables alignées les unes aux autres, règne un silence profond, dans une atmosphère enfumée. Le regard concentré des joueurs indique aux accompagnateurs, la stricte observance des règles du jeu, impliquant cette sacro-sainte concentration ritualisée.

L'ingénieur israélien, fumeur de Lucky-Strike, joueur d'échec confirmé, aime cet endroit et s'est bien adapté à la promiscuité.

Le temps presse. Il faut mettre en place la tactique prévue.

Il faut aborder Sylvie.

David demande à Yaacov d'accélérer le processus pour qu'il puisse rencontrer de manière naturelle Isabelle et surtout son amie Sylvie.

La stratégie décidée, il faut passer rapidement au déroulement.

Inviter Léon et Isabelle, pour appréhender Sylvie.

L'idée d'organiser une soirée pour réunir chez lui des amis est acceptée et la proposition lancée au joueur d'échecs, adoptée.

Yaacov, manifeste alors auprès de son partenaire d'échecs, le désir de faire plus amplement connaissance, lui fait part de son besoin de briser sa solitude. Il l'invite avec sa compagne à un apéritif et lui propose ce samedi soir.

Il profitera de l'occasion pour leur présenter Robert une connaissance rencontrée depuis peu et qu'il a apprécié immédiatement.

Léon accepte cette invitation avec plaisir et propose de venir avec des camarades d'Isabelle.

Yaacov, satisfait, a atteint la première étape de sa stratégie.

Il faut avertir David.

À l'heure convenue, David reçoit un appel de Yaacov.

– « Chalom » David, la réception pour l'apéritif est lancée, l'invitation acceptée pour samedi soir, à 19heures, chez moi.

– Ok.

C'est dans un appartement du centre de Cherbourg, d'un confort très modeste, sobrement décoré, que Yaacov a pris l'initiative d'inviter le couple qui devrait être accompagné de Sylvie et son mari.

On sonne.

Yaacov ouvre et reçoit Isabelle et son compagnon accompagnés de Sylvie.

– Bonsoir, Léon, ça me fait plaisir de vous recevoir, et s'adressant à Isabelle : Bonsoir Madame, je suis ravi de faire votre connaissance.

– Bonsoir, Monsieur. Moi aussi, je suis très contente de vous rencontrer, Léon me parle souvent de vous.

– Merci d'être venus. Et d'ajouter : – Mais il ne fallait pas ! Tout en acceptant une bouteille de champagne Laurent Perrier et s'adressant à Sylvie :

– Enchanté Madame, merci de votre présence, mais votre mari ne devait-il pas être des nôtres ?

– C'est moi qui vous remercie pour cette invitation. Je dois excuser mon mari, qui a ce soir des obligations qui l'empêchent de venir, il le regrette… Ce sera pour une prochaine fois.

– Nous aurons l'occasion de renouveler ces rencontres, j'espère.

Après ces formules de politesse, Yaacov, surpris par l'absence de son mari, se réjouit surtout de savoir que David aura le champ libre.

Les invités, regroupés autour de la table basse, assis dans des fauteuils en velours datant un peu, les yeux écarquillés, scrutent la pièce, de coin en coin, comme pour se rassurer et recherchent les indices qui pourraient les renseigner sur la vie de leur hôte.

L'ambiance est plutôt morne.

On s'observe ?

Yaacov ne quitte pas des yeux Isabelle, qui ne cesse de promener son regard à travers les quatre coins de la pièce.

Sylvie est mal à l'aise.

Incommodée certainement par les lieux qui ne sont pas réellement à son goût.

Effectivement, l'endroit manque de chaleur, d'intimité et d'évidence montre que l'homme de la maison vit seul.

La tapisserie aux murs jaunie et abimée par le temps, n'est pas d'une couleur attrayante, plutôt même triste, et les tableaux d'un goût douteux sont accrochés, par ci par là sans recherche ni logique.

L'odeur du tabac s'est imprégné dans le tissu des fauteuils.

L'habitant fume.

Yaacov, qui s'est mis avec regret aux « Gauloises » sans filtres pour remplacer ses « Lucky », allume sa cigarette et observe discrètement ses invités.

C'est l'instant où l'on se regarde, où on ne parle pas trop, chacun tirant des enseignements pour essayer de découvrir et comprendre qui est l'autre.

– Vous habitez ici depuis longtemps lance Isabelle ?

– Mon pays, Israël, m'a affecté à mon poste d'ingénieur, depuis un an, dans les chantiers des C.M.N.

– C'est l'entreprise où je travaille, réplique Sylvie.

– Oui, je sais, je vous ai aperçue, j'ai vu aussi votre mari.

– Pour qu'elle raison avez-vous été muté aux C.M.N. ?

– Notre pays a acheté à la France, notre alliée, des vedettes, dont il faut assurer l'entretien et le suivi des pièces. On est surtout présent pour apprendre votre savoir-faire légendaire en matière de construction navale.

– Combien de temps encore devez-vous rester en France ?

– Pas très longtemps, mais je commence à trouver le temps long sans ma famille à Tel Aviv.

Isabelle prête une oreille attentive aux propos de son hôte, qu'elle trouve aimable et plaisant.

Les convives semblent intéressés, et veulent en savoir davantage.

Mais Yaacov ne veut pas s'étendre sur ce domaine et fort heureusement, quand il détourne l'intérêt de la discussion sur ses parties d'échecs qui occupent ses soirées, la sonnerie retentit.

Il ouvre à David.

– Bonsoir, monsieur Garnier, nous vous attendions.

– Bonsoir monsieur, et merci de m'avoir invité, répond David en lui tendant une bouteille de Saint-Emillion de 1960.

– Merci, mais il ne fallait pas ! entrez, je vous présente Isabelle, Léon et Sylvie.

– Enchanté, et très heureux de faire votre connaissance.

La venue de David illumine la pièce : le nouvel arrivant a de l'envergure, de l'allure.

Sa prestance redonne de la couleur à la tapisserie, et les tableaux retrouvent par magie, une certaine cohérence

La pièce reprend vie.

Les regards évasifs et quêteurs sont braqués maintenant sur le nouvel arrivant.

L'ambiance se réchauffe.

David prend place face à Sylvie, qui a remarqué le charme et l'élégance de cet invité. Pudiquement, elle refuse dans un premier temps de croiser son regard.

Lui qui l'avait déjà découverte au restaurant, aperçoit son embarras. Il ne peut s'empêcher de parcourir le corps de cette splendeur assise face à lui, qu'il doit séduire et qu'il faudra amadouer pour atteindre les objectifs fixés militairement par ses chefs.

La conversation se fait sur un ton très courtois, et Robert Garnier doit s'exprimer sur sa présence à Cherbourg.

David, sur un ton étudié, dévoile, aux convives qu'il arrive de Marseille pour concrétiser un contrat de vente de textile avec la municipalité.

Celle-ci a passé une commande importante avec son entreprise et il lui faut poursuivre son séjour pendant quelques temps pour régler la transaction.

Léon et Isabelle sont très attentifs.

Derrière ses lunettes, la mathématicienne analyse méthodiquement les faits et gestes de ce distingué représentant en lingerie venu du sud. Peu bavarde, elle l'observe reste très réservée.

Sylvie, elle, l'écoute attentionnée, et, petit à petit, ses yeux bleus se pointent brièvement sur David, qui est encore sous le charme de ce visage, dont les traits parfaits le fascinent.

Déjà séduit au restaurant, il a hâte de mieux la connaître.

Ses cheveux blonds, longs et lisses, tombent sur ses épaules, d'une façon naturelle et la rendent très séduisante. Son visage, au teint clair, sans maquillage, est d'une blancheur faisant ressortir d'avantage la beauté de ses yeux d'un bleu très lumineux, propre à faire fondre le regard qui les croise.

Ce soir il est comme envoûté.

David esquive par ruse, son regard. Il ne peut s'empêcher de porter le sien sur le corps de cette jeune femme paré d'un tailleur beige et d'un magnifique chemisier bleu turquoise, Elle est d'une élégance et d'une grâce qui ne peuvent laisser personne indifférent.

David est conquis.

Reste à la séduire.

David connaît sa situation, ses petits rendez-vous du samedi.

Il sait aussi, par le nombre de ses conquêtes, qu'il a du succès auprès des femmes et doit se servir de tous ces éléments pour concrétiser sa stratégie.

Moins attirante physiquement, Isabelle, dans un tailleur gris sobre, strict, comprend ce jeu de la séduction ; elle n'est pas dupe et trouve à David un charme et une élégance, peu coutumière à Cherbourg.

David n'est pas réellement étonné de l'absence du mari de Sylvie et il va en profiter pour entamer une approche en douceur et finesse.

Il faut la faire rire.

Il le sait.

Toutes ses conquêtes sont tombées sous le charme de cette méthode et, depuis, le charmeur a amélioré son savoir-faire.

Les femmes sont très sensibles à cette qualité.

David en est convaincu et il adore jongler avec cet humour qu'il utilise pendant que Yaacov s'emploie à servir et à desservir ses invités.

Mais ce soir il va briller d'avantage en ajoutant ses connaissances littéraires et profiter de citer quelques vers du *Malade imaginaire* et du *Bourgeois-Gentilhomme* avec tout le gestuel qui accompagne les scènes.

Le public est conquis. Tout le monde rit.

Habilement il impressionne ensuite par des citations de Corneille, de Racine qui évoquent tour à tour les sentiments amoureux puissants et les rapports tragiques animant les personnages passionnés.

David est brillant.

Le jeu s'installe.

Sensible au récit et aux histoires de David, la froideur du visage de Sylvie s'atténue et elle se dévoile, peu à peu, réservée, un brin timide, qui n'est pas pour déplaire à notre agent.

Elle sourit puis elle rit.

Ses yeux scintillent.

David a brisé la glace.

Il lui tend une coupe de champagne en ajoutant :

– Rien de tel pour mettre de l'ambiance dans notre vie. Ce sont des bulles miraculeuses, qui réconfortent et qui offrent la possibilité d'oublier. Elle prend avec délicatesse cette coupe, et n'hésite pas à effleurer, de ses doigts, la main qui la tient.

David décode ce geste mais ne doit pas réagir à ce signal trop rapidement.

Il poursuit son éloquente et brillante intervention en ajoutant des pointes humoristiques pour impressionner les convives réunis ce soir.

Ils le sont.

Ils rient.

Elle rit.

Ses yeux bleus ne quittent plus David.

Satisfait de sa prestation il pense avoir atteint son but.

En tout cas il le ressent et laisse échapper un léger sourire étudié qui en dit long, tout en restant le gentleman gardant des distances conformes aux bons usages.

Le tact et la mesure sont de règle, dans le jeu de la séduction entre deux êtres qui se découvrent.

La conversation s'installe, la parole se déplace de l'un à l'autre, l'ambiance est festive, les invités détendus, le climat apaisant et les échanges montrent un niveau intellectuel élevé lorsque David annonce qu'il doit partir.

Surprise !

Il surprend tout le monde.

Surtout, Sylvie, le visage étonné, qui montre sa déception de voir partir d'un coup, celui qu'elle commençait à apprécier.

Celui qui la faisait rire, lui au riche savoir, lui qu'elle trouvait élégant, plein de charme, avec qui elle commençait à jouer va partir.

Yaacov ne comprend pas, mais fait confiance à David pour sa stratégie.

– Je suis obligé de m'éclipser à l'anglaise, je le regrette, mais c'est avec un immense plaisir que je souhaiterais vous revoir, si cela vous agrée.

Il tend, aux convives et à son hôte, sa carte professionnelle créée en la circonstance puis jette un regard discret vers Sylvie qui ne le quitte pas des yeux.

David prend congé en saluant les invités puis Yaacov.

Il sait qu'il a surpris tout ce monde.

C'est le plan qu'il avait mis en place. Il quitte les convives d'une part pour ne pas dévoiler trop de détails embarrassants pour sa mission, et d'autre part pense qu'il est préférable de partir sur une note positive.

Il doit maintenant attendre.

Yaacov a compris. Il fait à son tour l'éloge de son invité, rencontré peu de temps auparavant dans un café et à la fois peut sonder les premières impressions.

– C'est un ami récent mais que j'apprécie pour sa sympathie, sa bonne humeur.

Il doit rester dans ses propos, à la fois énigmatique, le décrire par allusions, et surtout, trahir suffisamment le succès de David auprès des femmes.

Isabelle et Sylvie sont très attentives aux propos de Yaacov qui va rapidement changer de registre, jouer la prudence et ne pas en dévoiler trop.

La soirée se termine, les invités remercient Yaacov pour son accueil et promet de se retrouver bientôt.

Yaacov a suivi les recommandations de David ; il attend maintenant, les suites avec impatience et sérénité.

LA FÉLINE BLANCHE

Une semaine après leur rencontre à l'apéritif chez Yaacov, l'opération
« Noa » est relancée.

La mission commence bien.

David a reçu une invitation pour dîner chez Isabelle et son compagnon Léon,
le médecin joueur d'échecs. Yaacov lui confirme aussi sa présence pour ce samedi soir.

David ignore si Sylvie fait partie des convives mais, il le pressent et l'espère.

La maison d'Isabelle, qui se trouve à la périphérie de Cherbourg, non loin
du quartier où habite Sylvie, date des années 1900. C'est une villa pleine de
charme, avec un petit jardinet fleuri au-devant, une entrée bordée d'arbustes,
peu où mal taillés, donnant la sensation d'une végétation faussement sauvage.
Sa façade en pierre naturelle, d'où se détachent des fenêtres aux volets qui demandent un sérieux lifting lui confère une certaine originalité qui la différencie
des autres habitations.

Isabelle, qui enseigne les mathématiques au lycée Victor Grignard dans les
classes terminales, aime son métier passionnément et regrette de ne pas avoir
poursuivi ses études dans la recherche en mathématiques.

Elle n'est pas très sexy, n'attire pas le regard masculin sur son passage : elle
en est consciente... Elle n'est pas une fêtarde non plus... Elle le sait, et très vite,
elle a compris qu'elle n'aurait pas de vie familiale avec des enfants.

Une intellectuelle qui vit dans les nuages, éloignée des normes du système
matérialiste, loin de la mode vestimentaire ou à des années lumières des ex-
centricités de certaines femmes.

Seul son métier compte.

Elle est fragile. Son lourd passé y est pour beaucoup.

Une enfance à Paris, jusqu'à l'âge de cinq ans, dans un milieu juif austère,
avec des parents strictes et sévères, puis l'occupation Nazi, ne lui ont pas laissé
de bons souvenirs. Tout en se pliant aux exigences instaurées lors de ses cours
en primaire par l'occupation allemande, elle a réussi néanmoins son parcours
scolaire. Cachée mais protégée, elle se sentait différente des autres, mais ne le
montrait jamais. En secondaire, c'était une élève brillante qui obtient un bac

mathématique avec mention et plus tard des études supérieures pour se destiner à l'enseignement.

L'aide de ses parents adoptifs, celle des autorités françaises qui lui octroyaient une allocation comme orpheline victime de la guerre, l'ont beaucoup aidée pour trouver sa place dans la société. C'est l'amitié et l'affection qu'elle porte à Sylvie, rencontrée au collège, qui l'équilibrent et qui lui apportent une réelle solidité compensant le manque d'amour, le vrai amour celui qu'elle n'a jamais rencontré.

Un vrai amour, qui fait vibrer, qui déchire, qui transporte, qui illumine.

Non.

Sa vie se résumait en équations en logarithmes en formules, le matin, en fonctions, en calculs trigonométriques, à midi et en quotients le soir.

Pendant ses études au lycée, aucun garçon ne se sentait attiré par cette élève studieuse qui ne faisait rien pour arranger les choses.

Et pourtant.

Pourtant, elle avait dans le regard l'étincelle de l'intelligence, qui quelques fois pouvait la rapprocher de certains hommes, romantiques, plus attachés aux sentiments platoniques.

Elle réussit à prendre son indépendance à l'âge de vingt-quatre ans, lorsqu'elle obtient son agrégation pour intégrer l'Education Nationale pour enseigner, s'installe seule dans une H.L.M. attribuée par l'administration.

Elle impose à ses élèves la discipline, exige la rigueur dans le travail et ne fait aucune concession sur les résultats à atteindre.

Une prof de maths.

Distante elle avait très peu de rapports avec ses collègues.

Deux ans après, elle rencontre un enseignant de physique, qui va partager sa vie et les mathématiques, à condition de déménager dans un cadre plus sympathique, en pleine nature pour faire pousser des fleurs, écouter le chant des oiseaux, et loin, loin des voisins et du tumulte de la ville.

L'aventure avec la physique s'interrompt au bout de trois ans par la mutation de son compagnon dans le sud de la France à la Ciotat. Elle accepte la séparation, ne s'en plaint pas et s'en réjouit même.

Libre !

Seule, avec les mathématiques.

Elle restera seule un an.

À trente ans, elle rencontre un jeune médecin spécialiste en biologie, Léon, au cours d'une consultation à l'hôpital et une nouvelle vie à deux se poursuit jusqu'à ce jour.

Elle est satisfaite, sans plus, trouve un équilibre à partager sa vie avec ce docteur, adapté à son univers, mais qui n'est pas du genre exubérant mais plutôt calme et réservé. Il l'apaise.

Isabelle s'est reconstruite.

Elle a gardé indemne cette amitié qu'elle n'a jamais interrompue avec Sylvie, considérée comme sa sœur.

C'est sur l'insistance de Sylvie, qu'Isabelle a lancé l'invitation.

Elle voulait revoir David et avait confié à son amie qu'elle avait un certain penchant pour cet homme, charmant et sachant la faire rire.

Le secret bien gardé, Isabelle a lancé cette invitation pour raviver celle qui n'éprouve plus de joies ni avec son mari ni avec son amant.

Parallèlement et discrètement, les agents des services secrets israéliens, ont repéré les lieux, et ont assuré à David qu'il pouvait s'y rendre sans aucun risque.

La veille de leur invitation, David et Yaacov ont convenu de la manœuvre.

Tout pour conquérir Sylvie et Isabelle et les convaincre de participer à l'opération « Noa ».

David arrive, après Yaacov, avec une bouteille de champagne et des fleurs qu'il offre à Isabelle, en lui présentant ses remerciements pour cette invitation.

– Votre présence nous enchante. J'espère qu'on aura le plaisir de vous avoir plus longtemps que la dernière fois chez Yaacov.

– Je suis là ; je me suis dégagé de toutes mes obligations.

David, examine avec attention le lieu de vie de ce couple d'intellectuels fonctionnaires, de la France dite profonde.

Aucune extravagance, aucune originalité dans un décor triste, peu éclairé qui laisse cependant apparaître des centaines d'ouvrages, dispersés par ci par là, dans une bibliothèque vertigineusement mal rangée.

Dans ce décor sombre c'est l'inverse qui règne.

L'univers des livres, ni alignés, ni classés, éparpillés un peu partout et n'importe où, faisant croire à l'œil du profane, à un laisser-aller de la mathématicienne qui en réalité, sait, dans cette disposition, retrouver instantanément le dernier ouvrage concernant les formules magiques. Celles qui décryptent le fonctionnement des récentes découvertes sur la relativité. L'ordre anarchique semble convenir parfaitement à l'enseignante et à son compagnon.

Mais l'endroit est à la limite du supportable pour un garçon venant de sa somptueuse demeure de Marseille, et de son luxueux *sweet home* londonien, où tout est disposé à la perfection. Une exigence presque maniaque, mais tellement rassurante et réconfortante.

L'intérieur d'intellectuels : Des livres. Point.

Insupportable mais il faut s'y faire.

La mission !

On frappe à la porte.

Et là, apparaît la lumière.

Celle, qui par sa beauté surnaturelle, va illuminer toute la pièce.

Elle est rayonnante, merveilleuse.

Sylvie, accompagnée cette fois de son mari, fait son entrée sur scène.

Absolument divine.

David n'en revient pas.

Elle est encore plus belle que « La » Sylvie rencontrée la dernière fois chez Yaacov, plus éclatante que lorsqu'il a eu l'occasion de l'approcher au Café de Paris.

Toute habillée de blanc, elle ressemble à une féline ondulant sous sa veste d'angora, qui laisse apparaître une tenue moulant ses attributs d'une façon évocatrice et même provocatrice.

Sylvie a compris l'effet produit.

En cachette de son mari, resté sur le pas de la porte, elle jette un regard complaisant, accompagné d'un discret sourire à David littéralement subjugué.

Après les formules de politesse classiques, le jeu de séduction commence.

David voudrait exprimer sa joie mais il reste prudent, sur sa réserve, l'œil discret et l'oreille attentive portés sur la féline blanche, qui attend impatiemment un signe à son égard.

Elle quitte sa veste aux poils blancs et soyeux, la jette d'un geste élégant et nonchalant, sur le fauteuil, fait éclore son corps revêtu d'une magnifique robe signé d'un grand couturier parisien.

Sylvie a pris la place des livres.

Terminé le désordre, finies les formules sur la philosophie du nombre.

Place au corps. Celui de la déesse des algorithmes physiques et de ses attributs.

Isabelle, complice de ce jeu et cheville ouvrière de cette rencontre, va habilement s'occuper du mari, tout en observant Yaacov, d'un œil complaisant et attentif.

Léon s'affaire dans la cuisine s'attelant à la préparation des plats.

Yaacov, installé, sirote son petit verre de whisky, attentif aux gestes des convives et écoute silencieusement. Il trouve Sylvie très belle, très sensuelle. Il est également sensible au charme particulier de la maîtresse de maison.

Un charme ?

Que peut-il lui trouver ?

Elle paraît un peu démodée, mais c'est cette pointe de réserve, ce regard d'intellectuelle, curieuse de tout, qui est loin de lui déplaire.

Les chiffres auraient ils eu raison de l'attention du quinquagénaire ?

Pas entièrement puisque le clou de la soirée est plutôt ailleurs.

La fauve, toute de blanc vêtue, dans une robe moulante de soie, mettant en valeur sa silhouette gracieuse et attirante, décide de lancer le début de son approche vers l'homme qu'elle a cette fois en face d'elle et qu'elle ne lâchera pas du regard.

Déterminée.

Son mari loin d'elle, loin de tout, ne prête aucune attention au comportement de sa femme. Il est sur la touche et même *out*.

Le gracieux animal, griffes rentrées, s'assoit face à David, relève légèrement très malicieusement et intentionnellement sa robe, pour dévoiler une partie de ses jambes, croise volontairement le regard de l'homme qui décode le signal émis et auquel il répond, par un sourire comme acquiescement subliminal à cette invitation.

Le message est décodé.

Dans un geste balancé et harmonique, elle enlève son châle de couleur chair, qui lui couvrait ses épaules, dévoile une généreuse poitrine ferme mise en valeur dans le décolleté de sa robe. Sur sa gorge, une croix en or scintille comme signe d'adhésion à une protection spirituelle.

David subjugué, ne quitte plus du regard celle qui donne du piment à cette soirée. Celle qui rayonne comme un soleil, dans ce décor construit de livres, témoins de la vie intellectuelle qui anime le couple qui reçoit.

La mission se poursuit.

Pour mener à bien l'« Opération Noa » et atteindre le but prévu, il sait que c'est à présent à lui, à prendre le relais, à rebondir.

Comme la fois précédente chez Yaacov, l'homme charmeur met alors ses talents d'humoriste en scène. Il joint les gestes à la parole et comme sur une scène de théâtre, devient l'acteur principal qui mime les personnages les plus burlesques.

Spirituel il saute d'un sujet à l'autre, prend son public à témoin, devient tour à tour sérieux, amusant. Avec raffinement il va raconter les histoires universelles de « Goha » qu'il a rapatriées d'Égypte avec lui en 1956.

Le public est conquis.

Tous rient.

Elle rit.

À ce moment, il a le sentiment que sa cible est séduite et qu'elle est prête à franchir une autre étape.

Isabelle fait passer ses invités à table, prend le soin de placer conformément au plan envisagé, côte à côte, David et Sylvie, qui affichent un réel plaisir de se retrouver si près.

David, nullement intéressé par le repas, fait mine d'échapper au regard de sa voisine de table.

Le scénario va se préciser progressivement lorsque Sylvie, de son pied sous la table, vient effleurer celui de David qui a compris l'appel.

L'initiative audacieuse le surprend.

Dès les premiers instants de la soirée, elle s'est laissée emporter par la force irrésistible de l'attraction et cette rencontre fortuite, imprévue avec cet homme, a provoqué une inhibition totale de ses barrières psycho-sensuelles.

Inexplicable ?

Elle n'est plus la femme d'hier.

Elle n'est plus la bourgeoise réservée, bien éduquée.

Exit, les principes moraux et le catéchisme enseignés.

Son imagination s'égare.

En le voyant, elle a su qu'il devait remplacer son mari inexistant et la routine insupportable de son amant.

Son fantasme devient réalité.

Le désir l'emporte.

L'effleurement sous la table se poursuit.

Il se laisse faire.

Elle continue.

Le message se confirme.

L'humour et le charme de David ont eu raison de Sylvie en recherche de plaisirs nouveaux. Dans l'attente d'une nouvelle histoire d'amour, elle décide d'oublier toute chasteté, de braver les difficultés qu'elle pourrait rencontrer.

Le mari de Sylvie, face à David, totalement inexistant, ne participe pas à la soirée, contrairement à Yaacov et Léon, qui à la discussion portant sur les évènements de mai 1968 et ses conséquences divergent dans leurs analyses.

Ils évoquent ces mois passés après la révolution de mai, qui ont profondément secoué la France, ses institutions, ses mentalités, et s'interrogent sur ce vent de liberté rebelle, permissif, qui s'est installé dans la société, dans les familles, perturbant les codes d'un conservatisme banal, ancré depuis toujours.

Ce changement des conventions a laissé quelques stigmates chez Isabelle et son compagnon.

Isabelle montre une réelle sympathie, pour la révolte des étudiants contre l'autorité, le capitalisme et l'impérialisme qui ont forcé De Gaulle à quitter le pouvoir, à abdiquer après sa défaite au référendum.

Elle a même un penchant pour ce jeune étudiant, aux cheveux roux, Dany le Rouge, fer de lance de cette révolte qui a balayé l'establishment politique et intellectuel en place.

Très calme, elle défend ses convictions progressistes, opposées à celles de Sylvie, plus conservatrices, mais elles le savent, l'une comme l'autre, leur opposition symbolique n'altère pas leur amitié qui dure depuis plus de vingt ans.

David ne veut en aucun cas prendre parti.

– Que pensez-vous de cette révolte, monsieur Robert ? demande Isabelle.

– On assistera certainement à des changements sociétaux importants dans les prochaines années, réplique David sans trop s'avancer.

Sylvie écoute, observe, ne dit rien.

Elle pense à tout autre chose.

L'enjeu ne se situe pas dans cette polémique politique.

L'enjeu est sous la table.

Son esprit est ailleurs.

Il est son pied.

Ce sont maintenant les cellules sensorielles de ses orteils, de sa voûte plantaire qui dirigent son cerveau.

Sylvie, la conformiste, qui se sent proche de ce gentleman assis à côté d'elle, fait preuve d'une fougue incroyable qui la conduit à une entreprise envahissante des sens, plutôt périlleuse, mais dont elle ne se soucie absolument pas.

Son geste pulsionnel porté par le désir devient incontrôlable.

Mais jusqu'où va-t-elle aller ?

David ne s'attendait vraiment pas à ça.

Elle veut se sentir encore plus proche.

Elle poursuit la caresse de son pied en ôtant son escarpin pour accroître les sensations dans l'attente d'un signe. Les frottements s'intensifient, s'accélèrent puis s'arrêtent.

Elle attend.

La révolution de Mai 68 ?

Elle s'en fout.

Elle attend.

Mais que fait-il ?

C'est le moment.

David, visage calme, clignote des yeux, glisse sa main discrètement sous la table pour la poser délicatement et prudemment sur la cuisse de sa voisine.

Il calcule les risques, mais la montée d'adrénaline se produit lentement et les battements de son cœur s'accélèrent.

Elle se laisse faire.

Consentante.

Mai 68, les barricades ? la révolte des étudiants ?

Non. Celle des sens.

Celle qui se passe sous la table.

Il attend la réaction à sa démarche téméraire.

David souffle, mais néanmoins poursuit avec calme l'ascension vers ce plaisir qu'il éprouve et persiste dans la stimulation des sens sexuels de sa voisine qu'il provoque et qu'il excite de plus en plus.

Personne ne remarque rien.

L'instinct féminin d'Isabelle ?

A+B au carré ?

David continue, avec dextérité et douceur de caresser la cuisse de Sylvie qui, le cœur battant, éprouve manifestement ce plaisir charnel à sentir la main de David, qu'elle attend en direction de la partie très intime déjà en effervescence.

Elle écarte légèrement ses cuisses comme pour inviter David à poursuivre sa manœuvre pour explorer sa féminité emprisonnée par sa robe et son slip.

Les barricades s'effondrent, la voie est libre.

CRS/SS, le béton de la morale explose, la liberté prend le pouvoir, il est interdit d'interdire...

Karl Marx et son « Capital » commenté par les convives autour de la table, livre son combat, mais celui de la véritable lutte des classes, est réellement situé sous la table en dessous de la ceinture.

David s'arrête net, se retire.

La fauve en chaleur, surprise et stupéfaite, se tourne alors vers lui, le visage grimaçant et lui lance un regard exprimant sa déception.

Le mouvement révolutionnaire s'est-il essoufflé ?

Non, la révolution se structure.

Et comme le « Grand Timonier » pendant sa révolution culturelle, David utilise la « longue marche » comme manoeuvre précédant la conquête d'un pouvoir totalitaire.

En homme de l'art, David sait qu'il ne faut pas assouvir le désir de cette féline en chasse maintenant, et se lève prétextant aller chercher son mouchoir laissé dans sa veste.

Sylvie lui jette alors un regard mélangé d'insatisfaction, de complicité et en même temps très quémandeur.

Tout est dans le regard.

Un regard qui dit tout ?

La contrariété et la rage.

L'ascension et la prise de la Bastille abandonnées ?

Ses yeux bleus ont envoyé son message :– « reviens vite ! »

David lui donne de loin un signe approbateur et prometteur avec ses lèvres.

Elle a compris, elle ferme ses yeux, elle est rassurée.

Le Vésuve, réveillé, montrant des signes d'éruption attendra.

Les grilles de « La Sorbonne » restent cependant entrouvertes, les étudiants grévistes contestataires, les ouvriers, revendiquant la suprématie des travailleurs sur le capitalisme, brandissant ensemble le « livre rouge », ont différé la suite à donner pour la conquête du pouvoir dans un « setting » au pied des institutions… sous la table.

Les convives ne s'aperçoivent de rien, sauf Isabelle, l'organisatrice qui assiste, complice, à la naissance d'une relation amoureuse anticonformiste.

Elle a lu dans le regard de son amie, cette flamme qui anime un cœur, elle a perçu sous le rouge de ses joues, le bouleversement opéré par l'effleurement. Elle a compris l'envahissement de son être en proie aux pulsions irraisonnées.

La révolution est en marche.

L'opération « Noa » est bien engagée.

L'agent psychologue avait vu juste.

David, se lève discrètement, prétextant aller chercher à boire, profite de son passage à la cuisine pour écrire au dos de sa carte de visite le message : *vous me plaisez beaucoup, j'attends votre coup de fil demain, j'espère* qu'il va une fois sa place retrouvée, glisser habilement dans la main de Sylvie.

La discussion qui se poursuit, devient peu à peu monotone et les lieux communs vont se succéder.

Les livres empilés sur le bahut reprennent tout doucement l'importance qu'ils occupaient.

On ne rit plus.

Les conservateurs bourgeois se sont tus. Les progressistes anticonformistes rêvent d'un monde meilleur, laissant à l'unisson, sous la table, les cuisses du fauve dans l'attente de l'assaut, un temps espéré mais tout de même abandonné.

David n'était pas venu pour s'enrichir intellectuellement. Il est satisfait, il a atteint son but, il a hâte de repartir.

La féline blanche a ce qu'elle était venue chercher.

Elle pense déjà à demain.

Isabelle, calcule les prochaines étapes et les probabilités de réussite de la partie engagée par son amie.

Léon, silencieux a passé la soirée à converser des coups d'échecs avec Yaacov.

Le mari de Sylvie n'a pas ouvert la bouche.

La soirée se termine comme elle avait commencé.

L'animal à la fourrure blanche, dans l'attente du lendemain, s'en va, emmenant, avec elle la lumière de sa splendeur et laisse un vide derrière elle.

David et Yaacov, l'air satisfait, quittent les lieux en remerciant leurs hôtes et en proposant une prochaine soirée.

LA PANTHÈRE NOIRE

Rentré chez lui, David pense à la féline blanche.

Il oublie complètement sa mission.

Il est loin du Mossad, loin de Myriam.

Il ne pense qu'à elle.

Dans ce modeste appartement du centre de Cherbourg, loué pour la circonstance, David attend avec impatience que dimanche arrive.

Il repasse sur son lit le film de la soirée.

Il repense à cet épisode incroyable de rapidité de la rencontre et de cette audacieuse approche du pied.

Décidemment, il est toujours surpris par les réactions féminines.

Qui est-elle ?

Il veut savoir.

L'image de cette extraordinaire beauté, de ses yeux bleu indigo qui l'ont envoûté pendant le repas, ne le quitte plus et repasse en boucle dans son esprit.

Il séduit mais il est séduit.

Conscient qu'il est tombé dans ce piège.

Heureusement pour lui, cette fois ci.

Qui est-elle ?

Que pense t-elle ?

Il veut savoir.

Il est d'abord satisfait d'accomplir sa mission dans ces conditions exceptionnelles, et comblé par la merveilleuse chance de vivre une histoire avec cette partenaire d'une beauté peu ordinaire.

Encore faut-il qu'il la maîtrise, pour obtenir ce dont le Mossad a besoin.

Il revoit son visage aux traits fins, qu'il compare à l'angélique héroïne du roman de Stendhal, ses yeux bleus qui l'invitent à l'évasion, pense à cette bouche voluptueuse, à ses cheveux longs terminant leur course sur ses épaules propices aux caresses.

Il se l'imagine, ce corps de déesse, sans sa robe blanche comparable à un territoire inconnu, prêt à se laisser découvrir.

Cette femme l'a totalement ensorcelé.

Fasciné par sa beauté, pris au piège à sa propre stratégie, il remercie cependant le Mossad de servir l'État d'Israël de cette manière.

Insolente chance.

Pourvu qu'elle appelle !

Oui. C'est sûr : elle appellera. Il en a la certitude.

Il est huit heures et demie, le téléphone retentit.

Il est trop tôt pour que ce soit elle, se dit-il.

– Allo, Robert ?

– Allo, oui, Sylvie ?

– Oui, c'est moi. Je vous dérange ?

– Non, pas du tout, j'ai pensé à vous toute la nuit et j'ai fait de très beaux rêves.

– J'ai pensé à vous sans arrêt.

– J'ai très envie de vous voir. Le souhaitez-vous ?

– Oui, ardemment… Si vous le voulez.

– Absolument. Je meurs d'impatience de vous tenir dans mes bras.

– Pouvons-nous nous rencontrer quelque part aujourd'hui ?

– Oui. À quelle heure ?

– Quinze heures ? Cela vous convient-il ?

– Oui bien sûr. Je ferais n'importe quoi pour vous retrouver.

– Puis-je passer chez vous éventuellement ?

– Oui, c'est parfait, je vous attends chez moi à quinze heures.

David n'en croit pas ses yeux.

Une déclaration aussi rapide, est ce possible ?

Oui.

Il n'en espérait pas autant.

La mission « Noa » s'accélère.

Imprévisible

Elle va venir.

Il éprouve, à ce moment, un mélange d'une profonde sensation de satisfaction et une certaine appréhension.

Il se souvient de Sarah, la téméraire dont il était tombé amoureux, trop entreprenante, qui n'aimait pas rire, et qui l'a trompé.

Il se rappelle Myriam, la sentimentale obéissante aux ordres de Tsahal.

Il se remémore ses anciennes conquêtes, celles qui l'ennuyaient où qu'il ennuyait.

Celles qui en voulaient trop et qu'il n'arrivait pas à satisfaire.

Celles qui dormaient ou qui avait l'esprit ailleurs.

Toutes celles qui auraient aimer le posséder, mais qui ont été déçues.

Le tableau de chasse est particulièrement fourni.

Les victoires, les échecs, les déceptions.

Enfin, pourvu que ça marche ! se disait David.

Il pense à son engagement avec le Mossad.

Allongé sur son lit, pensif, il réfléchit à la stratégie qu'il doit employer, pour persuader Sylvie de lui procurer les renseignements dont il a urgemment besoin.

Par ailleurs, il aimerait laisser aller ses pulsions amoureuses, exprimer ses sentiments sans retenue, d'une façon instinctive.

Se partager en deux ?

Il étudie la mise en scène du décor pour créer une ambiance propice aux évasions sexuelles, trouver les conditions favorables à l'épanouissement des sens et des fantasmes en tout genre. Finalement, il décide, tout simplement, d'être lui-même, d'être naturel, de ne compter que sur ses qualités personnelles et authentiques, d'éviter les détails artificiels.

Ça a marché précédemment ; il n'y a pas de raisons pour échouer cette fois ci.

Pas de place pour le doute.

Il prévoit seulement une bouteille de champagne qu'il met au frais.

Il est neuf heures dimanche 15 juin 1969.

Les Français votent pour une élection capitale : la présidence de la République.

Ils vont devoir choisir entre Georges Pompidou, ancien premier ministre incarnant la droite, et Alain Poher, le président du sénat centriste.

La gauche n'est pas représentée.

Les sirènes des bateaux entrant au port retentissent. Les pêcheurs ont passé une partie de la nuit à se battre contre les éléments. Après avoir bravé une mer démontée, amarré leurs rafiots aux quais, les marins éreintés doivent débarquer leur pêche, l'étaler dans les cagettes ajustées pour bien la négocier.

La vie s'éveille aux cris des mouettes qui survolent la prise de cette nuit.

Le ciel est nuageux, le soleil ne fait que de brèves apparitions, le vent marin qui souffle par rafale balaye les rues de Cherbourg.

Ce temps n'invite pas à une promenade dominicale, mais les cherbourgeois vont quand même à la messe et se réunissent après dans des bars, des cafés pour trinquer autour du calva traditionnel.

David, dans cet endroit mesquin et exigu où il loge, n'est pas à l'aise.

Il appréhende le scénario futur dans ce milieu anodin auquel il n'est pas habitué.

Le Mossad l'avait prévenu.

Les conditions étaient « difficiles » pour le privilégié.

Il est loin de sa jeunesse dorée passée à « Maadi » en Égypte.

Il est loin de sa luxueuse demeure de Marseille face à la mer dans les quartiers chics de la Corniche.

Il est loin de la city londonienne et de Piccadilly Square, abritant la crème de l'establishment économique.

Il est à Cherbourg.

Ville triste, aux conditions sociales compliquées, aux animations inexistantes ; tout pour le décourager.

Mais il n'a pas le choix.

Priorité à la mission « Opération Noa ».

Israël a besoin de ces vedettes commandées et dont une partie a été payée.

David a accepté.

Il ne peut reculer.

Elle doit arriver.

Il est quinze heures.

Elle sonne.

Il ouvre.

Incroyable.

La féline blanche attendue est là.

C'est une panthère noire qui apparaît.

Sylvie s'est transformée en une divine créature toute de noire vêtue.

Elle est splendide.

Somptueuse, toute en noir.

David, surpris, n'arrive pas à en croire ses yeux.

Il s'attendait à voir la fauve blanche.

C'est, à présent, une toute autre, qui est devant lui, souriante, aux yeux d'un bleu éblouissant, au visage d'ange, adressant un message subliminal, à celui qui l'avait séduite la veille, et dont elle avait caressé le pied, suscitant les frissons des plus intenses et des plus excitants.

Déconcerté, David est sous le choc et le charme de cette apparition.

La panthère noire est satisfaite de sa mise en scène.

Elle l'avait imaginé et préparée pour le surprendre, l'éblouir.

Il l'était.

– Vous êtes magnifique.

– Merci, je dois vous dire que je vous trouve très séduisant.

Comme une panthère, elle s'avance lentement, abandonne langoureusement son châle noir, fait apparaître une silhouette merveilleuse, habillée d'une robe très courte, qui laisse découvrir ses jambes galbées, parées de bas en soie noire également.

Elle est l'étoile scintillante dans ce décor terne dont les meubles démodés n'incitent pas à l'évasion

Peu importe le cadre, le style des meubles vieillots et ringards, ce qu'elle veut, c'est lui.

David, saisi mais émerveillé, s'avance vers elle, lui prend la taille, l'enlace amoureusement posant furtivement ses lèvres sur son cou.

Sylvie se laisse tomber sans résistance dans ses bras.

Elle est heureuse, il est rassuré.

– J'espère que ma présence vous fait plaisir ?

Silencieux, maîtrisant sa joie, il lui prend la main avec tendresse, la conduit dans la pièce principale qui fait office de séjour et de salle à manger.

Emportée dans un vertige incontrôlable, elle s'assoit dans le seul fauteuil de la pièce, montre une superbe et décontractée prestance, soulève légèrement sa robe de satin, affiche un visage épanoui, au sourire plein de messages, attendant les premiers gestes de celui qui l'a séduite et qui l'accueille.

David, hypnotisé, s'approche d'elle :

– Puis-je vous proposer une coupe de champagne ?

– Avec plaisir. Du champagne ça ne se refuse jamais.

Il sait qu'elle cherche de l'affection, que son corps demande à être caressé, câliné, cajolé, et sait aussi qu'il ne faut jamais brûler les étapes, mais saisir le bon moment, avec la dose subtile d'une timidité feinte et souhaitée.

Mais cette panthère attend aussi un dressage immédiat, pour lui obéir et répondre aux injonctions qu'elle est prête à exécuter.

Il sent son impatience mais garde son calme.

Il sent des petits gestes d'empressement.

David revient, les coupes de champagne à la main et, tandis qu'il n'a pas encore fini de les poser sur la table, la panthère, chargée d'un désir intense et incontrôlé, se lève, s'approche de lui, enlace sa taille et lui chuchote à l'oreille :

– Robert, embrassez-moi.

Troublé par la réaction rapide de ce fauve qu'il doit à présent apprivoiser, il répond par un geste lent de ses deux mains, qui se saisissent de sa tête et, sans hésitation, pose délicatement ses lèvres sur les siennes.

Il les effleure tout doucement, puis entrouvre sa bouche en cherchant à goûter celle de sa partenaire.

Quelques secondes suffisent pour que leurs lèvres s'entortillent, se brisent fougueusement l'une contre l'autre sans arrêter l'embrasement qui s'empare d'elles.

Leurs lèvres en feu, entraînent une bataille de succions, de contorsions, d'étirements, prélude à une aventure enclenchée par ce désir qui ne peut être interrompu.

Leurs deux bouches unies provoquent cette stimulante vibration qui s'empare de leurs corps entraînés dans un tourbillon vertigineux.

Ce baiser est plus qu'une rencontre des lèvres ; c'est une rencontre des cœurs qui les transporte dans un monde mystérieux assemblant leurs deux corps soumis à la dictature des sens.

Il n'avait jamais connu un baiser si langoureux, si doux et si brûlant à la fois.

Le parfum, subtil et délicat, exhalé de la peau blanche du cou de cette panthère noire, provoque en lui cette douce sensation d'ivresse l'entrainant dans une totale dépendance ingouvernable.

Il s'oublie.

Leurs visages, perlés de sueur, s'effleurent, se croisent, s'entrecroisent, se détachent puis se recollent par une force mystérieuse comparable à celle des aimants.

Les yeux fermés, le baiser dure, les lèvres n'en finissent pas de s'entremêler. David glisse sa main dans les cheveux soyeux de Sylvie, qui pose ses doigts à son tour sur sa joue pour une caresse amoureuse.

Lentement, le baiser se poursuit par une étreinte tendre, pleine de promesses.

Insensiblement Sylvie s'abandonne.

Ses yeux brillent.

La bouche et les lèvres de la féline ne lâchent pas celles de son dompteur.

Puis imperceptiblement elle prend les initiatives.

Câline elle commence à le déshabiller.

Appréciant l'intervention, il laisse ces mains habiles poursuivre la manœuvre.

Elle lui ôte sa chemise, continue sa frénétique démarche couvrant de baisers son torse nu. Ses lèvres vont s'attarder sur le cou, puis descendent sur la poitrine pour s'immobiliser sur le ventre totalement sous leur emprise.

David, maîtrisé, est aux ordres.

Il aime bien.

Mais Sylvie attend une réaction ; qu'il se rebiffe.

Décryptant l'appel, David décide d'intervenir à son tour.

De ses doigts expérimentés, il fait glisser tout doucement la fermeture éclair de la robe noire, met à nu son corps d'une blancheur immaculée.

Ses dessous en dentelle noire font ressortir sa poitrine. Ses seins appellent l'attention toute particulière du séducteur enthousiaste, confronté à ce corps qu'il apprivoise et qu'il doit maîtriser pour de plus amples sensations.

Leurs vêtements, éparpillés dans la pièce devenue le théâtre de leur union donnent maintenant au décor une touche poétique inédite, colorée, pour une meilleure incitation à l'évasion des sens, insoupçonnées jusqu'ici.

David, pris lui aussi dans une ferveur émotionnelle, conduit la panthère dans la chambre à coucher dont les rideaux fermés laissent filtrer un rayon de lumière, juste suffisant pour deviner et suggérer les formes et les couleurs.

Sans un mot, dans ce clair-obscur, il la serre dans ses bras, empoigne habilement son corps pour le déposer sur le lit qui se trouve à proximité.

La féline, consentante, lui sourit en poussant de petits soupirs de plaisir tout en fermant les yeux.

Le dompteur apprivoise.

David devient le maître.

Il frémit aussi.

Il connaît les préliminaires importants, s'investit progressivement pour préparer ce corps maintenant dénudé qui s'offre à lui.

La fièvre amoureuse s'empare de ces deux protagonistes emportés dans le tourbillon d'une symphonie des sens, opérant d'une façon magique.

Rien ne peut arrêter cette fusion entre ces deux êtres épris l'un de l'autre, abandonnant tout questionnement.

Rien ne pouvait prévoir un tel rapprochement.

Ils ont les yeux fermés ; leurs bouches, leurs mains parlent le langage universel des sens qui n'ont plus de retenue.

David est littéralement sous l'emprise de ce diabolique spécimen qui s'est emparé progressivement de son corps et de son âme.

Point de retour en arrière.

La délicieuse et infernale trajectoire de cette épopée amoureuse ne peut s'interrompre et la position sans équivoque des deux amants nus, collés l'un à l'autre, le confirme. Elle ira jusqu'au bout.

Bien plus.

Le fauve apprivoisé, reçoit alors de son maître, dans un élan de douceur, l'étreinte pénétrante qui unit les amants enlacés, murmurant des mots d'amour et de tendresse, gémissant d'extase comme preuves d'une jouissance partagée.

Ivres de plaisir,

David sent que la superbe créature, maintenant conquise, possède cette énorme propension du don de soi.

Elle donne tout d'elle.

Elle sait faire plaisir, sait se faire plaisir.

Elle détient les codes pour déclencher le désir, arrive spontanément par instinct, à provoquer les gestes d'amour qu'elle attend de son partenaire, en posant ses mains et ses doigts au bon endroit, au bon moment, comme il faut et quand il faut.

Soumis à ces désirs, David est sous le pouvoir et le charme de celle qui dicte au fur et à mesure les étapes de l'ascension à la jouissance.

Le dompteur dompté ?

Le soldat de Tsahal déserteur ?

Jusqu'où Sylvie va-t-elle aller ? Jusqu'où peut-elle l'emmener ?

De plus en plus loin dans la recherche du plaisir. Ignorant tous les tabous et se livrant corps et âme dans cette étreinte. Elle exploite toutes les ressources pour exciter et satisfaire l'homme qu'elle tient à sa merci.

David prisonnier ? Sous la domination des sens il ne contrôle plus rien.

Il ne le peut pas.

C'est la première fois, que le séducteur aux multiples conquêtes, se trouve confronté à un tel art, assujetti à une partenaire si douée dans le corps à corps de la volupté.

Dans cet étourdissement de l'extase, David, n'avait pas imaginé tomber dans les griffes d'une panthère expérimentée. La peur de tout perdre le préoccupe.

Victorieuse, l'apprivoisée comprend que l'homme qu'elle tient dans ses bras, entre ses jambes, lui appartient maintenant. Elle le maîtrise et elle peut tout exiger de lui.

Détenu ?

Oui.

Le dialogue des deux corps se poursuit dans un rythme tantôt lent et calme, tantôt énergique et dynamique, variant les comportements qui surprennent le soldat à la merci de ce scénario.

Les positions changent, les cadences s'intensifient, les deux corps exultent.

Les caresses expertes de Sylvie, qui parcourent les méandres du corps qu'elle a sous ses doigts, provoquent, par leur habileté, des soubresauts inattendus de celui qui devait être le promoteur du scénario.

Provocante, la panthère met un arrêt soudain à sa ferveur, le fixe des yeux :

– Robert, dis-moi quelque chose…

David est perdu.

Lui, le « Don Juan », cette fois encore sous l'envoûtement, est médusé.

– Tu es belle, merveilleuse et pleine de qualités.

– T'ai-je rendu heureux ?

– J'éprouve une joie immense, un sentiment de plénitude, que je n'ai jamais éprouvé auparavant. Tu possèdes un don que je découvre pour la première fois et qui a une réelle emprise sur moi.

Il a du mal à lui demander si elle a éprouvé les mêmes sensations, et se garde bien de l'interroger, considérant que ce serait un acte de faiblesse.

Il n'ose rien dire.

Il ne dit rien.

– Tu es un amant admirable, j'ai senti mon corps et mon âme, atteindre l'arc en ciel, qui illumine enfin ma vie.

Rassuré :

– Tu es un soleil, qui m'éclaire, me réchauffe profondément, réplique t-il.

Il n'en dira pas plus, gardera pour l'heure, sous silence, son secret.

Ils se comprennent, se complètent, se complimentent.

Ils sont heureux.

Ces mots prononcés, la symphonie des sens reprend de plus belle.

La panthère n'a pas dit son dernier mot.

Elle en veut plus.

Pour le revoir et établir une relation durable avec l'homme qu'elle vient d'aimer, celui-ci doit avoir le sentiment de posséder l'affaire rare. Il faut qu'il soit persuadé qu'il détient un diamant aux multiples facettes surprenantes et attachantes.

Elle se lance alors, laissant libre cours à ses fantasmes non assouvis, dans une série d'attitudes qui oblige David, pantois, à la réplique.

Pris au piège, il faut qu'il s'en sorte.

Lui, le soldat de Tsahal a appris, en toutes circonstances, à maîtriser les situations. Il va sans perdre de vue sa mission, lui exprimer son attachement, sa tendresse et lui offrir cette subtile dose d'affection, que toute femme réclame.

En même temps, l'orgueil masculin le pousse à reprendre en main l'initiative et manifester une attitude d'ascendance.

L'empoignant d'une façon virile, imposant ses désirs, c'est à son tour de montrer ses qualités capables de soumettre sa proie à exécuter ses ordres.

Multipliant les gestes puissants mais affectueux, variant les nombreuses positions amoureuses il veut affirmer son savoir-faire pour rivaliser avec sa partenaire.

La panthère noire se prête dévouée à cette transition, accepte d'obéir à son tour aux ordres de celui qu'elle maîtrisait.

Elle montre alors le comportement d'une femme douce, prête à la soumission et à la dépendance pour satisfaire le pouvoir masculin.

David redevient le soldat conquérant.

Mais, le surprenant, elle saisit brutalement ses cheveux sur la nuque, lui tire la tête en arrière, et dans le même temps, de l'autre main, tendrement et délicatement, lui caresse son bas ventre, son pubis pour se saisir de sa virilité épanouie.

Le mélange de cette brutalité pulsionnelle, et de cette douceur providentielle bouscule les codes auxquels David était habitué.

Il est à nouveau sous l'emprise câline et sensuelle de celle qui a feint de se soumettre un moment.

C'est inhabituel, c'est intense.

Elle joue.

Soumis, corps et âme à cette déesse, abandonnant toute velléité, il éprouve des joies et des plaisirs jamais atteints.

Domination, soumission, peu à peu l'équilibre est atteint.

Le soir approche.

Les deux amants poursuivent, dans une parfaite harmonie, cette superbe symphonie mélodique, réservée aux privilégiés de la nature.

Ils épuisent tous les deux, dans un concert de sensualité, les ressources charnelles d'un fabuleux parcours, dont l'avenir trouble reste cependant inconnu.

David, instigateur d'un voyage programmé sans histoires, captif d'une impensable relation sentimentale, bousculant les principes et les règles de la mission pour laquelle il s'était engagé, se retrouve dans les bras de cette incroyable créature de rêve.

L'agent un temps apprivoisé, redevenu combattant, est entraîné dans l'aventure d'une expédition dont la difficulté psycho-affective reste élevée.

Sylvie, résolue à l'adhésion totale, dans cette liaison choisie et consentie, éprouve enfin l'assouvissement de ses pulsions, et la satisfaction d'avoir trouvé l'homme qu'elle attendait.

Trois heures se sont écoulées.

Les draps sont par terre.

Le lit a changé de place.

Le décor de la pièce réchauffé semble, à présent, empreint d'une âme chargée d'émotions.

Les deux amants, haletants, manifestent au bout de ces heures d'étreintes et de prouesses physiques, des signes d'apaisement, de félicité.

– Robert, tu m'as rendu heureuse, et, je n'ai nulle envie de te quitter.

– Toi aussi, tu m'as offert beaucoup de joies, et je ne souhaite pas te laisser partir.

Les deux corps dénudés, sont allongés côte à côte, la main de Sylvie sur le bas ventre de David, caressant par effleurements successifs les endroits sensibles de l'homme qui l'a séduite.

Le soldat, apaisé, triomphant, accepte avec jubilation les marques de reconnaissance affectueuse, de sa superbe nymphe, et propose à son tour une successions de caresses et de baisers comme réponse.

Elle pousse néanmoins, par moment, quelques soupirs qui ressemblent à des gémissements, tout en camouflant son visage de la main.

David se tourne vers elle, voit les yeux de sa bien-aimée remplis de larmes.

– Pourquoi pleures-tu ?

– De joie et de crainte. Approcher le bonheur de si près et devoir s'en séparer ! Quelle amère cruauté ; je ne sais si je pourrais m'en accommoder.

– Je ne te quitterai pas.

Depuis sa mission en Égypte, devenu soldat de Tsahal, David n'a pas oublié son engagement, l'obéissance aux ordres et l'obligation absolue de mener avec réussite ses actions.

C'est pour cette raison qu'il doit impérativement garder ses distances, se libérer de l'emprise amoureuse, sans dévoiler le moindre signe de détachement et de renoncement.

Il a réussi la première étape. La séduire.

Mais…

Séduit, il est pris dans le tissage d'une toile d'araignée.

Il ne peut reculer.

– Tu as l'air préoccupé Robert…

– Non, pas du tout.

– Je ne sais rien de toi, mais, tu m'as conquise, je t'appartiens maintenant, et je ne souhaiterai pas te perdre.

– Veux-tu m'épouser ? dit-il narquois.

– Elle sourit puis rit.

– Je sais bien Sylvie que tu es mariée, mère de deux enfants et que tu n'aimerais pas bouleverser ta vie ?

– Robert, une vie à deux, sans amour et sans affection, n'est pas une vie. Je l'accepte de moins en moins bien. Je ne peux le supporter davantage. Le devoir m'y oblige, mais je ressens de plus en plus le besoin de m'évader, fuir mon carcan, pour ne pas sombrer dans une sinistrose.

– Serais-je pour toi d'un grand secours ?

Sylvie le regarde puis acquiesce en hochant la tête

David écoute les plaintes de sa partenaire, ne dit rien, commence à imaginer la suite des opérations.

Sans aucun état d'âme, sans scrupules, et sans le moindre sentiment de culpabilité il fait le choix délibéré de profiter de la situation qui tourne à son avantage. Engagé par Israël, il doit poursuivre sa mission, obtenir les renseignements nécessaires, pour détourner les vedettes réquisitionnées par l'État Français.

Seule Sylvie peut les lui fournir.

– Sylvie, je te donnerai tout ce qui pourra te rendre heureuse.

Elle ouvre les yeux, esquisse un sourire, donne un baiser envoûtant sur la joue de David.

Il l'apprécie, et réplique, avec la même douceur, par un geste tendre et soutenu de la main sur sa joue.

Les jeux sont faits, rien ne va plus.

Sylvie se lève du lit, attire dans ses bras l'homme qui lui a donné la marque d'affection qu'elle espérait.

– Viens, je veux prendre une douche avec toi avant de partir.

Le bac à douche minuscule dans la salle de bain, ne date pas d'hier, mais peu importe, Sylvie, s'en contente. Leurs deux corps enlacés ne font qu'un.

Passée tour à tour, de « femme déterminée », à « femme obéissante », elle s'emploie, à présent, avec la dextérité d'une geisha, servile comme une esclave, attachée au bien-être et au confort de son maître, à savonner son nouveau prince. Elle en profite pour passer ses mains expertes, enduites de savon parfumé, dans les endroits les plus enfouis du corps de David, qui accepte avec délectation ce moment agréable. En terminant ses gestes d'amour d'une femme comblée, elle lui murmure à voix basse :

– Merci, mon amour, merci, merci ! Je suis heureuse.

Leurs regards remplis de joies qui se croisent montrent cette profonde attirance qui les a unit encore présente et intense.

Les deux amants apprécient ces moments de bonheur.

David ne le cache pas.

Elle s'allonge sur le lit, s'étire :

– J'adore ce moment tu sais Robert. Je resterais bien là jusqu'à demain.

David la rejoint, s'étend à côté d'elle, lui passe affectueusement la main sur sa joue :

– C'est entendu je te garde jusqu'à demain. On pourrait commencer par dîner ensemble ce soir et puis prolonger les moments heureux que nous venons de vivre. Qu'en penses-tu ?

Elle sourit, puis ferme les yeux en signe de désespoir :

– J'aimerais tellement, mais tu connais mes obligations familiales.

Soudain, consultant sa montre, elle s'aperçoit paniquée de l'heure tardive :

– Mon Dieu ! Je dois te quitter maintenant, Robert.

Elle le laisse, se presse pour se rhabiller, en cherchant ses dessous éparpillés un peu partout dans la chambre.

Tout en enfilant ses bas noirs, elle jette un regard de tendresse vers David vibrant encore de l'intensité émotionnelle de ce partage.

Il la regarde.

David s'interroge.

Est-elle sincère ?

Simule-t-elle ?

Comme certaines femmes, peut être.

Non, David l'a trouvé vraie, sans subterfuges.

Il a, senti la spontanéité, non feinte de cette femme livrant son cœur et son corps, sans retenues, dans cet échange

La panthère, s'était livrée à son séducteur, totalement, sans ruse, sans détour, ne laissant aucun doute sur sa franchise.

Ce n'était pas arrivé depuis cinq ans. Cinq longues années, pendant lesquelles son corps, son âme étaient restés dans le silence et l'oubli. Pour la première fois elle revivait. Elle était redevenue désirable par le désiré. Sylvie qui avait oublié son corps même quand elle le livrait le samedi après midi, se redécouvrait, redevenait la Femme-femme capable d'aimer et se faire aimer.

– Promets-moi, Robert, qu'on se verra demain.

Maintenant habillée comme lors de son arrivée, Sylvie, épanouie, est superbe.

David, torse nu, la serviette autour de la taille, contemple avec émerveillement sa nouvelle conquête et s'avance vers elle pour donner un baiser sur ces lèvres qui viennent juste de le dévorer.

Elle détourne son visage, évite de montrer son chagrin et ses yeux remplis de larmes.

David s'en aperçoit, retient à son tour des signes de tristesse, saisit son visage de ses deux mains, enlève tendrement d'un doigt la larme prête à couler puis pose ses lèvres sur les siennes avec légèreté et délicatesse, couvre son visage de multiples baisers remplis de passion.

– Je suis triste de te voir partir après ces délicieux moments.

– Je le suis autant que toi, je vais penser à toi sans arrêt et je poursuivrai notre rencontre toute la nuit.

– Moi aussi je penserai à toi. J'ai hâte d'être à demain. Je me libèrerai de tous mes rendez-vous et je me rendrai entièrement disponible pour toi.

– Merci, merci amour.

Elle n'a pas encore quitté le nid d'amour qui l'a rendu heureuse que le téléphone sonne.

Sylvie regarde David qui se précipite pour répondre.

Il sait que c'est le signal habituel à cette heure ci, et qu'il doit répondre à cet appel.

– Excuse-moi, Sylvie ; je dois te laisser quelques instants.

Gêné, et quelque peu perturbé, David, tout nu, rejoint la pièce où se trouve le téléphone.

En étouffant sa voix pour que Sylvie n'entende pas :

– Ken, ken, toda. (Oui, oui, merci)

Ce rendez-vous hebdomadaire est obligatoire et rituélique.

Il communique à son commandant Moshe T… les dernières évolutions de la mission et comme le veut le protocole, donne de ses nouvelles par un code préétabli.

Il revient sans dire un mot, le visage tendu.

Ses yeux ne trompent pas Sylvie.

Elle s'avance vers lui.

– Tout va bien, Robert ?

– Oui.

– Non, Robert, je vois bien que tu n'es plus le même.

– Je te l'assure. Tout va bien.

Sylvie qui ne veut pas le quitter dans ces conditions s'approche de lui, l'enlace et tendrement lui caresse le visage.

– J'ai peur de te perdre, Robert ; rassure-moi… Te verrai je demain ?

– Je te le promets, je te verrai demain et les jours suivant aussi. Tu comptes beaucoup pour moi et ce que nous venons de vivre restera graver à jamais dans ma mémoire. J'ai très envie que tu restes, c'est un déchirement de te voir partir et te quitter maintenant.

– J'aimerai tant prolonger ces merveilleux moments auprès de toi, mais je ne le peux pas, mes devoirs familiaux m'attendent.

David la retient par la main l'empêchant de sortir :

– On se voit demain ?

– Oui, Robert absolument. À demain.

« UN COUP, DEUX COUPS, UN COUP »

Face à celui qui vient te tuer, lève-toi et tue le premier.

Après le départ de la panthère apprivoisée, David songeur, s'interroge.

Robert, tu es David.

Un étrange sentiment de culpabilité perturbe sa joie, sa quiétude.

Cela fait plusieurs mois qu'il n'a pas revu le soldat Myriam, sa compagne, affectée pour une mission en Russie.

Est-ce une raison pour l'oublier ?

Il ne l'a pas oubliée.

Mais, après cet après-midi d'amour, Sylvie occupe son esprit.

Il pense à elle.

Un sentiment de malaise l'envahit.

Il ne peut chasser l'image de cette panthère et en même temps il entend la voix de Myriam.

Assis sur le fauteuil qu'occupait Sylvie une heure auparavant, David, la tête entre les mains, déroule la scène vécue, en déployant les étapes de sa merveilleuse rencontre.

Le dilemme persiste.

« Ta mission, David. Pense à ta mission ».

Quelle stratégie mettre en place maintenant pour gagner sa confiance ?

Comment obtenir les renseignements ultra secrets ?

Comment gagner son ralliement ?

Doit-il la mettre dans la confidence ?

C'est trop tôt.

La séduction et les liens sentimentaux sont-ils suffisamment forts ?

Il est vingt heures.

Il appelle Yaacov, lui donne rendez vous au Café du Port, endroit calme, peu fréquenté, propice aux rencontres dissimulées.

– Tu as vraiment de la chance, David, lui chuchote Yaacov, après avoir entendu le récit de ses émotions.

– Oui, je le reconnais, mais maintenant Yaacov je dois la persuader de travailler pour nous.

– Tu dois la convertir à la « Cause ».

– Comment ? D'abord ce n'est pas une femme d'argent, elle en a, et puis elle a le sens du devoir et de la famille.

– Du devoir ? Tu n'exagères pas un peu ?

– Avec quelques entorses, j'en conviens.

– Tu vas l'intimider d'abord et la faire chanter ensuite si elle refuse de t'aider. Pas de sentiments David, tu connais les consignes.

Au Mossad, on apprend à obéir.

David connaît les consignes et il doit les appliquer.

Autour de leur verre de bière et du sandwich au fromage, les deux agents étudient minutieusement tour à tour, les différents scénarios pour convaincre la femme séduite.

– Peut-être envisager de persuader d'abord Isabelle ? Suggère Yaacov.

– Il faut tenter. Pourquoi pas !

Cette piste n'est pas écartée.

Il s'ensuit une évocation d'Israël. Yaacov a la nostalgie du pays, le confie à David et ils profitent de parler de la politique de Levi Eshkol qui a succédé à Ben Gourion, de la Transjordanie retrouvée, de la vie à Tel Aviv où résident Myriam et la famille de Yaacov.

Son club d'échecs lui manque beaucoup.

« C'est au centre ville, dans la rue Dizengoff, qui ne dort jamais, que se trouve le club où Yaacov rencontre ses amis ; c'est l'endroit où règne cette ambiance toute particulière de détente, où il peut se confronter aux échecs, son « sport » comme il dit.

« Le jeu d'échecs est une activité nationale en Israël, que l'on apprend très jeune dans le pays. Pas de barrières : ni l'âge, ni la langue, ni les différences sociales. C'est un langage universel qui convient à tout le monde. Qu'ils viennent de Pologne, du Maroc où d'ailleurs, ils se comprennent.

D'autre part, c'est aussi l'ambiance de légèreté, d'insouciance, de laisser aller qu'il regrette.

Les participants s'adonnent à ce jeu très sérieusement, mais ne s'interdisent pas de rire, de vider les bouteilles les unes après les autres, et surtout, de critiquer sans limite la politique du gouvernement qui s'en met plein les poches.

Entourés d'ennemis les Israéliens ont pourtant cette joie de vivre. Ils portent en eux cette philosophie tirée de l'épicurisme et de l'hindouisme qui leur donne à la fois l'insouciance et la force. Unanimement ils font confiance en leur pays protecteur qui leur apporte l'assurance de posséder le bien le plus précieux : la liberté de vivre.

Et puis merde, un bon fallafel avec du houmous et une bonne bière suffisent pour avoir un moral d'acier. »

David revient sur la perspective de convaincre Isabelle qui lui semble être une bonne idée s'il rencontre des difficultés avec Sylvie.

Ils décident finalement de ne pas se précipiter et d'attendre les opportunités pour persuader l'une où l'autre

– Bonne nuit, David, et encore une fois, tu as bien de la chance, tu sais.

– Merci. Dors bien toi aussi. Je t'appelle demain après mon rendez-vous.

Arrivé chez lui, David retrouve le désordre de l'après-midi, se remémore tous les détails de sa délicieuse aventure avec la sublime créature, et réfléchit en même temps pour la suite de sa mission.

Pas de place pour les sentiments, se dit-il. Le devoir, d'abord.

Pas de concessions ; tout pour la « Cause » mais quand même c'est plaisant de travailler dans ces conditions, pense-t-il.

Pendant la nuit, les images du corps de Sylvie défilent devant ses yeux, et malgré la fatigue salutaire, après les efforts du corps à corps le combattant triomphant éprouve ce bien-être profond, propice à l'évasion. Il ne cesse de penser aux différentes scènes vécues et aux mots prononcés par la féline qui l'avait câliné, amadoué, apprivoisé.

Non.

Pas de place pour la culpabilité.

Ne pas penser à Myriam.

Pas de concessions pour la liberté.

Une liberté totale, entière.

Il repense à elle.

Non !

Il ne renoncera pas à sa liberté amoureuse.

Au contraire il attend demain avec impatience.

Il anticipe, s'imagine avec elle, enlacé par ses bras, ses jambes, la serrant contre son corps et succombant à ses caresses. Surtout en totale maîtrise de ses sentiments :

« À Beer-Sheva, pendant ta formation, on t'a appris à résister à la torture, à maîtriser tes sentiments, éviter les pièges de la soumission, rester lucide et détaché, pour prendre le dessus sur l'autre., tu ne dois pas faillir, jamais succomber à la tentation ».

C'est d'accord.

Dompteur, oui, pas dompté.

Il doit trouver les mots justes et persuasifs pour l'informer qu'il est un agent secret et la persuader de l'aider.

Attendre demain.

L'aube est à peine levée que David a les yeux grands ouverts.

Il n'a pas assez dormi.

Le temps presse.

Le commandant Moshe attend.

Les ordres ont été donnés. Il faut les exécuter.

Les agents du Mossad connaissent les règles et sont rompus à ce genre d'exercice.

Le sérieux, la rigueur sont les principes élémentaires appliqués dans toutes les actions. David le sait.

Pour l'« Opération Noa », le commandant avec l'équipe des services secrets, prépare avec une grande minutie l'étude de l'intrusion dans les locaux pour parvenir aux bateaux, et conjointement il utilise les services spécifiques de Yaacov et de David pour obtenir les renseignements dont il a besoin pour sa stratégie.

L'une des pistes évoquées pour pénétrer dans les locaux et d'emprunter les égouts a été étudiée par les services spécialisés qui se sont procurés l'endroit précis des bouches des égouts, et réussi à déterminer le plan du circuit intérieur. Ils l'ont présentée au commandant.

Moshe a écarté cette éventualité. La manœuvre compliquée trop risquée et dangereuse a été abandonnée.

La solution n'est pas évidente.

Moshe opte pour l'option la plus sage : le franchissement des murs et des clôtures ou bien mieux encore, se procurer le double des clefs du portail et des portillons d'entrée.

David se rappelle les consignes, lors de sa formation à Beer Sheva, qui ne laissaient aucune possibilité à une prise de risques ou à une confrontation sans succès et, surtout, la non-violence en toutes circonstances sauf si

« l'autre vient te tuer, lève-toi et tue-le ».

Les ordres de Moshe sont formels. Il lui faut tous les renseignements pour accomplir cette mission.

C'est Sylvie qui les détient.

David doit trouver la solution pour qu'elle les lui fournisse.

La politique française n'a pas changé.

L'embargo sur les vedettes est confirmé.

David doit convaincre maintenant la féline, l'emmener doucement à devenir une *Sayan* (agent dormant prêt à aider les services secrets) et à exécuter le *Pakam* (ordre de mission) pour servir Israël.

Il est sept heures. Le bruit des camions dans la rue s'intensifie ; on entend les sirènes des bateaux de pêche. Le jour, qui avait du mal à percer, se lève sur Cherbourg.

Il fait gris. Un léger brouillard réduit la visibilité de la ville qui se profile à travers les vitres de la fenêtre et empêche la lumière du jour d'éclairer la pièce où David s'éveille.

Il attend avec impatience le rendez-vous avec Sylvie.

Il prend sa douche, boit son café sans accompagnement, s'habille rapidement sans prendre garde à ce qu'il met, jette un coup d'œil par la fenêtre, décide d'aller s'acheter le journal du jour pour s'informer des dernières nouvelles et du cours de la Bourse.

Il déambule dans cette rue piétonne et étroite du centre-ville de Cherbourg, bordée de boutiques et de petits restaurants, aboutit dans le quartier historique proche de la gare et du port, prêt de la Basilique Sainte Trinité.

Les éboueurs ne sont pas encore passés.

L'odeur des ordures déposées devant chaque habitation, mêlée à celle de la sardine et de la morue, qui se dégage du port, incommode David. À Marseille, il ne se faisait pas au mistral, ici, c'est à l'odeur du poisson. Il se souvient, en revanche, de ces senteurs incroyables de fleurs d'orangers, où de jasmin, dans les souks du Caire.

« C'était jour de fête quand maman me tenait par la main et que nous nous promenions le dimanche matin dans le souk de Khân al Khalil en plein centre du Caire, au milieu de cette foule de badauds bruyants qui, comme une vague nous portait entre les chalands fiers de leurs produits et de leurs petites échoppes.

J'ouvrais grands les yeux au cours de ce périple au cœur de la ville, fasciné par l'incontournable quartier des tissus et des tapis, rangés à la perfection.

Le bruit intense des charrettes tirées par des ânes chétifs et fatigués s'ajoutait à celui des cris des vendeurs et des acheteurs négociant le prix de la marchandise.

On trouvait de tout dans ce marché réputé du Moyen Orient. Du cuivre, du cuir, de l'argenterie mais aussi des mets cuisinés, tous présentés avec ordre et minutie autour des fruits, des légumes venant tout droit de la vallée du Nil.

Sur le chemin du retour, le parfum des épices, stimulaient mes papilles olfactives et gustatives pour me rappeler l'heure du repas que l'on devait partager avec mon père ».

Il marche.

Préoccupé il repense à sa mission.

Seul, face à lui-même.

Yaacov a fait son job, maintenant c'est à lui.

Il s'assoit au Café du Port, commande son café, parcourt *France-Soir*.

Coïncidence où pas, face à lui, l'homme, à l'allure étrange, qui bouge la tête en clignotant des yeux, sirote aussi un café. David le reconnait, se rappelle l'avoir aperçu au restaurant le Café de Paris.

David ne le quitte pas des yeux.

Les dernières nouvelles annoncent que le gouvernement de Jacques Chaban-Delmas qui a remplacé Maurice Couve de Murville, applique la politique du Général De Gaulle, poursuit l'embargo des armes pour Israël et gère la situation sociale compliquée après les évènements de 1968.

Cherbourg s'éveille. Le bruit dans les rues s'amplifie ; les passants, maintenant sortis de chez eux, rejoignent le port, l'usine, les écoles.

David ne se fait pas à cette ville, ni à son ambiance et encore moins au climat, qui enferme les gens dans les bistrots et les bars.

Il termine sa tasse de café, pousse le journal, tient de ses deux mains sa tête et imagine le scénario quand Sylvie va l'appeler.

Il repense à cette après midi magique qui l'a envoûté.

Epris d'elle ?

Il ne le veut pas, lui, l'agent spécial choisi pour la mission, lui, sélectionné pour son talent de séducteur ne doit pas faillir à ses engagements.

Et Myriam, que devient-elle ?

« Toi, le héros, pourquoi as-tu oublié que tu étais fou d'elle. »

Sylvie.

Il n'y a qu'elle.

Il quitte le café, va vers le port.

De loin, il aperçoit l'usine de construction où sont amarrées les vedettes, s'arrête pensif. Son esprit vagabonde.

L'image de Sylvie

Pour réussir, c'est convertir Sylvie.

La persuader de lui communiquer les renseignements.

Rentré dans son minuscules deux pièces il attend.

Il est midi trente ; le téléphone retentit.

– Robert ?

– Oui.

– Bonjour, mon amour, c'est Sylvie.

– J'espère que tu vas bien. Peux-tu venir me rejoindre ?

– Non, mais j'en meurs d'envie.

– Alors, viens !

– Je ne peux pas maintenant mais je viendrai en sortant du travail, vers 18 heures.

– Alors, c'est merveilleux parce que j'ai pensé à toi toute la nuit.

– Moi aussi, je n'ai pas fermé l'œil et j'ai pensé aux délicieux moments de bonheur que tu m'as offerts.

– J'ai été aussi très heureux ; j'ai hâte de te serrer dans mes bras.

– Je ne pourrais malheureusement pas rester longtemps, mais je te dis à tout à l'heure.

– Sylvie, j'attends ce moment avec impatience.

Cet échange d'adolescents fait sourire David, qui se prête, contraint mais satisfait, à ce jeu essentiel.

Elle est conquise, j'en suis sûr, se dit David, mais il doit exceller dans la poursuite de sa stratégie à condition d'en échapper et de ne pas se retrouver, pris lui-même dans le piège sentimental et affectif qui peut faire tout échouer.

Mais non, se raisonne David :– Tu n'es pas ce type d'homme à perdre la raison.

Dompteur, pas dompté.

Et pourtant.

Et pourtant, il est obligé de reconnaître que les dispositions particulières de sa maitresse, qui font rêver les hommes les plus expérimentés, l'ont profondément touché et séduit.

Il lui faut redoubler de perspicacité et utiliser avec délicatesse ses compétences.

Il s'allonge sur le lit, garde ses souliers, laisse son imagination trouver les situations provocantes, surprenantes, qui épateront celle qui sonnera tout à l'heure.

Et si elle n'accepte pas ?

Faut il qu'il joue le chantage comme le suggérait Yaacov ?

Ce n'est pas son genre.

Faut-il employer la force ?

Gentleman, ce n'est pas du tout son style.

Non. Le seul moyen c'est utiliser la force de ses désirs.

En échange s'imposer.

La soumission.

La déesse docile, consentante.

David, le sentimental, peut-il utiliser la force ?

Le doux prince de Méadi, en est-il capable ?

Doit-il lui révéler sa mission ?

Fera-t-il d'elle une espionne au service d'Israël ?

Il se lève, fait quelques pas.

Il sait qu'il ne peut téléphoner au commandant et qu'il est encore trop tôt pour joindre Yaacov.

Il saisit un livre sur l'étagère se rappelle qu'il l'avait lu pendant son adolescence, l'entrouvre, parcourt quelques lignes au hasard puis, reconnaissant qu'il ne peut continuer à voir défiler les mots sans en saisir le sens, le ferme brutalement, le jette sur la table du salon.

Il tourne en rond.

Sylvie, Myriam, la mission.

Soudain le téléphone sonne.

Il craint que Sylvie ne se décommande.

Il décroche avec une teinte d'appréhension.

– Allo, allo.

Personne au bout du fil.

C'est le signal de son commandant.

David descend pour appeler d'une cabine et compose le numéro de Moshe.

– Allo, commandant.

– Oui, David, prépare ta valise. Tu pars pour Oslo demain. Tu passeras au Q.G. vers cinq heures pour que je t'explique.

Et il raccroche.

David reste pantois.

Tout son scénario avec Sylvie va-t-il s'effondrer ?

Elle doit arriver. Il va falloir lui expliquer, inventer un prétexte et à nouveau mentir comme toujours.

Il tourne en rond.

Sylvie, sa mission et à présent Oslo.

Pendant sa formation, on l'avait prévenu « toujours prêt » en toutes circonstances sans poser de questions et obéir.

Il obéira, devra se résoudre à s'éloigner de Sylvie pendant son voyage en Norvège.

Les consignes et les plans de la mission ont-ils changé ?

David s'interroge.

Il retourne à l'étagère, où sont rangés côtes à côtes les livres, en pioche un au hasard : *L'étranger* de Camus.

David, surpris par ce coup de fil, tourne en rond, le livre à la main.

Il s'assoit, ouvre le livre, parcourt quelques lignes et se souvient des cours de littérature française enseignés au Victoria Collège du Caire, de la théorie de « l'absurde » qui l'avait fait réfléchir des heures.

Il ne peut poursuivre la lecture, se relève, passe à la cuisine pour se faire un café.

« La tasse, au bord irrégulier, datant certainement des années cinquante, ne ressemble en rien à celle du service de sa mère qui tenait absolument que Zainab, la bonne, serve le café dans un service en porcelaine de Limoges avec des cuillères en argent de chez Christofle, et bien entendu avec le traditionnel rituel.

Devant cette tasse légèrement ébréchée, il voit défiler la scène d'adolescent pendant laquelle sa mère lui demandait s'il avait bien dormi, son père lisant son journal. »

Les ordres sont les ordres, David, tu le sais, se dit-il.

Mais on peut désobéir, non ?

Non.

On peut différer le départ ?

Non plus.

Il sirote son café au goût amer, n'arrive pas à finir sa tasse et se remet à méditer.

Elle va arriver à dix-huit heures.

Auparavant il a rendez-vous avec son commandant.

Impératif.

Il faut s'y rendre, revenir au plus vite pour dix-huit heures et se mettre en condition psychologique pour accueillir Sylvie.

Arrivé à la hâte sur le lieu de rendez-vous avec son commandant, David reprend le calme inerrant à sa fonction d'agent au service de sa mission.

Les volets de la maison sont clos, personne à l'horizon, le lieu a l'air sûr.

Comme le code l'exige il frappe à la porte, un coup, deux coups, un coup, et reste à l'écoute de la réponse qui doit se faire.

– Noa ?

– Ken, David.

La porte s'ouvre, le commandant Moshe apparaît, une cigarette aux lèvres, la mine des mauvais jours, hochant la tête, faisant signe à son agent de rentrer.

– Qu'y a-t-il, mon commandant ? Avons-nous changé le plan ?

– Non, David, nous ne changeons rien mais nous l'accélérons bien au contraire. Tu dois partir à Oslo demain pour rencontrer notre contact et ton alter ego avant le rendez vous avec Monsieur Martin Siem que tu as déjà rencontré prévu dans deux jours.

– Mon commandant, je ne comprends pas cette accélération subite.

– Ce sont les ordres. Mordechai veut pouvoir récupérer les vedettes dans trois mois et souhaiterait programmer le départ pour le 24 décembre.

Pour cela il nous faut réaliser au plus vite les transactions de vente à la société norvégienne, et officialiser notre contrat avec des documents signés par Monsieur Siem.

– Je comprends mon commandant mais je me permets de vous rappeler que vous m'avez missionné pour convaincre l'employée des C.M.N. de nous aider.

– Tout à fait David, d'ailleurs tu en es où ?

– Notre plan est bien engagé mais je n'ai pas eu le temps de finaliser et de conclure et je crains que mon départ pour Oslo ne compromette notre initiative.

– David, on fait comme on peut, mais les ordres sont les ordres. Si tu n'es pas dans les temps, et que tu échoues, on sera obligé de penser à la solution de rechange.

– Laquelle, mon commandant ?

– Celle que tu n'aimes pas.

– Le kidnapping, le chantage, la force ?

– Oui, David, désolé j'espère ne pas en arriver là.

– Mon commandant, je fais le maximum, je dois rejoindre dans un quart d'heure la responsable de l'entreprise avec laquelle j'ai établi la liaison pour obtenir les renseignements indispensables à notre mission. Je vous rappelle ce soir pour vous tenir au courant.

– Non, tu ne m'appelles pas, prends tes papiers, ton billet qui sont sur la table, et appelle d'Oslo à ce numéro.

Moshe lui tend un morceau de papier.

– Retiens ce numéro et détruit le papier.

– Oui, mon commandant.

– Chalom, David, prends soin de toi, prends tes précautions et évite de te montrer dans Cherbourg.

– Chalom, Moshe.

David n'a plus trop le temps. Il récite à voix basse le numéro de Moshe inscrit sur le papier qu'il vient de détruire, se précipite chez lui en sachant que dans quelques instants la panthère noire va sonner.

De nouveau, se mémoriser le numéro de téléphone, arranger plus ou moins ses affaires, penser à sa valise, organiser ce voyage qu'il n'avait pas prévu et surtout donner une explication à Sylvie.

18 heures.

Elle n'est pas là.

Il jette un dernier coup d'œil à son billet Cherbourg-Paris départ 6 heures 42 arrivée 10 heures 18, puis prendre l'avion de Paris à 13 heures 15 pour arriver à Oslo à 17 heures 30.

18 heures 15 on sonne à la porte.

Méfiant, David veut s'assurer que c'est Sylvie.

– Oui. Qui est ce ?

– C'est moi Robert, c'est Sylvie.

– Tu es seule ?

– Ben oui, bien sûr, d'un ton étonné.

David ouvre la porte, jette un regard dans le hall du pallier et fait rentrer Sylvie, surprise de cet accueil.

– Que se passe-t-il Robert ? Y a-t-il un problème, tu me sembles inquiet ?

– Tout va bien, Sylvie. Je t'expliquerai.

David fait rentrer Sylvie, referme la porte.

– Tu es là, enfin, Sylvie, viens !

Il est heureux.

Il la prend dans ses bras, la serre contre lui, l'embrasse dans le cou tout en glissant sa main dans son dos, ondulant ses doigts sous le tailleur chanel bleu.

Son cœur bat de plus en plus fort. Il ne peut contrôler son émoi. Il tient avec délicatesse et tendresse le corps de la femme qui lui a offert tant de joies et qui l'a fait rêver toute la nuit. Mais, en même temps, il ne peut cacher son désarroi, pour lui expliquer son départ précipité du lendemain.

Il avait prévu dans son scénario, de la convaincre pour qu'elle se rallie à sa mission. Mais il doit s'envoler demain pour Oslo.

Elle est venue, il la possède, éprouve ce sublime sentiment amoureux qui fait tourner la tête. Il ressent pourtant une profonde gêne d'avoir à suspendre momentanément cette relation.

Embarrassé il ne sait pas comment lui formuler son départ.

Certes, il n'a pas de compte à lui rendre et n'a pas à se justifier.

Point de détours, il décide de lui parler.

– Sylvie, il me faut partir demain et m'absenter quelques jours.

Le visage de Sylvie se ferme.

Ses paupières, d'un coup, clignotent.

Sa bouche se pince.

Ses bras tombent.

– Je savais en entrant que quelque chose s'était passé depuis hier. Tu n'es pas le même. Ton regard a changé. Le ton de ta voix est grave et tu as l'air préoccupé.

– Sylvie, je vais partir, mais je reviendrai rapidement. J'ai besoin de toi. Tu m'as apporté beaucoup et je me sens bien en ta compagnie.

– Moi aussi, Robert, mais moi c'est encore plus fort, tu es important pour moi. Tu es indispensable pour ma vie, comme l'oxygène que je respire. J'espère que tu reviendras vite, et tu vois, je ne veux même pas savoir les raisons de ton départ. L'essentiel, c'est que tu me promettes de revenir, que je te serre encore dans mes bras et sentir ton corps près du mien.

– Je te promets, je reviendrai.

Les deux corps s'enlacent, leurs lèvres s'unissent dans un baiser qui ressemble à un baiser d'adieu traduisant l'inquiétude de deux êtres qui se sont aimés à la folie.

Ils sont tous les deux emportés par ce merveilleux sentiment d'attraction physique qui, comme des aimants collés, ont du mal à se séparer.

C'est elle qui s'éloigne en premier, recule et en fermant les yeux confesse, hésitante, en lui chuchotant comme une adolescente :

– Robert, je t'aime.

Gêné et éperdu, l'agent de Tsahal se ressaisit.

Attiré par cette merveille, il n'a pas oublié cependant qu'il est en service commandé, et en soldat, il doit accomplir son devoir.

Point de larmes, point de faiblesse, l'air viril, dominant ses sentiments pour mener à bien le job pour lequel il s'est engagé, David ne faillit pas.

Mais il n'empêche qu'il sent si proche de lui, les bras, les mains, le corps d'un être subtil dont les charmes, l'ont fait chavirer, et ont laissé des empreintes taillées au plus profond de lui, comme les traces d'un sculpteur sur bois.

Il la désire, elle s'en aperçoit.

Il s'avance de nouveau vers elle, saisit sa taille et d'un geste plutôt brutal, rapproche sa tête de la sienne pour lui reprendre les lèvres encore brûlantes qu'il vient de quitter.

Leurs bouches unies, leurs langues entortillées dans des mouvements souples et onduleux, ne peuvent plus se détacher.

Le baiser d'amour n'en finit plus.

Les deux amants retiennent leur souffle et exultent de bonheur.

David est-il vraiment tombé amoureux ?

Oubliée Myriam ?

Oubliée la mission ?

La nature humaine a repris le dessus, David tient dans ses bras celle pour qui son cœur bat.

Il est amoureux.

Sylvie finit par se dégager de son amant qui essaie de la retenir.

– Robert, il faut que je parte.

– Non. Reste !

– Je ne peux pas Robert. Quand te reverrais-je ?

– Dès mon retour, je te ferai signe c'est promis.

Les yeux remplis de larmes, Sylvie tourne la tête pour éviter le regard de celui qu'elle ne veut pas quitter et d'un geste de la main, envoie un signe d'au-revoir, puis abandonne le lieu où elle s'est sentie revivre.

David, sur le pas de la porte, voit s'en aller celle qu'il ne veut pas laisser partir, celle qui a déjà pris une place dans son cœur.

Fou d'elle, il a envie de la garder auprès de lui tout le temps.

Cette magique attraction incontrôlable le renvoie subitement à ses premières émotions amoureuses.

« Il tenait la main de son premier amour.

Se dire au-revoir était impossible. Trop éprouvant.

Sans lâcher sa main il ne cessait de multiplier les raccompagnements et prolonger le temps pour fuir la séparation. Pendant tout le trajet, ils se regardaient sans dire un mot, mais la lueur embrasée dans leurs yeux parlait pour eux. De temps en temps, ils s'arrêtaient, s'embrassaient fougueusement et avaient un mal fou à se détacher.

Le déchirement du départ pour rentrer chez soi était difficile à supporter. Aussitôt arrivé il se précipitait pour lui téléphoner, entendre sa voix et lui répéter qu'il l'aimait à la folie. »

Sylvie est partie.

David ressent les mêmes émotions, le même bouleversement.

Amoureux, heureux, troublé, il pense déjà à elle.

PASSE-PASSE À OSLO

Arrivé à la gare de Cherbourg, David n'a pas pris grand chose comme bagage. Son costume tweed de chez Norton and Sons, une chemise oxford, sa cravate club, son pull, son écharpe en cachemire et un imperméable Burberry, sans oublier son pyjama en coton égyptien.

Son train pour Paris part à 6 heures 42.

Il n'a pas passé une bonne nuit après avoir dit au revoir à sa nouvelle conquête.

Arrivé à la gare il s'assoit au bar, demande un café.

Sur le quai, les voyageurs s'apprêtent pour prendre leur train, et comme dans toutes les gares du monde, les départs sont toujours des moments uniques, les uns se pressant pour accéder aux wagons, les autres utilisent tranquillement tout leur temps pour les retrouvailles ou les adieux.

Le brouhaha des locomotives, les annonces au micro, les sifflets stridents rythmant les départs envahissent de manière ininterrompue l'immense hall.

Il aperçoit sur le quai deux hommes qui discutent mais qui ne le quittent pas du regard.

Il croit reconnaître l'un des deux.

Serait-il suivi ?

Il fait comme s'il ne les avait pas vus, passe devant eux, l'air de rien.

Ils continuent à parler sans solliciter la moindre réaction.

David a la conviction d'en connaître un.

Il essaie de se rappeler où, quand, et comment.

Pour vérifier s'il n'est pas suivi il presse le pas.

Les deux hommes à l'allure insignifiante et classique lui emboîtent le pas.

Il entre dans la boutique pour acheter un journal, les deux hommes restent à l'entrée et attendent sa sortie.

Il n'y a pas de doute, il est suivi.

Personne ne savait qu'il devait partir de Cherbourg, excepté Moshe et Sylvie.

Serait-il surveillé par les hommes du « Shin Beth » ou de « l'Aman » qui veulent s'assurer de la fiabilité de leur agent ?

Les services du contre-espionnage français sont-ils au courant de l'action entreprise par les services secrets israéliens ?

Seraient-ce des agents arabes du Mukhabarat égyptien ?

Est-ce des Israéliens

Sont-ils des professionnels ?

Il ne s'est jamais senti repéré depuis son arrivée à Cherbourg, enfin c'est ce qu'il pense. Toutes ces hypothèses, David les analyse méthodiquement comme on le lui a appris.

Il doit maintenant rejoindre le quai n°3 où se trouve son train.

Les deux hommes le suivent.

Sur le quai, ils l'observent attentivement. L'un des deux affiche un sourire équivoque et esquive le regard de David lorsqu'il monte dans le train.

David les fixe à son tour.

Ils ne bougent pas et font semblant de discuter.

David panique un peu, essaie de comprendre et s'interroge à nouveau.

Qui sont ces deux hommes ?

Perplexe, il n'a pas la réponse.

Il rejoint sa place.

Trop tard pour prévenir Moshe, trop tard pour modifier ses plans.

Trois heures cinquante de voyage, dans des conditions peu confortables, d'autant plus que les voyageurs de son compartiment ne sont ni sympathiques ni très causants.

Il sort son *France-Soir* qui communique les dernières analyses un an après mai 1968.

« Les français qui ont oublié la révolution étudiante, les grèves et le départ incroyable du Général De Gaulle laissant la place à Georges Pompidou, élu à plus de 58 %, ont tous été devant les écrans de télévision le 21 juillet, qui transmettaient les premiers pas de l'homme sur la lune venant de quitter la cabine américaine « Apollo ». L'exploit est gigantesque. Un petit pas pour l'homme, un pas de géant pour l'humanité.

David suit l'actualité internationale :« tout un article est consacré à la politique du nouveau président américain Nixon qui se désengage du Viêt-Nam, abandonne la politique mise en place par le ministre des affaires étrangères Kissinger, et qui explique que les États Unis perdent peu à peu la guerre entreprise au Viêt Nam.

Mais David lit avec une plus grande attention : le sujet sur Yasser Arafat, chef de l'OLP qui devient le leader palestinien, affichant son hostilité à Israël, pays à la tête duquel une femme, Golda Meir, est élue comme premier ministre.

En France, la SFIO devient le Parti Socialiste, le premier ministre Chaban Delmas avec Jacques Delors mettent en place une politique de réforme et d'ouverture sur le plan social. »

Le train s'arrête.

La gare de Bayeux est annoncée. Cinq minutes d'arrêt. Le train redémarre pour Caen. Des voyageurs descendent, d'autres montent. La plupart d'entre eux travaillent à Caen, ville universitaire, industrielle avec un centre hospitalier réputé.

Le trajet est long ; David, bercé par le ronronnement de la locomotive plonge peu à peu dans la somnolence.

Après avoir desservi Lisieux et Evreux, le train entre en gare de Paris. David se dépêche : son avion pour Oslo décolle à 13 heures 15.

Il doit se présenter une heure avant pour les formalités au comptoir d'enregistrement. Il a juste le temps de manger un sandwich à la va-vite, prendre rapidement, un taxi pour Orly.

L'avion décolle. Assis en place touriste, le voyage avec Air France s'effectue agréablement. L'avion passe au-dessus de la Norvège et de son hublot David devine ce pays impressionnant par le nombre de ses lacs et de ses forêts. L'avion se pose à l'aéroport Oslo Fornebu, à l'heure.

David passe la douane, change quelques dollars en billets norvégiens, sort de l'aéroport qui se trouve à 45 kms du centre ville.

Il fait plus froid qu'à Cherbourg. C'est une évidence qu'il a prévue. Il a mis son pull en cachemire, et autour du coup l'écharpe, achetés à Londres chez Harrods.

Il doit à présent prendre encore un train pour le centre-ville. Il se rend en car en quelques minutes à la gare.

Dans le hall, méfiant il se retourne, veut s'assurer que personne ne le suit.

Très vite il s'aperçoit un couple qui se tient par la main et qui s'approche de lui de manière inhabituelle. Il ressent alors ce sentiment fort d'être suivi ou surveillé, et ne peut s'empêcher de faire le rapprochement avec l'épisode vécu à la gare de Cherbourg.

On lui a appris à Beer Sheva de se méfier de tout, même de son ombre.

Il s'arrête net. Le couple le dépasse et la femme très discrètement affiche un regard plutôt curieux.

Vigilante, la surveillance secrète de Tsahal veille encore pense David.

Il sourit, continue vers les guichets ou il change ses dollars contre les couronnes norvégiennes et retire un billet pour se rendre à son hôtel au centre-ville.

La nuit est tombée. Le train traverse les grands espaces boisés de ce pays sillonné et infiltré par des fjords dont les collines bordent les villes. Il roule dans un bourdonnement sonore régulier, arrive à l'heure pile en gare d'Oslo.

Le bâtiment, du siècle précédent, abrite un flux de voyageurs impressionnant qui s'empresse comme dans un essaim d'abeilles, cherchant, dans un mouvement continu et régulier, leurs destinations.

Une fois sorti, il jette un coup d'œil sur le plan pour se diriger à pied vers son hôtel. Pour un mois de septembre, il fait froid. Sous un ciel gris, la circulation est fluide et on devine dans les rues, à peine allumées, quelques piétons qui ont l'air pressés. À cette heure-ci, les devantures des magasins sont fermées et seuls, les restaurants ou les brasseries affichent à travers leurs vitres une ambiance un peu plus accueillante.

Rien à voir avec Tel Aviv ou Londres, ou New York que connaît bien le play-boy des services secrets. Il n'aurait pas aimé vivre dans ce pays aseptisé par le froid, et un court instant son imagination le fait voyager dans le temps et l'espace :

« C'est à Agami, une plage près d'Alexandrie, qu'il se revoit adolescent chahutant avec ses copains pendant les vacances d'été. Il adorait se retrouver au bord de mer, profitant des bains en Méditerranée, savourant sur le sable chaud de l'été la citronnade fraîche sortie de la gargoulette suspendue à l'épaule du vendeur, pieds nus, criant à tue-tête que son eau est la meilleure. Admirer en fin de journée ce splendide coucher de soleil embrasant le ciel devenu le théâtre de la métamorphose du spectacle divin.

Mais le meilleur moment, se rappelle David, c'est à la plage, celui du lever du jour, interrompu par les appels du vendeur de beignets lokomadis *proposant dans des cornets confectionnés avec des journaux, cette nourriture délicieusement enrobée de miel, apportant une touche de douceur à son réveil matinal. »*

David dévisage les gens, observe leurs comportements, décrypte, peu à peu, cette vie scandinave dans cette capitale surnommée « La ville du Tigre ».

Au Grand Hôtel sur la Karl Johans gate, une chambre au nom de Robert Garnier, comme indiqué sur son passeport, est réservée.

– Voici vos clefs Monsieur Garnier, votre chambre est au deuxième étage.

Le groom l'y conduit en lui portant sa valise.

– Merci, dit David, en lui tendant une couronne.

La chambre est petite, mais d'un confort et d'une décoration dignes d'un palace. Il est 20 heures 30 ; David s'empresse de vider sa valise, puis se saisit du téléphone et compose le numéro appris avant son départ.

Au bout du fil le téléphone sonne, personne ne répond.

Il essaie à nouveau, laisse sonner plusieurs fois.

Il patiente, puis s'impatiente, s'inquiète, puis raccroche.

Trois minutes, après il renouvelle son appel.

On décroche, personne ne se déclare.

– Allo, allo.

– Allo, qui est à l'appareil ?

– C'est le rendez-vous répond David.

– Quel rendez-vous ?

– Celui de Cherbourg.

– Quel est ton nom ?

– Noa.

– David je vais passer dans une heure, attends-moi. Je taperai à ta porte le signal convenu.

– O.k.

David, rassuré, va pouvoir se détendre en attendant son contact.

Il prend rapidement une douche et se met en tenue de nuit.

Un pyjama, bleu lavande, de coton égyptien, confectionné par son usine de Marseille spécialisée dans les textiles, avec un saut-de-lit blanc aux emblèmes assortis. Il appelle la réception pour qu'on lui monte une collation et une boisson.

Peu de temps après, le garçon d'étage frappe à la porte ; David, méfiant, demande qu'il s'annonce, puis rassuré, le laisse entrer dans la chambre pour déposer le plateau commandé. Il s'éclipse de manière discrète et silencieuse, prouvant que le service est à la hauteur de l'enseigne.

Une heure plus tard, on frappe à sa porte.

Le signe de reconnaissance : un coup, deux coups, un coup.

David ouvre.

Son contact apparaît. Il le reconnaît. C'est Samuel qu'il a connu pendant son stage à Beer Sheva.

– Je suis content de te retrouver, Samuel.

– Moi aussi, David.

– J'ai eu le sentiment d'être surveillé à Cherbourg à Paris, et même ici à l'aéroport. Serais-tu au courant ?

– Non, mais ce pourrait être notre propre service de surveillance, tu sais.

Les deux hommes vont pendant un moment, se parler, évoquer les souvenirs d'Israël, puis étudier ensemble le plan envisagé pour le lendemain.

Ils savent combien Israël a besoin des vedettes arraisonnées après l'embargo décrété par la France et connaissent la stratégie mise en place depuis des mois par les services secrets israéliens pour exfiltrer les bateaux de Cherbourg.

Israël a tout prévu. Dans le plus grand secret et dans les moindres détails.

Avec l'aide et la complicité de personnes influentes, la société écran, la Starboat Oil Compagnie, créée au Panama pour la circonstance entre en scène.

Une vente fictive est mise en place.

Les ministres israéliens sont avec les chefs du Mossad les seuls à le savoir.

Le président de cette société Monsieur Ole Martin Siem, norvégien, directeur à la fois d'un important groupe de constructions navales propose aux Constructions Mécaniques de Normandie de racheter les bateaux pour ses besoins en recherches pétrolières.

La société des C.M.N est d'accord. La France accepte cette transaction après l'autorisation de la Commission interministérielle des exportations militaires.

Tout est en règle.

Israël pilote l'opération.

Chacun y trouve son intérêt. La France, les C.M.N et naturellement Israël.

Les deux agents mandatés à Oslo pour officialiser et valider cette vente auprès des autorités françaises ont rendez-vous avec Monsieur Siem.

Pour cet évènement ils ont choisi de louer des bureaux au « Bristol » l'hôtel de luxe très renommé.

Les vrais-faux documents signés de cette vente fictive doivent parvenir au commandant Moshe et à l'amiral Mordechaï rapidement pour lancer l'« Opération Noa ».

Pour cette transaction, David représentant officiel des C.M.N devra obtenir la signature du Président Siem sur les documents officiels que lui a confiés Samuel, représentant des affaires commerciales israéliennes.

Le montage et le succès de cette opération permettront à la société des C.M.N, de coopérer avec Israël pour la maintenance des vedettes.

Le lendemain David est sur pied depuis sept heures.

Il a passé une nuit tranquille, tout en pensant par moments à sa récente conquête délaissée à Cherbourg.

Confiant, il déjeune, dans cette chambre luxueuse, comme un prince qu'il est redevenu, et attend le moment de se présenter au rendez-vous, en consultant les dernières nouvelles du *Times*.

Comme convenu, il se rend au Bristol le palace dont le luxe et les décors somptueux sont du genre à plaire à notre agent, qui retrouve les marques de sa jeunesse dorée et de sa vie de play-boy fortuné.

Le calme règne.

Le personnel discret est attentif au moindre geste des clients.

David s'avance et décline son identité dans un accent très *british* :

– Bonjour, je suis Monsieur Robert Garnier. Je dois me rendre dans les bureaux qui nous ont été réservés.

– En effet, Monsieur Garnier, vous êtes attendu. Permettez-moi de vous y conduire.

Le responsable le devance et dirige David à travers les couloirs capitonnés, aux murs ornés par des fresques qui représentent la peinture baroque mettant en scène des personnages érotiques. L'épaisseur de la moquette au sol, les lustres en cristal, les faïences mettant en valeur des bouquets de fleurs magnifiques, sont les signes d'un grand palace. Il lui ouvre les portes d'un somptueux cabinet directorial, où trois personnes sont déjà assises autour d'une imposante table ovale de style Louis XV.

Samuel se lève et salue David et dans un anglais approximatif :

– Bonjour Monsieur Garnier. Nous vous attendions. Vous connaissez Monsieur Siem, je crois ?

– Oui, effectivement… On s'est déjà rencontrés à Londres.

David salue, comme il convient, les représentants norvégiens et rajoute :

– En effet, je viens confirmer les accords passés entre le gouvernement israélien que Monsieur Samuel Weismann représente, et votre société, Monsieur Siem, qui rachète les vedettes commandées par Israël.

Par ces accords, nous garantissons le suivi de l'après-vente pour lequel nous assurons à vos techniciens la formation nécessaire.

– Monsieur Garnier, je suis très heureux de vous revoir et vous remercie de nous permettre d'acquérir ces navires que nous destinons à nos recherches pétrolières dans la mer du nord. Le règlement des sommes dues, conformément à nos accords vous sera versé sur le compte de votre société. Nous avons, à ce propos, mon secrétaire général et moi-même, apporté les documents pour achever notre transaction, que je vous demanderais de bien vouloir signer.

– Tout à fait, Monsieur le Président, réplique David.

– C'est entendu, Monsieur Siem, les vedettes vous appartiendront dès votre versement sur le compte de la société des C.M.N. Je possède aussi deux exemplaires du protocole de notre accord que je vous demanderai de valider.

Le Président se lève. Il regarde David, puis lève la tête légèrement.

David constate à cet instant un changement dans l'expression de son visage.

– Je voudrais à cet effet, Monsieur Garnier, me permettre de vous demander un délai supplémentaire pour le règlement.

Tout à coup un grand silence s'installe dans la pièce.

David et Samuel sont stupéfaits.

Ils se regardent, sans broncher.

– Désolé Monsieur Siem, il nous faut l'argent de notre vente immédiatement sinon, nous ne pourrons honorer notre accord, répond David.

Monsieur Siem manifestement gêné affiche une moue mécontente.

Il fait quelques pas, l'air soucieux, s'arrête, puis se penche vers son secrétaire et lui chuchote quelques mots en norvégien.

Le secrétaire hoche la tête pour signifier qu'il est d'accord.

– Messieurs, je vous demande une suspension de séance pour que je puisse m'entretenir avec mon secrétaire.

David regarde Samuel.

Ils ne s'attendaient pas du tout à ce scénario.

Contraints ils acceptent le délai de réflexion demandé.

Le Président et son secrétaire se retirent de la pièce et laissent leurs interlocuteurs pensifs et anxieux de connaître le résultat de leurs échanges.

– On peut leur accorder un délai supplémentaire propose Samuel.

– Non on ne le peut pas. L'amiral a besoin de cet accord le plus rapidement possible. Ce sont les consignes, réplique David. Nous devons rester intransigeants la dessus.

Les deux norvégiens reviennent à la table des négociations avec un petit sourire énigmatique.

David et Samuel sont impatients de connaître le résultat.

– Après une ultime vérification je suis heureux de vous annoncer que nous pouvons procéder au règlement sans délai supplémentaire.

Le soulagement se manifeste sur les visages, le sourire s'affiche et le calme et la sérénité ont effacé cet intermède anxiogène.

Le protocole signé, la poignée de mains de rigueur ayant entériné la transaction, les protagonistes décident de fêter, comme il se doit, l'évènement dans un restaurant très huppé : le célèbre « Statholdergaarden », tout près de l'hôtel.

Le repas terminé, Samuel montre une certaine impatience pour partir que freine spontanément David en lui demandant par un geste de la main, de faire preuve de calme et de ne pas précipiter le cours des civilités.

Le président Siem se lève en premier, suivi de son secrétaire général et donne le signal de la fin de la rencontre.

– Messieurs, j'ai été satisfait de cet accord et suis très heureux de l'avoir mener à son terme. Je vous communiquerai les dates de notre intervention pour prendre livraison de nos navires. En attendant, je vous souhaite un bon retour dans vos pays.

Il salue Samuel, puis David, d'une poignée de main et rejoint la voiture et son chauffeur qui l'attendent juste en face du restaurant.

David aperçoit le couple déjà rencontré à l'hôtel Bristol qui filme discrètement la scène. Sans aucun doute il appartient aux services secrets qui savent combien il est important de produire des preuves.

Samuel et David, satisfaits l'un et l'autre, ne s'attardent pas et se séparent, chacun emmenant dans son attaché-case les documents de la vente comme garantie apportées aux autorités françaises.

David doit regagner le lendemain Paris, et reprendre sa mission qui est claire.

En arrivant à Cherbourg il lui faudra remettre les documents à Moshe puis revoir au plus vite Sylvie pour obtenir les codes et les clefs indispensables aux agents qui devront pénétrer au sein des C.M.N.

La tâche est claire, David est déterminé.

Les accords entre les différentes parties conclus, l'opération peut se poursuivre sauf que… sauf que, les pays arabes, hostiles à Israël, ne l'entendent pas de cette façon.

Or, la politique de la France penche maintenant du côté des arabes, fournisseurs de pétrole et de gaz.

La Lybie vient de signer avec la France un contrat d'achat d'armement militaire pour une dizaine de milliards et les pays arabes suivent, de très près les évènements concernant les vedettes amarrées à Cherbourg, qu'ils n'aimeraient pas voir livrées à Israël, pays ennemi.

La riposte est crainte.

Arrivé dans sa chambre David soulagé est satisfait de sa prestation. Il décide de prendre un peu de repos. Mais il se rend compte très vite que sa chambre a été visitée.

Les objets ont changé de place, un désordre curieux est perceptible.

Il descend à la réception demande s'ils avaient constaté des problèmes dans sa chambre après son départ.

— Non Monsieur le ménage a été effectué après votre départ et tout était normal.

David n'est pas convaincu.

Ses affaires sont là mais les statuettes et les cadres sur la commode ont été déplacés puis remis sans grande précaution. Le tiroir de l'armoire est mal fermé.

Quelqu'un est entré à la recherche d'éléments qui l'intéressaient et a dû fouiller un peu partout. Il en est persuadé.

Il appelle Samuel et lui fait part de ce constat.

— Si réellement tu as la certitude qu'un individu est entré dans ta chambre il nous faut réagir avec prudence. Ne bouge pas je vais venir discrètement pour m'assurer que tu puisses l'occuper sans courir de danger. Je te rappelle.

Samuel se rend au Grand Hôtel où se trouve son ami.

Dans le hall un nombre considérable d'individus tous différents se croisent, se parlent, ou se reposent dans des coins réservés à cet usage.

Mais tout de suite, Samuel repère deux hommes retirés dans une encoignure à l'abri des regards. Ils sont de type méditerranéen, habillés de façon perceptible, et se parlent en chuchotant d'une manière peu naturelle.

Samuel comprend rapidement.

Il reste un instant à les observer puis s'approche discrètement pour essayer de deviner le langage employé.

Il reconnaît l'arabe.

Aucun doute ce sont des agents secrets du Mukhabarat égyptien.

Prudemment il retourne à son hôtel pour avertir David.

– David, j'ai pu localiser et identifier deux agents égyptiens dissimulés dans un coin caché du hall. Tu as été, à coup sûr, suivi et ils veulent certainement récupérer les documents. Ne bouge surtout pas pour l'instant. Il te faut t'extraire rapidement de l'hôtel mais par une autre sortie.

– Entendu cinq sur cinq. Je fais le nécessaire pour décamper en vitesse et je t'attends à l'extérieur devant ton entrée.

David localise une sortie de secours qui donne sur l'autre côté de la rue.

Il récupère sa valise, son porte-documents et se faufile habilement pour quitter l'endroit sans se faire remarquer.

Dans ces situations, on lui a appris de contourner l'ennemi, de préférer l'esquive à l'affrontement.

Mais la porte est fermée.

Heureusement David connaît ce genre de serrure. C'est une des premières leçons techniques qu'il a apprise : ouvrir les portes.

Le tour est joué il n'a pas perdu la main.

Il arrive à l'hôtel de son ami et patiente quelques instants.

Les deux agents israéliens se retrouvent et doivent à présent mettre en place la méthode pour échapper définitivement à leurs poursuivants, regagner au plus vite leur pays respectif sans éveiller de soupçon.

Aucune hésitation.

– Samuel, nous partons maintenant. Il faut prendre le train pour nous rapprocher de l'aéroport et quitter le pays.

– La Mukhabarat devait certainement être bien renseignée.

– Effectivement je devais être filé depuis Cherbourg.

La filature de David, inquiète Samuel.

David est convaincu pourtant que toutes les précautions nécessaires avaient été prises et que tout avait été gardé de manière parfaitement secrète.

Rien n'avait pu échapper à la vigilance de ces agents précautionneux.

Alors la question se pose.

Comment les services secrets égyptiens ont-ils pu être renseignés. Par qui, et depuis quand ?

Les deux hommes quittent les lieux sans attendre, en direction de la gare.

Dans la rue, méfiants, ils observent l'environnement, examinent, soucieux, les passants et inspectent les moindres mouvements.

Ils sont sur leurs gardes.

Tout en pressant le pas, David continue à se poser une multitude de questions. La fuite viendrait elle d'une taupe ?

Impossible de la part d'un agent israélien.

Qui alors ?

Ils arrivent, essoufflés, à la gare, vont acheter à tour de rôle leur billet pour l'aéroport situé à Fornebu.

Le chef de gare siffle le départ.

Seuls dans le compartiment, Samuel et David, assis côte à côte, entament l'analyse de la faille qui a mis les services ennemis sur leurs traces.

– Ça ne peut venir que de ton côté, dit Samuel ; moi je suis arrivé directement d'Israël en n'ayant eu qu'une escale à Rome.

– J'essaie de me souvenir des personnes que j'ai pu rencontrer depuis avanthier, lorsque j'ai reçu l'ordre de partir, mais je ne vois vraiment pas qui.

Les deux hommes inquiets arrivent à destination sans avoir élucidé l'énigme de leur filature.

À présent, ils doivent loger près de l'aéroport pour y être rapidement le lendemain matin.

Les billets d'avion sont réservés.

Par chance L'international, un des trois hôtels à proximité dispose de chambres rudimentaires qui feront l'affaire des deux agents pour la nuit.

David et Samuel vont tâcher d'évacuer le stress et de reprendre des forces.

Allongé sur le lit, David tente de comprendre qui a bien pu surveiller ses déplacements.

Il cherche à faire la lumière et passe en revue les différentes possibilités pour répondre à ses questions.

Une image lui revient sans cesse. Celle de l'homme à l'allure étrange et aux tics. Il se rappelle l'avoir vu deux fois à Cherbourg.

C'est lui.

Son teint basané et son faciès typiquement méditerranéen sont peut-être une des réponses. Appartiendrait-il aux services secrets égyptiens ? David analyse les autres pistes éventuelles, s'interroge et finalement déduit que tous les indices convergent.

C'est lui.

Il en est sûr, c'est bien lui.

Depuis la Guerre des Six Jours, après leurs cuisantes défaites sur terre et sur mer, les égyptiens qui ont changé de stratégie pour assurer leur défense ont développé leurs services secrets en s'inspirant des méthodes employées par Israël. Le général Nasser, humilié, a voulu réformer son système et a déployé une quantité surprenante d'agents à travers le monde pour obtenir l'efficacité et les résultats de leur modèle et leur ennemi.

Israël est prévenue, elle est sur ses gardes.

Les renseignements de ses services secrets ont démasqué certain de ces espions égyptiens et ont déjoué leurs actions, mais parfois ils ont tendance à sous-estimer l'ennemi.

La nuit a été courte, pénible.

Les deux hommes se retrouvent dans le hall de l'aéroport norvégien, tout en faisant semblant de ne pas se connaître.

Ils se sont dit au-revoir la veille.

Leurs avions décollent.

L'avion de Samuel vers Tel Aviv via Rome, celui de David vers Paris en vol direct.

Les documents signés.

L'opération « Noa » se poursuit.

RIZ AUX LENTILLES

L'avion Oslo-Paris atterrit à 12 heures 58 comme prévu.

Temps gris, la pluie est au rendez vous.

Aussitôt arrivé à Paris, David préoccupé par la filature dont il a été la cible doit se dépêcher de livrer les documents signés à Oslo et faire son rapport à Moshe.

Les formalités accomplies, Robert Garnier est autorisé à fouler le sol français.

Il repère une cabine téléphonique, s'assure que personne ne l'observe et se dépêche pour appeler son commandant.

– Moshe, Chalom. J'ai les documents, tout s'est bien passé mais j'ai été suivi par des individus qui parlaient l'égyptien, et je pense bien que ce sont les hommes du Mukhabarat.

– Tu as les documents, tu es en bonne santé ? je t'attends à Cherbourg comme convenu à l'endroit habituel. Chalom.

David n'est pas surpris du ton et de la réponse de son chef.

Sa mission n'est pas terminée.

Cherbourg, Sylvie, les vedettes l'attendent.

– Gare Saint Lazare, s'il vous plaît.

– Bien Monsieur.

L'accent parisien du chauffeur de taxi le met tout de suite dans l'ambiance, lui rappelant lorsqu'il a effectué son service militaire juste avant la création de son usine à Marseille.

Le chauffeur de la Peugeot 403 d'un confort emblématique des automobiles françaises, le conduit à la gare.

Le trafic est fluide.

– Cela vous fera quarante-deux francs, Monsieur.

David paie son chauffeur, va prendre son billet du train qui part à 15 heures 52.

Quatre heures et demie de voyage, des arrêts fréquents.

David se cale tant bien que mal dans la place de la banquette qui lui est réservée.

Inconfortable, désagréable.

Dans le compartiment deux personnes sont assises face à lui.

Une femme d'un certain âge, dont le visage interpelle David.

Elle ressemble étrangement à sa mère Sultana. Tout en dévisageant la personne qui détourne la tête, il esquive son regard pour ne pas la gêner, pense à sa mère qu'il n'a pas vue depuis plusieurs mois.

Il ne peut s'empêcher de reporter à nouveau ses yeux sur elle. Il observe ce visage, il voit sa mère face à lui, avec ses yeux verts, lumineux, plein de gaieté, de douceur et un brin de malice orientale.

À un moment, il ferme ses yeux, laisse voyager son esprit dans le temps.

« *Il revoit les images de son enfance à Maadi, lorsque sa mère l'appelait : – Ya Rohi, ya Amir, (mon cœur, mon prince), quand elle lui chantait des berceuses pour l'endormir. Il n'a pas oublié le moment où elle préparait son cartable avant de partir à l'école le matin. Il se rappelle aussi cet instant désagréable quand elle lui faisait boire une cuillère d'huile de foie de morue, puis son verre de lait aux œufs battus avec du cacao, en le couvrant de baisers.* »

La locomotive fait un bruit infernal.

Son esprit est ailleurs, en Égypte, pays de ses jours heureux.

Les yeux fermés, la tête oscillante par les secousses et le tremblement du wagon.

« *Elle lui avait tout donné, sa mère, la bonne éducation franco-anglaise, avec en plus, la connaissance des arts et de la musique. Il se revoit avec son professeur de piano, un perfectionniste, qui lui tapait sur les doigts à la moindre fausse note, devant le chevalet avec son professeur de dessin et de peinture, rêveur admiratif des formes et des couleurs. Sa mère veillait sur lui, suivait ses progrès dans les arts, à travers la porte entrouverte. Elle en était fière. Il aimait moins les heures passées avec le rabbin de la synagogue qui venait pour l'apprentissage des prières auxquelles son père tenait tant. Il préférait à tout cela, les leçons de tennis au Sporting Club de Méadi et les heures à jouer au golf, avec ses amis anglais, américains, que suivaient silencieux les caddies envieux.*

Des heures de joies sans problème, une vie paisible d'adolescent, suivies de brillantes études à l'université d'Oxford.

Né dans un milieu aisé avec des prédispositions physiques et intellectuelles au-dessus de la moyenne c'était un bon parti. Il était très sollicité par les femmes qui cherchaient toutes sa compagnie.

Aucune ne convenait à sa mère qui avait fait de lui un véritable prince proche de son père qu'il remplacera au sein du groupe industriel bien implanté en Egypte avant l'arrivée du Général Nasser.

Il a eu de la chance, c'est le moins qu'on puisse dire.

Une vie tranquille, heureuse, sans folies aucune. »

Face à cette inconnue, les souvenirs défilent.

Les images s'estompent puis disparaissent.

Puis le saut.

Comment était-il devenu Robert Garnier ?

Pourquoi avoir endossé l'uniforme du soldat de l'ombre ?

Est-ce la rencontre avec Sarah, l'agent israélien, cet amour fou qui l'avait fait basculer dans l'aventure des services secrets ?

C'est une fois confronté à ce monde nouveau, et en se séparant d'une partie de son passé qu'il va ressentir la jouissance d'un jeune enfant découvrant le jouet de ses rêves.

Une autre vie, une deuxième vie.

Il avait ce besoin d'exister par lui même.

Construire sans héritage, se libérer de la confortable dynastie familiale pour apprécier le mystérieux goût du risque, de l'aventure et du militantisme.

Eprouver cette subtile sensation de sortir du moule, se sentir libre, vivre même le danger, et encore mieux, le vaincre pour atteindre un épanouissement intérieur, le nirvana proche de la félicité mystique.

Assumer tout seul, vaincre et jouir.

Son choix, son engagement c'est d'abord le coup de foudre pour le soldat Sarah, puis sa mission à Maadi en Égypte, et surtout la rencontre de Jérusalem au mont des Oliviers avec Myriam.

Quel changement ! Quel virage à 360 ° dans sa vie !

La destinée de l'héritier au parcours tranquille est terminée.

Ce sont à présent les passages de sa formation difficile et pénible d'agent prêt à affronter les risques et les dangers auxquels il pense.

Sa première mission « Opération Maadi », la séparation douloureuse d'avec Sarah, puis sa rencontre avec Myriam qui lui reviennent en boucle.

Toute sa vie défile, comme dans un film et les images lui font oublier un moment sa mission, sa filature, et même, Sylvie.

Son regard, se pose à nouveau, sur le visage de la passagère et il ne peut s'empêcher de repenser encore à sa mère et à sa bienveillance.

Certes elle a été cette mère juive protectrice, cette mère exclusive, mais c'est une mère adorée qu'il a très envie de revoir. Il a envie d'entendre sa voix et pouvoir lui raconter, en lui mentant, les différentes étapes de sa prétendue expansion de son affaire dans le monde international.

Le voyage est long. David donne des signes de fatigue, puis se ressaisit, en pensant à Sylvie, qu'il n'a pas vue depuis quatre jours. Il songe à ce corps divin qu'il a tenu avec passion. Elle lui manque.

Cet amour naissant depuis peu trouble furtivement son esprit.

Comment va-t-il s'y prendre pour mener à bien sa mission tout en contrôlant ses pulsions amoureuses ?

Comment réussir à obtenir de la part de sa nouvelle bien-aimée les renseignements indispensables pour subtiliser les bateaux.

Elle seule, peut lui fournir les clefs d'accès aux vedettes, les horaires des relèves des vigiles, les mouvements portuaires.

Il pense à son Aphrodite, bien évidemment, mais bien plus, il se remémore surtout les images de ses étreintes. Il revit ces moments qu'il a partagés, il y a peu de jours, avec ce corps plein de tendresse.

Mentir à sa mère et avoir envie de la revoir, mentir à la Vénus conquise, avoir envie de la prendre à nouveau dans ses bras.

La réalité le rattrape, il s'arrête de rêvasser.

Le train arrive enfin en gare de Cherbourg, David s'assure qu'il n'est pas suivi, saute dans un taxi pour se rapprocher du Q.G.

La maison se trouve à deux rues plus loin, rue Malakoff.

Vite, remettre les documents à Moshe.

Un coup deux coups, un coup, David frappe à la porte le signe secret de reconnaissance.

– Qui est ce ?

– C'est Noa.

La porte s'ouvre, Moshe avec un grand sourire accueille dans ses bras David qu'il serre avec une réelle émotion.

David lui remet le porte document.

– Tu as réussi David ! Mazaltov ! Mais quels sont ces agents qui t'ont filé ?

– À Oslo, je suis sûr que c'était le Mukhabarat, en revanche à Cherbourg et à Paris, c'étaient des gens à nous.

– Tu as raison, pour Cherbourg et Paris. J'étais au courant. On a été à tes côtés, mais pour Oslo, je ne comprends pas qui a pu les informer.

– J'ai l'impression que je suis surveillé, ici, dans la ville. Sur le port, j'ai pris un café ; avant de partir, un homme a attiré mon attention. Je l'avais déjà remarqué une première fois au Café de Paris puis au Café du Port et il m'avait intrigué. Il avait une drôle d'allure, le teint basané, et surtout avec un tic. Il bougeait sans arrêt la tête, fronçait les yeux, se mordait les lèvres. Il te donnait le vertige, et tu ne pouvais pas le regarder longtemps. Je pense qu'il me surveillait.

– *Ya hassrah* (quelle calamité) ! Il faut s'en méfier.

– Je suis sûr que c'est lui, l'homme que j'ai aperçu au Café de Paris.

Le commandant le somme de prendre des précautions supplémentaires, de brouiller les pistes, de changer de lieu de vie, de ne plus revenir le voir.

Surtout de poursuivre le plan initial pour aboutir rapidement.

– J'y vais, mon commandant ; je promets de faire le maximum.

David est prêt à partir quand Moshe lui saisit le bras :

– Fais attention à toi ! Ne tombe pas dans le piège des sentiments.

– Ne t'inquiète pas, j'y veillerai.

– *Chalom*, David.

22 heures.

Il est trop tard pour signaler son retour à Sylvie.

David se rend chez Yaacov, rue de Tourville, à près d'un quart d'heure de marche.

La nuit assombrit les rues déjà mal éclairées, et qui par moment deviennent sinistres.

Il frappe un coup, deux coups, un coup, comme c'est l'habitude pour se reconnaître.

– Qui est là ?

– C'est Noa.

Yaacov a reconnu la voix de David, ouvre et s'inquiète de sa visite.

– Qu'y a-t-il, David, ça ne va pas ? Ta mission s'est elle bien déroulée à Oslo ?

– Oui, Yaacov ; mais je dois changer d'appartement, et me faire très discret parce que nous pensons avec Moshe que je suis repéré par le Mukhabarat. Il faut que je passe la nuit chez toi. Pour demain on essayera de trouver un autre appartement.

– D'accord, David, mais tu n'auras que le canapé, comme couchage, et tu n'auras pas Sylvie dans tes draps.

– As-tu des nouvelles de Sylvie et d'Isabelle ?

– Non, mais je vois Léon demain ici même pour une partie d'échecs.

– Il faudrait que je voie Sylvie rapidement.

– J'essaie d'en parler avec Léon demain et lui demanderai de rencontrer Isabelle. À ce moment je tacherai de faire passer le message pour que Sylvie convienne d'un rendez-vous.

Je passerai demain prendre tes effets et je t'indiquerai l'hôtel où tu pourras t'installer en attendant.

– D'accord, Yaacov. Merci. Si tu permets je vais faire un brin de toilette et aller me coucher car tu dois t'en douter, depuis quatre jours j'ai été très sollicité, inquiété et j'ai dû veiller en permanence à ma protection qui était en danger.

– Je comprends.

Sur ce lit de fortune, la nuit fut longue et pénible pour David.

Yaacov dans son lit a passé une nuit comme les autres.

Ingénieur diplômé des Arts et Métiers, il est installé depuis un an dans cet appartement que les services secrets israéliens lui ont loué. Mais il ne l'aime pas vraiment et il n'a pas du tout eu envie de le décorer. Il s'en accommode.

Depuis son arrivée, il a acquis des habitudes mais a du mal à s'accoutumer aux conventions sociales françaises.

Soldat lui aussi, obéissant à Tsahal, il a accepté de servir Israël, sans conditions ni-contrepartie.

Il a laissé à Tel Aviv sa femme, Odette, qui travaille comme infirmière à l'hôpital Assuta, le plus grand d'Israël.

À Tel Aviv, il mène une vie tranquille, organisée autour de ses amis, joueurs d'échecs, mais aussi de philatélistes qu'il rencontre dans des cafés où les clients se réunissent tout simplement pour discuter et refaire le monde.

Odette, passionnée d'horticulture, fait pousser dans son jardinet toutes sortes de plantes exotiques qu'elle soigne comme ses patients.

Couple tranquille, ils se sont mariés il y a dix-sept ans et n'ont pas pu avoir d'enfant.

Yaacov a accepté cette mission à Cherbourg pour aider Israël.

C'est par idéologie qu'il le fait et qu'il considère que la défense d'Israël sur tous les fronts est indispensable.

Juif de naissance, il a fêté sa bar-mitsva à Alger, s'est marié religieusement avec Odette, d'origine ashkénaze. Ils respectent la tradition, mais ne suivent pas les règles du judaïsme d'une manière stricte et rigoureuse comme le font les orthodoxes.

Il a la nostalgie du pays.

Ce qui manque le plus à Yaacov, c'est la vie de Tel Aviv.

C'est de se promener dans la rue Dizenkoff, de manger un fallafel rue Allenby, de s'attabler dans un café et regarder déambuler ces jeunes gens juifs se tenant par la main le fusil en bandoulière. Il a envie de revoir cette jeunesse rescapée des tristes moments de guerre, insouciante, provocante et affichant un bonheur éblouissant illuminant leur visage juvénile.

Voir la vie.

Ressentir cette joie de vivre israélienne faîte de rires et de plaisanteries.

Se moquer de tout et même de soi.

Non.

Ici les Français sont réservés. Ils ont l'air sévère et souvent affiche une personnalité sérieuse loin de l'insouciance des années folles.

La guerre de 1940 a laissé des stigmates indélébiles dans la population française.

La France a d'abord perdu le combat puis a admis sa défaite en pactisant avec l'ennemi.

Au gré de leurs intérêts, les français traitres ont accepté le maréchal Pétain puis le peuple de France résistant a acclamé le Général de Gaule qui grâce aux alliés de la dernière heure ont libéré le pays.

Trente ans après, pour certains patriotes l'histoire ne pouvait effacer l'effroyable occupation et la déplorable collaboration.

Tente ans après les rescapés ne pouvaient éliminer de leur mémoire l'horreur de l'extermination d'autres français aux portes du pays.

Tente ans après les habitants de Cherbourg s'en souviennent encore.

Yaacov ressentait que ce sentiment était encore présent dans leur mémoire.

L'instinct de survie, le désir d'oublier, le poids d'un passé historique glorieux s'imposaient dans toutes les couches de la nation.

Les Cherbourgeois comme tous les Français d'ailleurs relevaient la tête et affrontaient le quotidien.

La vie se poursuivait.

Mais Israël ?

Peu de Français connaissait ce pays qui venait de naître. Ils ne savaient rien de son histoire, et ne pouvaient pas le localiser géographiquement.

Beaucoup ignorait aussi le périple du peuple juif.

Yaacov l'avait perçu et compris et ne dissipait en rien sa nostalgie du pays toujours présente.

Heureusement la fréquentation assidue du club d'échecs a pu combler les heures de solitude que connait Yaacov quand il n'est pas à l'entreprise.

Travaillant aux chantiers il a pu donner à David des détails et des indices techniques utiles pour la mission. En revanche il n'a pas accédé aux plans du chantier ni obtenu des renseignements sur le mode de surveillance nocturne, indispensables pour la réussite de l'opération.

À sept heures, Yaacov levé, est prêt à servir le café à David qu'il réveille avec douceur.

David s'étire, pousse un soupir de soulagement et de bien-être, comme si la nuit lui avait été profitable.

– Bien dormi, David ?

– Très dur au début mais on se fait à tout.

– Du sucre dans ton café ?

– Non, nature, s'il te plaît.

– Je vais te laisser, tu ne bouges pas d'ici. Je passe chez toi pour prendre tes affaires et je te réserve une chambre à l'Hôtel du Port situé près des chantiers.

– Je te remercie ; je n'ai que mes vêtements dans le placard et ma trousse de toilettes.

– Il va te falloir attendre. Prends patience, tu as des bouquins dans le meuble au fond de la pièce à côté, et si tu as faim, tu trouveras le reste du riz aux lentilles que j'ai mangé hier.

– D'accord, merci, Yaacov.

Seul dans cet espace réduit, sans confort ni âme, David s'interroge sur son parcours d'agent secret et sur le sort qui lui est réservé.

Pourquoi avoir choisi cette périlleuse situation ?

Pour prouver quoi ?

Pour se prouver quoi ?

Confirmer son attachement à Israël, son nouveau pays ?

Démontrer qu'il était capable de rompre avec la monotonie de sa vie et de s'engager à servir une grande cause sur le plan humanitaire, sur la scène internationale ?

Il n'avait jamais imaginé auparavant défendre par confort le peuple juif.

Il n'avait jamais pensé que la Terre où il a vu le jour, la Terre d'Israël, serait à ce point essentielle dans sa vie.

Il était bien installé dans sa vie d'industriel et c'est le hasard habillement manigancé par les services secrets israéliens qui va sonner le point de départ de son embrigadement.

Que s'était-t-il passé ?

Des coups de foudre.

Sarah.

Jérusalem.

Sa vie bascule, son engagement pour Israël devient essentiel.

Il se jette à corps perdu dans l'aventure de l'espionnage.

Ce sont aussi et surtout les horreurs de la Deuxième Guerre Mondiale, l'atroce acharnement pour exterminer les Juifs, et les arguments évidents du sionisme qui l'ont sensibilisé, motivé, pour donner un sens patriotique à sa vie.

Passer de l'homme riche et courtisé, à celui du soldat qui cherche à affronter des situations trépidantes et pleines d'imprévus, relevait de l'impensable.

Il aurait pu rejoindre les associations caritatives, celles qui défendaient les droits de l'homme, ou bien encore défendre les juifs, en aidant les synagogues et les associations communautaires.

Non ! Il lui fallait le danger, la montée d'adrénaline.

Il lui fallait franchir le pas, surmonter la peur, vaincre les angoisses.

Il l'a fait.

Il a réussi sa première mission en Égypte.

Il aurait pu s'arrêter là.

Non.

L'amour de Sion, la protection des Juifs l'entraînent à s'engager pour toujours.

Il lui faut défendre et protéger Israël, Terre de ses ancêtres, devenue refuge pour les Juifs chassés de leur pays.

Son objectif : sauver ce nouveau pays, cette terre, qui lui a permis de voir le jour, un jour de mille neuf cent trente-trois.

C'est à Cherbourg que se poursuit son action.

Il va mettre pour sa nouvelle mission, toute son énergie, tout son talent pour gagner la confiance de la femme qu'il a séduite et la convaincre de lui donner les indications indispensables pour subtiliser les vedettes.

Il va le faire. Il doit le faire en surmontant les obstacles que son équipe lui a communiqués.

La difficulté qu'il doit contourner est d'ordre psychologique.

Il a du mal à mentir.

Mentir, à ses parents, qui croient à l'expansion imaginaire de son affaire.

Mentir à moitié, mais mentir quand même, à Sylvie qui lui a donné tant de plaisirs et de joies.

Il a surtout appris à mentir.

Mentir pour réussir, mentir pour devenir un autre, mentir, toujours mentir.

La vie doit-elle être un mensonge ?

Non.

Mentir aux autres parfois, mais se mentir non.

Mentir sans faire mal, sans faire le mal.

Mais alors, pourquoi mentir ?

Parce que la vérité peut faire mal, encore plus mal que le mensonge.

Il n'a pas d'autres options.

David l'accepte.

Il n'a pas choisi d'être séduit par Sylvie. Il a été attiré dès l'instant où elle lui est apparue. Il a succombé à son charme, à son envoûtement et à son exceptionnel don de soi.

Il a été séduit, il l'a séduit également.

Sur ce point, il n'a pas menti. Mais il ne lui a pas dévoilé qui il était vraiment, et ce qu'il venait faire à Cherbourg. À Beer Sheva, on lui a appris à se taire.

Se taire, est-ce mentir ?

Se taire, n'est pas mentir se répète-t-il.

Il ne pouvait pas le lui dire.

Mais il devra le lui dévoiler tôt ou tard.

Lui confier la vérité pour ne plus la trahir et la convaincre de partager avec lui sa mission.

Il doit le faire pour éviter d'avoir à appliquer le plan « B » qui serait pour lui une catastrophe et un échec.

Il faut qu'il soit persuasif en utilisant son arme fatale : son charme et qu'elle se sente indispensable au bonheur de l'homme qu'elle aime.

David, recroquevillé sur le fauteuil inconfortable, ne veut plus se poser les questions qui embarrassent son esprit et qui l'incommodent.

Il attend Yaacov.

Le temps presse. Il faut qu'il revoie Sylvie au plus vite.

Il ne cesse de penser à la poursuite de sa mission et réfléchit à la stratégie qu'il lui appartient de mettre en place.

Il se voit mal continuer à aimer Sylvie en lui cachant qui il est réellement.

Le dilemme l'importune.

Trouver une autre piste.

Il va proposer à Yaacov une tactique ciblée.

Il sera plus facile de convaincre d'abord Isabelle pense-t-il, car elle n'ignore pas ses liens avec le Judaïsme, qu'elle a dû abandonner par la force des choses.

Peut-être serait-elle sensible a des arguments visant à se rapprocher de ses origines ?

Laisser en premier à Yaacov le soin d'établir une relation de confiance avec Isabelle en la rapprochant de ses origines juives, puis de lui exposer l'importance de leur présence à Cherbourg. Lui parler, sans mentir et la convaincre de devenir un agent allié prêt à soutenir la cause d'un État qu'ils défendent.

Convaincue, elle pourra à son tour expliquer à son amie d'enfance le rôle prépondérant qu'elle aura à tenir dans cette mission.

Cette démarche lui semble plus abordable que de persuader Sylvie de front.

Il lui reste à en discuter avec Yaacov et demander l'avis de l'agent psychologue qui connaît Isabelle.

David se lève, fait quelques pas, tourne en rond, puis se dirige vers le meuble où sont empilés des livres pêle-mêle.

Il en prend un, au hasard, et tombe sur *Madame Bovary* qu'il avait lu adolescent et qui l'avait marqué. Il feuillette l'ouvrage, lit quelques pages et arrive au passage qui décrit le désir de la sentimentale Emma à la recherche d'un amour exceptionnel moins monotone que celui partagé avec son mari médecin.

David s'assoit, poursuit sa lecture et ne peut s'empêcher de comparer Sylvie à l'héroïne du chef d'œuvre tant décrié.

Le téléphone sonne.

Selon la consigne, il ne doit pas décrocher.

La sonnerie s'arrête.

Il reprend la lecture et se replonge dans les aventures de cette femme en mal d'amour.

Le téléphone sonne à nouveau.

S'arrête encore.

David, agacé dans sa lecture, ferme et repose le livre, finit par se lever et reprendre sa marche désordonnée dans la pièce.

Il repart vers la cuisine, trouve le plat de riz aux lentilles.

Il n'a pas spécialement faim, mais le fait de s'alimenter va peut-être le libérer de son angoisse et de ses interrogations sur la mission.

Il retrouve, à la première bouchée, la même saveur qu'il avait connue, pendant sa jeunesse. « *Il se rappelle, alors, ce plat préféré le Mjaddara que sa mère préparait si bien en Égypte, pays de son enfance, pays du riz aux lentilles, le plat du pauvre, alors qu'ils étaient riches ».*

À chaque bouchée, il savoure, comme s'il mangeait quelque chose d'exceptionnel, éprouvant un plaisir inouï à goûter ces graines de riz mélangées avec ces légumineuses, accompagnées de petits oignons rouges caramélisés coupés en petits morceaux, avec un peu d'huile, du cumin et de la coriandre. À chaque cuillère, il prend le temps de laisser fondre dans sa bouche cette madeleine de Proust si évocatrice.

Finalement calmé et moins stressé, David ne s'interroge plus ; il sait qu'on peut être comblé avec un simple plat de riz aux lentilles.

RACHEL LA *SAYAN*

Yaacov déplace son fou en D8.

Léon, marque un temps d'arrêt, pose sa main gauche sur sa tête, se frotte le crâne, puis d'un coup, avance serein sa reine en annonçant avec un plaisir mesuré « Échec et Mat ».

– Bien joué, Léon.

Il est dix-neuf heures trente.

La partie avait duré une demi-heure de moins que d'habitude, Yaacov avait volontairement laissé gagner son adversaire pour écourter la partie et soutirer de Léon quelques informations.

– Un petit whisky irlandais ?

– Euh… Me laisserais-je tenter ?

– Pour fêter votre victoire ?

– Vil flatteur ! Après tout pourquoi pas !

Le médecin hospitalier et l'ingénieur s'entendent bien, et leur passion pour les échecs a créé des liens qui les rapprochent.

Léon, plus jeune de quinze ans, respectant son challenger qui fait preuve de beaucoup de calme dans sa façon de jouer, demeure tout le temps très discret, ne posant jamais de questions.

Pour essayer d'approcher Isabelle et gagner sa confiance, Yaacov veut le faire parler d'elle, comme l'a conseillé la psychologue du groupe

Le verre à la main, il hésite à lui poser des questions, préfère le laisser s'exprimer en premier, mais Léon, un peu taciturne, réservé, n'est pas trop causant.

Il est vrai que dans l'étude de l'évolution des taux de l'hémoglobine dans les cancers, spécialité qu'il pratique, il ne communique qu'à travers ses microscopes et les cellules qu'il analyse.

Yaacov se décide à prendre l'initiative et se lance.

– Les échecs la biologie sont-ils vos deux seuls pôles d'intérêts ? Aimez-vous la littérature, l'histoire ?

– Pas spécialement, je suis plutôt scientifique.

– Vous êtes de la région ?

– Oui, je suis né à Caen. J'ai fait mes études à la faculté de Rennes.

– Et vous, Yaacov, vous êtes israélien vous me l'avez dit mais êtes-vous né en Israël ?

– Non je suis né en Algérie, ma famille d'origine judéo-espagnole, française par le décret Crémieux a émigré en Palestine juste avant la guerre de 1940.

J'ai fait mes études à Paris, puis j'ai servi Tsahal au cours de la guerre de Suez en 1956, puis celle des Six-Jours en 1967, actuellement je suis affecté au chantier des C.M.N. pour la maintenance des vedettes que mon pays a achetées.

Yaacov parle de lui longuement pour permettre d'établir un climat de confiance avec Léon silencieux qui reste retranché derrière son attitude réservée.

Yaacov pressé estime qu'il doit le faire parler.

– Vous exercez votre métier depuis combien de temps ?

– Depuis sept ans. L'hôpital de Cherbourg m'a proposé ce poste dès l'obtention de mon diplôme.

– Etes-vous satisfait d'exercer votre métier dans le secteur publique ?

– Oui, pour l'instant, je m'occupe de biologie cellulaire, c'est un domaine qui évolue très rapidement, et demande beaucoup d'attention et l'hôpital m'offre de bonnes conditions de travail.

– À Cherbourg, à part les échecs, comment les Cherbourgeois occupent-ils leur temps ?

– On va à la pêche.

– Vous y allez souvent ?

– Quand je peux, souvent le dimanche.

Yaacov, sent dans cet échange, une certaine réserve chez Léon. Il reste prudent et estime son intrusion un peu hâtive et peut être trop intime.

Il temporise de crainte d'être trop indiscret et attend de son interlocuteur une adhésion à cette conversation.

– J'aime bien la pêche, mais j'aime aussi faire la cuisine.

– Ah ! Vous cuisinez souvent ?

– Non, de temps en temps et le dimanche quand je ne vais pas à la pêche.

Yaacov, comme face à un échiquier reprend confiance et pense qu'il lui faut parler d'Isabelle.

– La pêche c'est en principe une passion solitaire, Isabelle la partage-t-elle avec vous ?

Posant son verre de whisky, et après une brève hésitation sur la nécessité de se livrer Léon susurre un « non » à peine audible, néanmoins souligné par un hochement de tête.

– Isabelle, c'est la lecture et les mathématiques.

Insistant, Yaacov poursuit son enquête :

– Est-elle de la région ?

– Non, Isabelle est de Paris, mais elle a eu un passé lourd. Elle a été une enfant cachée pendant la guerre, ses parents ont été déportés et ne sont jamais revenus.

Yaacov, bien renseigné, feint d'ignorer le passé de Rachel à qui on a donné le prénom d'Isabelle, mais essaie d'obtenir des indices pour mieux la connaître.

Savoir surtout si elle a eu besoin de se rapprocher de ses racines juives, ou si elle les a définitivement abandonnées.

– A-t-elle pu retrouver sa famille d'origine ? Des oncles, des tantes, des cousins ?

– Non. Elle n'avait pas de famille. Ses parents émigrés d'Europe de l'Est vivaient en totale autarcie à Paris.

Puis elle a vécu à Rennes, et ensuite a été mutée au lycée de Cherbourg où elle enseigne les mathématiques. Elle a construit sa vie dans cette ville. Elle lit beaucoup et s'intéresse particulièrement à l'histoire.

Yaacov saute sur cette perche et commence à échafauder son plan.

– Ah ! Moi aussi, je suis passionné d'histoire.

– Je le lui dirai. Peut-être aimerez-vous en discuter avec elle ?

– Oh ! Ce serait très agréable pour moi, et une chance d'en parler avec Isabelle.

– Je le lui proposerai.

Yaacov, prudent, hésite d'aller plus loin puis se lance spontanément et tente le tout pour le tout.

– Si je peux me permettre, demain j'ai du temps de libre. Je serai très honoré de pouvoir en discuter avec elle si elle le souhaite.

– On peut lui demander tout de suite si vous voulez ?

Yaacov n'en espérait pas autant.

– Oui, bien sûr ! Vous pouvez l'appeler, si ça ne risque pas de la déranger.

Léon prend le téléphone que lui a tendu Yaacov, compose le numéro sur le cadran du combiné, obtient tout de suite la communication avec Isabelle.

– Bonsoir, Isabelle ! Je viens de terminer ma partie d'échecs avec Yaacov qui m'a invité à prendre un verre ; j'espère que tu as passé une bonne journée. Je lui ai fait part de ton intérêt pour l'histoire, qui le passionne aussi et il te propose de le rencontrer pour en discuter.– D'accord, je lui transmets.– Elle peut vous voir demain matin avec plaisir, elle n'a pas de cours.

– C'est très gentil de sa part ; je vous remercie, dites-lui que c'est d'accord et que je passerai avec joie vers dix heures.

Yaacov n'attendait pas mieux.

Juste après le départ de son partenaire d'échecs, il se précipite pour annoncer l'info à David, réfugié dans une chambre d'hôtel sordide près du port, pour déjouer les plans de surveillance des services secrets égyptiens.

– Bon travail, Yaacov ! Demain, fais-en sorte d'accélérer l'engagement d'Isabelle. Elle nous est indispensable pour le bon déroulement de notre mission.

– J'essaie et te tiens au courant.

Le lendemain, Yaacov se rend chez Isabelle.

Il sait que la partie va être serrée, qu'il a à faire à une intellectuelle.

Sur le chemin, pour ne pas arriver les mains vides, il décide de lui acheter un bouquin sur l'histoire *Israël, Terre des Patriarches*, retraçant le périple du peuple Juif, domaine qu'elle affectionne.

Il déplace son pion E2 de deux cases en E4.

– Merci, Isabelle, de m'avoir permis de vous rencontrer. Je vous en suis très reconnaissant.

– Vous me faîtes plaisir, Yaacov, d'autant plus que j'ai peu d'occasion de m'entretenir et de discuter de ces questions.

La partie d'échecs commence.

Le face à face aussi.

Isabelle ne se doute de rien.

Yaacov perçoit dans l'attitude et la manière d'Isabelle une invitation à la discussion, mais aussi une sorte d'appel au secours, comme un désespoir caché. Attiré aussi par son regard attendrissant et rempli de douceur il lui trouve un certain charme.

Il déplace son cheval G1 en G3.

– Tenez, Isabelle, je vous ai trouvé cet ouvrage qui, j'espère, va vous intéresser et peut être répondre aux questions que vous vous posez puisque Léon m'a révélé que vous avez eu une enfance difficile et que vous avez été élevée par des parents adoptifs.

– Merci, Yaacov, il ne fallait pas, mais j'accepte volontiers votre délicate attention.

Isabelle, alias Rachel, défait le livre de son emballage et retient un temps sa respiration lorsque son regard se porte sur le titre.

Elle se saisit de l'ouvrage et pendant quelques secondes d'un grand silence, garde son souffle, retient ses larmes.

Elle est troublée.

Yaacov a réussi son coup. La partie s'accélère, il peut déplacer son fou.

L'émotion d'Isabelle est grande.

– Merci, Yaacov ; vous ne pouvez imaginer combien je suis touchée. Vous savez, j'ai eu une enfance compliquée, à cause de mes origines juives. J'ai été cachée dès le début de la guerre, mes parents sont morts, déportés et gazés à Auschwitz. Je n'en ai jamais parlé à personne auparavant. Seuls, Isabelle et Léon, sont au courant, mais maintenant je peux me livrer et ça contribuera à m'apaiser.

– Vous savez, Isabelle, je suis israélien mais juif aussi. Ma famille en Algérie puis en Palestine n'a pas souffert de l'occupation comme votre famille, mais j'imagine vos douleurs et ce que vous ressentez.

Je comprends que vous ayez le besoin de confier vos souvenirs. Vous pouvez m'en parler si vous le désirez.

– Merci, Yaacov. Depuis mon placement dans ma famille d'accueil pendant la guerre, je n'ai jamais osé demander des renseignements sur mes origines. J'avais des parents adoptifs très protecteurs qui m'ont tellement aimée et dont leur affection et leur dévouement étaient si forts que je ne pouvais pas les importuner en les interrogeant sur mon passé. Malheureusement ils sont décédés tous les deux et je me suis retrouvée seule, un peu perdue, livrée à moi-même.

– Vous les avez aimés, épargnés, et vous avez été une élève studieuse qui leur apportait beaucoup de satisfaction.

– C'est certainement grâce à mes parents, qui m'ont sauvé la vie et donné une éducation que j'ai pu accéder au métier d'enseignante. Mais il me manque quelque chose d'indéfinissable.

Yaacov profite pour éclairer Isabelle sur l'histoire d'Israël, du sionisme, des Juifs.

Friande d'explications elle écoute, pose des questions.

Sans se douter des intentions de Yaacov elle se livre à ses questions et prête une oreille attentive lorsqu'il évoque les détails de la dernière guerre.

– De quelle origine étaient vos parents biologiques demande Yaacov ?

– Je ne peux pas vous répondre, je ne le sais pas. Je sais simplement qu'ils étaient juifs tous les deux.

– Venaient-ils de Pologne ou de Russie ?

– Je n'en sais rien.

– Aimeriez-vous le savoir ?

– Oui, si je pouvais retrouver des indices généalogiques, savoir d'où je viens, qui je suis, je me sentirais sûrement apaisée.

Yaacov retrace alors la deuxième guerre mondiale en mettant l'accent sur les évènements historiques importants qui ont bouleversé le vingtième siècle, et s'attarde sur l'épisode de l'*Exodus*, ce bateau qui en 1947 transportant des survivants de La Shoa, arraisonné par la marine royale britannique et contraint de faire demi-tour.

Isabelle écoute son invité avec beaucoup d'attentions et montre une écoute particulière qui incite Yaacov à poursuivre sur ce thème.

L'entretien dure près d'une heure.

Yaacov, évite d'être envahissant et prétextant un rendez-vous s'excuse auprès de son hôte pour partir tout en lui proposant de poursuivre leur échange une autre fois.

Deux jours après ils se revoient. Isabelle se réjouit de recevoir Yaacov autour d'un café. La conversation se poursuit.

La conversation autour des thèmes de l'éducation, des parents, de la religion s'établit avec un intérêt majeur pour Isabelle qui prête une attention toute particulière au domaine de prédilection développé par son interlocuteur : Israël, et ses origines juives.

À ce stade de la partie, Yaacov sait qu'il peut sortir sa reine en D5 pour un éventuel coup du berger.

Mais il attend.

Le courant passe entre eux.

Isabelle prend un réel plaisir à la conversation, Yaacov soulagé est rassuré du résultat de sa tactique.

Le jeu des questions-réponses se poursuit.

Le climat est serein, la confiance s'établit.

Yaacov préfère tout de même patienter encore un peu et attend le moment opportun pour avoir l'avantage et porter le coup décisif.

L'entretien se réitère quelques jours après, sur la demande d'Isabelle, qui manifeste un réel plaisir à ces rencontres. Comme deux amis qui ont beaucoup à se dire.

En fin tacticien Yaacov pense que le moment est venu.

Après avoir évoqué l'appel du 18 juin par le général De Gaulle qui refuse la défaite, la victoire de la résistance et des alliés face à l'occupation nazie, l'exode des juifs, il aborde le domaine qui va intéresser Isabelle.

– En Israël, nous pouvons vous aider à retrouver vos origines.

– Ce serait formidable ; comment devrais-je m'y prendre ?

– Pouvez-vous vous rendre en Israël ?

– J'aimerais bien mais je ne peux pas l'envisager en ce moment.

– Je peux, si vous le désirez, vous aider dans cette démarche.

– J'accepte avec joie votre proposition.

– Partir à la recherche de vos racines serait-ce pour vous une motivation stimulante ou une source de soulagement ?

– Les deux, certainement.

Yaacov doit à présent avancer sa tour.

– Si Israël a besoin de vous, accepteriez-vous de l'aider ?

– Besoin de moi ? Je ne comprends pas.

– Oui, Isabelle de vous.

Étonnée, interloquée, les yeux grands ouverts, Isabelle regarde Yaacov qui craint d'avoir été un peu rapide.

Elle semble très inquiète.

Contraint de reculer, il lui faut changer de stratégie ; il préfère la défense et fuit, pour mieux revenir. Il repositionne sa tour.

Il fixe Isabelle. Attend.

Elle fronce les sourcils :

– Besoin de moi ? Pourquoi ? Comment ?

Yaacov doit à présent trouver le moyen de persuader Isabelle d'adhérer à la « Cause ». Il sait que le seul argument à mettre en avant, ce sont les retrouvailles avec ses origines.

– Israël vous aidera dans vos démarches et je peux faciliter le processus si vous acceptez de m'aider aussi.

Surprise, Isabelle, très perplexe, est sur ses gardes.

Elle est interloquée.

– Vous aidez ?

– Oui, m'aider.

Manifestement troublée par les propos tenus par Yaacov, elle est quand même tentée par la proposition qui lui ferait peut-être renouer avec son passé perdu.

– Comment puis-je vous aider ?

– D'abord en me faisant confiance et par la suite agir dans l'intérêt d'Israël.

Désorientée, elle ne quitte pas les yeux de l'homme, qui, face à elle attend sa réaction.

Elle réfléchit.

Indécise elle met du temps à répondre.

Les doigts sur le front, elle tourne le visage, regarde le plafond puis fixe le regard de Yaacov et hésitante :

– J'ai envie de vous faire confiance, et j'accepterai volontiers votre proposition, cependant, il faudrait, peut-être, pour vous rendre service et aider Israël, m'en dire plus pour me permettre de me prononcer.

– Isabelle, je vais être direct, parce que je pense que, je peux, à mon tour vous parler avec franchise.

Isabelle garde son souffle, puis d'une voix chancelante et hachée :

– Vous pouvez…vous pouvez compter sur moi.

– J'en étais persuadé. Je travaille, je vous l'ai déjà dit dans les chantiers des C.M.N. et vous savez certainement aussi qu'Israël a acheté à la France des vedettes construites dans cette entreprise. Or, ces vedettes sont toujours à quai, bloquées par l'embargo, décidé par le Général De Gaulle. Israël a besoin de ces navires pour sa survie.

Je vais certainement vous surprendre en vous annonçant que j'appartiens à une unité de l'armée israélienne qui m'a chargé d'une mission. Je dois aider nos équipes à récupérer ses vedettes pour les faire parvenir en Israël.

Isabelle reste muette.

Elle le regarde, figée, sans pouvoir émettre le moindre son.

– L'armée israélienne ?

– Isabelle, je sais que cette révélation imprévue peut vous interroger et même vous déranger, et je suis prêt, si vous le souhaitez, à ne plus vous en parler.

– En quoi puis-je vous être utile, je n'arrive pas à comprendre ?

– Nous avons besoin des codes, des clefs, des plans, pour sortir nos navires.

– Mais, moi, je ne les ai pas.

– Je le sais.

– Mais alors ?

– Vous pouvez m'aider à les obtenir.

– Comment ?

– Acceptez-vous d'abord de collaborer avec Israël ?

Elle est abasourdie.

Elle ne comprend rien à ce qui lui arrive.

D'un coup, elle est sortie de ses équations et calculs de logarithmes dans lesquels elle trouvait une raison de vivre.

Elle se trouve maintenant sollicitée pour une coopération avec un pays dont elle sait très peu de choses et détourner des bateaux dont elle ignore l'histoire.

Surtout avec un individu qu'elle connaît à peine.

Ahurissant.

Incroyable pour elle, l'enseignante de province.

Mais…

Tentant.

L'éclair d'un instant, elle sourit, puis ferme les yeux, se tient la tête, et un autre visage apparaît. Comme si elle avait trouvé la réponse à une équation polynomiale de degré trois.

Elle a envie de dire oui.

L'aventure l'attire.

Son visage a pris de l'éclat.

Pourquoi pas, après tout.

Elle a, tout à coup, le désir d'égayer sa vie terne, sans fantaisie, de lui donner une autre dimension pour enfin, ressentir des émotions capables de la projeter dans une autre étendue, périlleuse et aventureuse.

Cette opportunité lui paraît insensée, mais une force inconsciente la pousse à accepter la proposition alléchante de cet inconnu pour donner un nouveau souffle à sa vie, pour pimenter son quotidien d'une manière plus excitante.

Elle veut dire oui.

Elle n'y arrive pas.

Elle temporise, modère son élan.

Elle regarde Yaacov, fronce les sourcils, les rides de son front se plissent.

Depuis la première fois qu'elle l'a vu elle lui trouve une formidable prestance mais depuis qu'elle sait qu'il est un agent militaire elle le trouve attirant, plein du charme de l'homme mûr et expérimenté.

Elle est tentée d'accepter.

Hésitante quand même.

Elle n'a jamais été une femme provocante pour le regard masculin, mais reconnaît par ailleurs, que le charisme de certains hommes grisonnants, ne la laisse pas indifférente.

C'est le cas de Yaacov.

Il est plutôt petit, rondelet, mais son regard et sa façon de parler la séduisent et surtout, lorsqu'il sourit, son visage affiche une douceur qui reflète les profondeurs de son être.

Elle se sent étrangement attirée par cet homme, sans aucune explication, mais n'éprouve pas de désir physique ni de pulsions sexuelles.

À la recherche du père ?

Serait-elle à la recherche de l'affection paternelle qu'elle n'a pas eue ?

Son père adoptif l'aimait pourtant comme sa fille.

Mais un père adoptif aime-t-il comme le père naturel ?

Elle a très envie de dire oui.

La partie tire à sa fin.

Presque mat ?

Assis face à elle, Yaacov attend sa réponse, mais ne se fait aucun doute sur la suite et son résultat.

Lui aussi, trouve chez cette femme au visage tiraillé, au regard profond, un charme indescriptible plein de signes qui en disent long.

Il devine qu'elle cherche un refuge affectif et comprend qu'elle lance un appel à la complicité.

Fidèle envers ses engagements sentimentaux, il n'a jamais trompé Odette, sa femme, n'en a jamais éprouvé ni l'envie, ni le besoin.

Homme satisfait et comblé ?

Dans le cas présent, il trouve à Isabelle une sorte de mélancolie, affichée comme une malédiction injuste, mais qui lui confère une gravité attirante.

Yaacov, homme attendri par le chagrin, séduit par la détresse, transformé en sauveur des âmes ?

Il est troublé par son visage, par son regard subtil et pénétrant, mais encore plus par son intelligence surtout quand elle s'exprime d'une façon cartésienne, maniant la langue et le vocabulaire comme des équations à plusieurs degrés.

Dans sa conversation Yaacov s'est vite rendu compte combien elle savait énoncer ses idées et ses connaissances en histoire de l'art.

Elle montrait une passion pour les peintres Baroques et décrivait avec précision les différentes méthodes des artistes de l'époque, Rembrandt, Rubens, Le Caravage qui s'étaient démarqués des peintres de la Renaissance, en soulignant sa préférence pour Michel-Ange le précurseur.

Avec une rigueur de mathématicienne elle développait ses compétences sur les chefs-œuvres, *le Moïse* où *le David* de cet illustre sculpteur, sans oublier le plafond de la chapelle Sixtine qu'elle aurait tellement aimé visité.

Yaacov, impressionné, devait quitter ce domaine pour éviter d'être en manque d'arguments et paraître ignorant.

Mais il l'écoute en lui prêtant beaucoup d'attentions.

De fil en aiguille, le courant passe de mieux en mieux entre eux, une complicité s'installe et un sentiment d'admiration réciproque est perceptible.

Yaacov revient à la charge.

– Isabelle, acceptez-vous d'aider Israël ?

– Pourquoi le ferais-je ?

– C'est un peu votre pays.

– Pourquoi mon pays ?

– C'est le pays de tous les Juifs et plus encore, celui de ceux qui ont souffert.

– Mais moi, je ne suis pas juive.

– Mais oui, vous êtes juive, votre maman était juive, votre père aussi, et de ce fait, même si vous vous êtes éloignée de votre religion de naissance, vous la portez en vous. Je ferai les recherches et vous apporterai les preuves de vos origines.

Dans deux coups, elle est échec et mat.

– Il est vrai, Yaacov, que de temps en temps je me pose la question.

– Je vous le redemande, Isabelle ; voulez-vous m'aider et servir Israël ?

Isabelle, perplexe, réticente ne peut dire oui spontanément.

Elle se sent piégée. Elle réfléchit levant les yeux, la tête penchée en arrière puis regarde Yaacov.

Hésitante elle est dans le doute.

Mais si elle refuse elle gardera pour toujours ses interrogations et ses angoisses.

Après un temps de réflexion propre aux mathématiciens, elle finit par lui déclarer :

– Yaacov, je souhaiterai quand même avoir plus d'informations. Je suis très inquiète de savoir quelle sera ma fonction, le rôle que je vais devoir assumer, et quels sont les risques que je serais obligée de prendre.

– Ne craignez rien, votre rôle est très simple. Il vous suffit de convaincre votre amie Sylvie qui détient tous les codes des systèmes de verrouillages, de les fournir à Robert que vous connaissez, et qui, je ne vous l'apprends pas, entretient une relation amoureuse avec Sylvie. Lui aussi, est un agent des services secrets.

– Pas possible, lui aussi ?

Isabelle troublée reste bouche bée. Elle mesure à cet instant qu'un peu trop naïve, elle a été manipulée.

– Oui, Isabelle, nous travaillons ensemble sur cette mission depuis un an.

– Devrais-je en parler à Sylvie ?

– Certainement, vous devrez même vous concerter souvent.

– Sylvie est ma meilleure amie ; elle est comme une sœur, et on se dit tout, mais je ne sais si elle adhérera à notre arrangement.

– Vous aurez à la persuader avant que David, pardon, Robert, ne l'ait sollicitée pour collaborer avec lui.

– Vous avez dit David ?

– Oui, David est son vrai prénom.

– Et le vôtre, est-il le vrai ?

– Oui, moi, je suis ingénieur israélien, reconnu par les autorités françaises, mais réquisitionné par l'institut des services secrets pour cette mission.

Mon rôle est technique, celui de David est logistique.

– Yaacov ma mission serait-elle uniquement, de convaincre mon amie ?

– Oui Isabelle. Elle devra fournir à David, les informations pour permettre, le départ des vedettes qui sont au port.

– Vous savez Yaacov, Sylvie est amoureuse de David, mais accepterait-elle de trahir son patron ? Serait-elle prête à prendre ce risque ? Je ne le sais pas.

– Il vous appartiendra de la persuader.

– Et si elle refuse ?

– Nous serions obligé, de trouver une autre manière, moins académique.

– Vous me faites peur ; est-ce du chantage ?

– Pas du tout, Isabelle, vous pouvez encore refuser, il n'y a rien qui vous y oblige.

– Mais maintenant, je sais.

Yaacov sent, à présent, le désarroi de sa future recrue.

Il est conscient du dilemme qu'il a pu déclencher en elle, mais il n'avait pas le choix. Il a préféré bousculer le programme initialement prévu. Le temps presse. Le commandant Moshe a donné l'ordre de tout boucler en un mois.

– Vous savez, oui, vous savez à présent pour qui vous allez vous engager, et qui vous allez devoir défendre. En tout cas, je tiens à vous assurer que vous n'aurez pas à vous faire du souci.

– J'ai peur mais j'ai très envie de participer à cette opération, à condition que vous soyez à mes côtés. Je trouve cet engagement peu conforme à ma personnalité mais j'avoue qu'il déclenche une stimulation que je n'ai jamais connue, qui me pousse à accepter de le faire et je sens que je peux vous faire confiance.

Yaacov, se rend compte à ce moment que le piège s'est refermé. Il peut commencer à lui faire confiance et même d'avantage puisqu'il sent chez elle ce besoin de communiquer et de partager.

Echec et presque mat.

– Alors Isabelle, votre réponse ?

– Pouvez-vous m'assurer que je ne risque rien ?

– Non, Isabelle je ne peux pas vous le garantir. En acceptant, vous devenez un soldat d'Israël et vous prenez des risques minimes quand même.

– Devrais-je changer de vie ?

– Non, pas du tout vous serez un soldat de l'ombre et personne ne pourra ni surtout ne devra se douter de votre engagement. Léon y compris.

– Comment pourrais-je me sentir utile et efficace ?

– Dans la mesure de vos moyens et de vos possibilités, pour servir la « bonne Cause » à laquelle vous devez adhérer.

– En serai-je capable ?

– Je serai à vos côtés, Isabelle, vous ne serez jamais seule, ne vous en faites pas, mais avant tout il me faut votre adhésion totale. Puis-je compter sur vous ?

Le message est passé.

Pour se prononcer, Isabelle veut en savoir d'avantage.

Elle sent chez cet homme, aux tempes grisonnantes, aux yeux pétillants, et à la voix apaisante, une force, une puissance qui l'interpelle.

Elle est sous son charme.

C'est un sentiment admiratif et respectueux qu'elle éprouve, cassant les codes d'une relation amoureuse classique.

Il ne la trouve pas physiquement séduisante comme Sylvie, mais son regard et le timbre de sa voix, produisent chez lui une sensation indéfinissable, étrange.

La séduction fonctionne dans les deux sens, mais ni l'un ni l'autre n'éprouve le besoin de se dévoiler.

Yaacov satisfait de sa démarche d'approche auprès de celle qu'il venait convaincre, veut obtenir son adhésion totale.

Isabelle séduite par cet homme expérimenté ressent une sensualité toute particulière.

Ne cédant pas à la pulsion, ils ont compris, dans leur subtil échange, l'affinité respective éprouvée et ils refoulent tous deux, les réactions sentimentales qui ont traversé leur esprit.

Au fond d'eux-mêmes, regrettent-ils de ne pas avoir franchi le pas ?

– Voulez vous un peu de café, Yaacov ?

– Oui, je veux bien ; puis je fumer ?

– Oui, la fumée ne me dérange pas.

La silhouette maigrichonne de la mathématicienne aux lunettes d'intellectuelle, se déplace jusqu'à la cuisine, en laissant traîner ses charentaises, qu'elle n'a pas ôtées de ses pieds.

Yaacov n'est pas insensible à sa démarche.

Elle est naturelle, authentique, c'est tout.

Il allume une Gauloise et se rassit dans son fauteuil.

– Du sucre ?

– Un morceau, s'il vous plaît.

En jetant un regard sur ses jambes maigres et fines, habillées de bas nylon de couleur grise Isabelle lui donne l'impression d'une femme qui a souffert.

Son chemisier blanc de taille trente-quatre, étriqué, par-dessus sa jupe noire qui lui arrive presque aux chevilles, semble datée d'au moins cinq ans.

Aucune recherche vestimentaire, aucun subterfuge intentionnel, l'érotisme ne sera pas au rendez-vous.

Le plaisir partagé de cette rencontre, se situe dans le domaine de l'inexplicable, du surprenant, de l'inattendu, qui appartient plutôt au monde du dialogue des sens ; l'invisible, l'inaudible et imperceptible.

Isabelle se lève, se dirige vers la bibliothèque, s'empare d'un bouquin placé sur une des étagères.

Elle n'a toujours pas dit oui.

– Avez-vous lu ce livre ?

Elle le tend à Yaacov qui est loin de connaître l'histoire des mathématiques, et surtout du *Comment je vois le monde* par A. Einstein.

– Non, mais j'en ai entendu parler.

– C'est mon livre de chevet. L'explication de notre monde est démontrée par ce grand physicien, prix Nobel en 1921.

– Et l'inventeur de la formule $E=mc^2$.

– Ah ! Vous connaissez ?

– Un peu, comme tout le monde, mais j'ai eu l'occasion d'étudier pendant mon passage aux Arts et Métiers, la théorie de la relativité.

Yaacov fait fort.

Il choisit, la tactique de la fourchette au clouage, puis se ravise et opte pour l'enfilade, qui le met en position de force vis-à-vis de la tour noire pour maîtriser la reine.

– Vous savez, Einstein s'est rapproché d'Israël, il est devenu professeur émérite de l'Université de Jérusalem. Tous les Juifs du monde entier doivent se sentir concernés par l'État d'Israël et chacun d'eux doit participer à sa défense et à sa protection.

En fin stratège, Yaacov poursuit la ruse pour l'impliquer davantage.

– Isabelle, je veux savoir d'abord si vous désirez devenir un soldat d'Israël ?

– Je dois encore réfléchir. Pouvez m'indiquer si vous avez arrêté une date pour l'exécution de votre mission ?

Yaacov hoche la tête.

– Non.

– Dois-je comprendre que je ne saurais rien maintenant ?

– Effectivement, je ne vous dirai rien de plus, vous devez d'abord montrer votre volonté et votre détermination à une adhésion sans faille à la « Cause ».

Yaacov se rappelle les consignes qui lui ont été enseignées.

Pour devenir *Sayan*, c'est à dire agent dormant du Mossad la procédure est claire et ne doit pas laisser passer la moindre erreur.

Le candidat coopté doit correspondre aux critères établis par les experts qui examinent l'individu et ne négligent aucuns détails.

« La première étape, correspond au profil psychologique de la recrue et de son état mental. Le recruteur doit absolument être garant des aptitudes de l'agent. Le deuxième élément important, concerne l'implication et la détermination de l'agent vis-à-vis d'Israël. C'est un contrat, qui engage l'agent recruté à observer la loi du silence, et à ne jamais dévoiler le secret, qui le lie aux services des renseignements.

L'engagé doit faire preuve de discipline, d'honnêteté et doit connaître le terrain et le milieu dans lequel il aura à opérer ».

Yaacov regarde Isabelle dans les yeux.

Dans un face-à-face, chargé d'émotions, il attend sa réponse.

L'enjeu est de taille.

Isabelle, en scientifique confortablement installée dans la vie, réfléchit silencieusement.

Elle n'avait jamais, jusqu'alors éprouvé la moindre ambition de devenir une espionne et n'avait jamais envisagé une carrière dans des services secrets.

Mais elle a été sensible à l'aide que pouvait lui apporter le quinquagénaire, expérimenté, humain, pour retrouver ses racines et mettre fin à ses tourments intérieurs concernant son identité. Il lui a promis aussi, d'être à ses côtés pour cette opération ce qui l'a rassurée.

La décision est difficile à prendre, la réponse tarde à arriver.

– Yaacov, puis je vous demander un délai pour vous donner ma réponse ?

L'Israélien, sachant l'urgence de la situation, n'a pas le choix.

Les services secrets qui ont déjà enquêté sur Isabelle lui ont donné un avis favorable.

Il ne faut pas lui laisser le temps de réfléchir pour ne pas prendre le risque d'échouer et sachant qu'il a atteint déjà sa corde sensible.

Yaacov fait non de la tête.

– Je regrette, Isabelle, il me faut une réponse immédiatement.

Elle le regarde, troublée et inquiète, comprend qu'il ne veut plus attendre et qu'elle n'a plus la possibilité de prolonger son interrogation, et de renouveler sa requête.

Dans une sorte de libération, elle acquiesce !

– Je veux bien, Yaacov, devenir l'agent d'Israël.

La partie engagée bascule en faveur de Yaacov.

Il ferme les yeux, laisse paraître un léger sourire et, un profond soupir de satisfaction se dégage pour traduire cet immense soulagement de la réussite.

Il se lève, s'avance vers Isabelle :

– Au nom d'Israël, je vous prie d'accepter mes remerciements, et pour sceller notre pacte permettez-moi de vous embrasser.

Visiblement émue, Isabelle sourit à son tour, se rapproche de Yaacov, qui lui donne une accolade, en l'embrassant comme un père sur les deux joues.

– Vous appartenez désormais aux forces du Mossad.

– Vous avez dit Mossad ? C'est quoi ?

– Les services secrets d'Israël.

– J'en suis honorée Yaacov ! Je me sens tout d'un coup renaître. J'éprouve un sentiment d'apaisement intérieur inexplicable que je n'avais jamais connu auparavant. Je redeviens Rachel.

– Je vous comprends et je suis persuadé que vous allez vous sentir mieux dorénavant.

– Que me proposez-vous pour ma mission ?

– D'abord, vous avertir de faire preuve de beaucoup de prudence car le Mossad nous apprend que « *Quand la prudence fait défaut, le peuple tombe* ».

Il faudra ensuite, garder le secret de votre action, quoiqu'il arrive. Pensez-vous être à même de posséder ces deux aptitudes ?

– Oui, Yaacov, je pense les détenir, j'ai hâte de savoir le déroulement et les étapes de cette aventure qui me passionne déjà.

– La mission « Noa », à laquelle vous allez participer, consiste à faciliter le rapatriement en Israël des vedettes amarrées sur les quais du port des C.M.N.

Isabelle, votre mission commence dès à présent.

Pour cela, comme je vous l'ai dit, une seule personne peut nous permettre de réaliser cette opération : votre amie Sylvie. Elle seule peut et doit nous aider. C'est elle qu'il vous faut maintenant convaincre de partager notre secret, de s'associer à notre action, et c'est vous, qui, avec tact et mesure, devez intervenir auprès d'elle.

– Mais elle risque sa place ? Non ?

– Oui, nous le savons mais nous la protégerons et lui assurerons son avenir et celui de ses enfants.

– Et pour moi ?

– Votre intervention se fera d'abord uniquement auprès de Sylvie, c'est tout.

– Je ne peux pas savoir quelle sera sa réponse, mais évidemment c'est elle qui décidera.

– Vous pouvez l'appeler pour convenir de la voir demain. Il faudra lui révéler votre engagement avec Tsahal et lui dire que Robert, enfin David, l'attend avec impatience.

– Je pense qu'elle attend plutôt un appel de Robert.

– Robert, qui s'appelle David.

– Oui, c'est vrai, j'avais oublié, mais vous vous appelez bien Yaacov ?

En affichant un sourire moqueur.

– Oui, c'est mon prénom, je vous l'ai déjà dit et vous le confirme.

– Vous n'avez pas besoin de vous dissimuler ?

– Non, je suis employé légalement par l'entreprise et je travaille dans les ateliers qui assurent la maintenance des navires.

– Vous êtes aussi un agent du Mossad ? Vous n'en avez pas l'air, je me faisais une autre idée des espions.

– Oui, je vous l'ai dit, vous le redis, j'ai été recruté pour cette opération à laquelle j'ai adhéré tout de suite.

– Et David ?

– Désolé, Isabelle, c'est du domaine du secret, et je ne peux rien vous dire de plus.

Isabelle sent qu'elle n'en saura pas d'avantage ; elle a hâte maintenant de rentrer dans l'action de la Mata-Hari en herbe.

– Quand estimez-vous que je doive appeler Sylvie ?

– Tout de suite, et lui dire que vous désirez la voir impérativement.

Isabelle, devenue Rachel, fière et déterminée dans son nouveau rôle, saisit le combiné téléphonique, compose d'une manière décidée le numéro de son amie.

À la troisième sonnerie Sylvie décroche.

– Sylvie, c'est Isabelle. Tu vas bien ?

– Non, je ne me sens pas bien.

– Qu'y a-t-il ?

– Tu le sais.

– Robert ?

– Oui, je n'arrête pas de penser à lui et je n'arrive pas à effacer son image qui revient sans cesse.

– Tu es amoureuse ?

– Oui, follement.

– Qu'envisages-tu ?

– Je n'en sais rien, je n'ai aucune nouvelle de lui et il ne répond pas à mes appels, je ne sais quoi faire.

– Tu veux passer à la maison ?

– Non, je préfère que tu viennes.

– Ton mari est là ?

– Oui, mais il bricole dans l'atelier.

– J'arrive. À tout de suite !

Aussitôt le combiné raccroché, Yaacov demande à Isabelle ce qui a été convenu.

– Je vais voir Sylvie.

– Tenez-moi au courant dès que possible, j'attends de vos nouvelles.

– Je vous appelle dès mon retour.

– Merci, Isabelle, merci de votre implication et de votre confiance. Je suis très heureux de votre engagement et je suis persuadé qu'il va vous aider à vous reconstruire.

Yaacov quitte la maison d'Isabelle satisfait d'avoir pu recruter l'élément important pour la mission et s'empresse d'appeler David à son hôtel.

– Il faut qu'on se voie, j'ai du nouveau. Passe chez moi et sois prudent.

David n'en pouvant plus de tourner en rond, sans nouvelles, dans cette chambre d'hôtel enfile rapidement sa veste pour sortir et rejoindre son ami.

Il fait nuit.

Personne à l'horizon.

Il peut tranquillement se rendre chez Yaacov.

TANDEM

Isabelle arrive chez Sylvie. Elle sonne.

Elle trouve une Sylvie qu'elle ne connaissait pas.

Les traits marqués, la mine hagarde, comme jamais elle ne l'avait vue.

Isabelle est surprise.

Sylvie se rend compte de l'effet produit, baisse les yeux sans rien dire et fait entrer son amie dans le salon.

Il a perdu de son éclat.

Avec ses volets fermés, la pièce peu éclairée reflète la tristesse et la mélancolie qui s'affichent sur le visage de Sylvie.

Isabelle, qui connaît bien cet endroit et son décor, se sent pourtant ailleurs.

Elle est mal à l'aise.

Le mobilier est de grande qualité.

Les chauffeuses de Roche Bobois témoignent du goût subtil de Sylvie qui a réalisé toute la décoration, bourgeoise et raffinée.

Le bahut récent de type scandinave en bois de teck signé « Janine Abraham » est bien mis en valeur dans ce décor contemporain.

Les tapis, les rideaux, les tableaux sont d'une qualité exceptionnelle et traduisent le niveau social élevé des occupants.

Tout dans cette pièce affiche l'aisance et le confort financier du couple de Sylvie, qui a construit sa vie autour du luxe et de l'élégance.

Et pourtant ce soir, dans cette pièce mal éclairée, Sylvie montre du chagrin.

Tout est terne.

La valeur des meubles, la qualité des tableaux et la richesse des objets ont disparu.

Le salon a perdu de sa superbe.

Sylvie aussi.

Isabelle s'assoit sur la chauffeuse regarde Sylvie et lui demande de prendre place à ses côtés.

– Je suis venue te donner des nouvelles de Robert.

– De Robert ?

– Oui.

– Toi ?

– Oui, moi.

– Comment ça ? Peux-tu m'expliquer ?

– Sylvie, tu m'as confié que tu es follement amoureuse de Robert, à mon tour de te révéler qu'aujourd'hui ma vie a changé. Je suis une autre. Je suis devenue un agent israélien.

Sylvie ébahie :

– Quoi ?

– Oui, Sylvie, c'est vrai.

Le visage de Sylvie, s'éclaire d'un coup.

– Un agent israélien !

Son regard obscur s'étincelle, ses beaux yeux bleus retrouvent subitement leur éclat.

Surprise, elle ne peut cacher sa stupéfaction.

– Tu m'expliques, Isabelle, parce que là, mes bras m'en tombent.

– Sylvie, depuis ce soir, je m'appelle de nouveau Rachel, et je me sens renaître.

– Qu'est ce qui t'est arrivé pour être transformée à ce point ?

– J'ai été confrontée à mon passé et aux interrogations que je taisais depuis mon enfance. Toi seule connaissais ma vie. Mes origines m'ont rattrapée et j'ai voulu en savoir davantage.

– Comment ?

– C'est Yaacov que tu connais, qui m'a proposé de m'aider dans cette démarche.

– Yaacov ? Pourquoi ? Comment ?

– En Israël, le mémorial Yad Vashem à Jérusalem permet de retrouver les traces des Juifs qui sont morts dans les chambres à gaz. Je pourrai enfin savoir qui étaient mes parents, d'où ils venaient et comment ils ont disparu. Savoir si j'ai de la famille, des cousins. Faire en sorte que le passé ressurgisse, réponde aux nombreuses questions enfouies au plus profond de mon être.

– Tu ressentais ce besoin, et tu ne m'en as jamais parlé.

– Non, je n'ai jamais voulu t'embêter avec mes angoisses, je voulais tellement ressembler à vous toutes, et vivre comme vous.

– Qu'est-ce que tu as dû souffrir pendant toutes ces années.

– Oui, mais je me suis toujours interdit de me plaindre, j'ai gardé en moi toutes mes interrogations sans jamais en faire état.

– Yaacov t'a promis de t'aider ?

– Oui.

– Et tu lui fais confiance ?

– Oui. Il m'a paru honnête et j'ai apprécié sa franchise.

– Mais es-tu venue pour me donner des nouvelles de Robert ou me parler de toi ?

– Les deux sont liés.

– Eclaire-moi, parce que c'est un peu compliqué pour moi.

– Je le reconnais mais je t'en dirai davantage plus tard, pour l'instant Robert qui est revenu de son voyage désire te revoir rapidement.

– Comment le sais-tu ?

– C'est Yaacov, qui a été chargé de me le dire.

– Mais pourquoi Robert ne répond-il pas à mes appels

– Robert, a été obligé de quitter son appartement précipitamment.

– Où est-il ?

– Je ne sais pas, mais je peux m'arranger pour que tu puisses le rencontrer chez moi, si tu le veux.

– Oui, Isabelle. Et le plus rapidement possible !

Les deux amies retrouvent un enthousiasme commun.

Et même une euphorie particulière propre à deux sœurs partageant un secret.

Sylvie montre maintenant une certaine joie à l'annonce qu'elle pourrait revoir Robert. Son visage s'est métamorphosé.

– Peux-tu t'arranger pour venir demain ? Léon travaille à l'hôpital toute la journée, moi j'ai cours jusqu'à 17 heures.

– Ca va être difficile pour moi mais je ne peux attendre plus longtemps ; je ferai le nécessaire pour être chez toi vers 13 heures.

– Je te laisserai les clefs dans le deuxième pot de fleurs, à droite des escaliers, je t'appelle tout à l'heure pour te confirmer le rendez-vous.

Isabelle enfile sa veste, dit au revoir à son amie en la serrant dans ses bras.

Sylvie, soulagée, retrouve d'un coup le dynamisme et la fougue d'une adolescente qui va revoir son amoureux.

Arrivée chez elle, Isabelle appelle aussitôt Yaacov :

– J'ai vu Sylvie, très inquiète d'être sans nouvelles de Robert, mais je me suis arrangée pour qu'elle le voie demain chez moi à 13 heures. Est-ce possible ?

– Merci, Isabelle. Je vais vous passer David qui est à mes côtés.

– Isabelle, bonsoir ! Yaacov m'a tout expliqué ; je voulais vous remercier pour tout ce que vous faites pour nous. Je dois vous dire que moi aussi, j'ai très envie de revoir Sylvie et bien entendu, je me rendrai à ce rendez-vous demain sans faute.

Elle raccroche, contacte tout de suite Sylvie.

– Sylvie, c'est entendu j'ai ton rendez-vous pour demain, comme convenu. J'espère que tu es contente, n'est-ce pas ?

– Merci, Isabelle ; je suis très heureuse, et j'espère que tu l'es aussi ?

– Ne t'inquiète pas. Je suis en train de me reconstruire et je suis persuadée que tu m'aideras.

– Tu peux compter sur moi.

– Je t'appelle demain soir ; prends soin de toi. Je t'embrasse.

Isabelle, satisfaite, avait le sentiment d'avoir accompli une des étapes de la mission d'agent que lui avait confiée Yaacov.

Cette nuit de septembre fut longue.

Longue pour tous.

Chacun pensait à toutes les péripéties qu'ils venaient de vivre, et faisait défiler les éventuels dénouements possibles.

Isabelle s'imaginait en Israël retrouvant les traces de ses racines.

Sylvie pensant revivre les joies de l'idylle dans les bras de Robert.

David rassuré par la l'évolution favorable de sa mission et enthousiaste à l'idée d'éprouver à nouveau les sensations avec l'objet de ses désirs.

Yaacov, lui, trouve le temps long et il a hâte de s'immerger dans l'ambiance de Tel-Aviv, de retrouver la rue Dizenkoff avec son animation traditionnelle faîte de bruits, d'odeurs, et de mouvements, les cafés où l'on parle à tue-tête de tout et de n'importe quoi, et fréquenter à nouveau son club d'échecs et tous ses amis qui chahutent et s'amusent.

Le jour pointe sur Cherbourg.

Le bruit des navires résonne sur le port ; le vol et les sempiternels cris agaçants des mouettes qui accompagnent les bateaux de pêche, font un concert impressionnant.

La ville s'éveille, les rues commencent à accueillir leur lot de voitures et les passants progressivement s'entassent autour des arrêts de bus et devant les bistrots.

Les vedettes sont toujours amarrées aux quais.

Vers 12h30, Sylvie quitte son bureau.

Belle, elle a tout fait pour l'être, oubliant ses tourments de la veille, pour redevenir la féline qui a su séduire le prince qu'elle convoitait.

Le taxi la conduit chez Isabelle.

Son cœur bat de plus en plus fort. Ses mains tremblent. Son visage affiche une certaine nervosité, celle des enfants commettant une bêtise.

Devant les escaliers, elle plonge la main dans le deuxième pot de fleurs, pour saisir les clefs de la maison de son amie.

Elle n'est plus la féline blanche, ni la panthère noire, elle se sent cette fois, plus jeune, portant mini-jupe et blouson de cuir « Cardin ».

Oubliée, la femme bourgeoise. Presque.

Elle veut maintenant épater par sa vitalité et par la vivacité des ses vêtements colorés. Surprendre encore… pour séduire davantage.

Le décor, dans la maison de son amie, n'est vraiment pas propice à la détente ni à la suggestion, mais peu importe : c'est elle qui donnera de l'éclat au lieu.

13 heures, David, encore Robert, sonne.

Sylvie respire un grand coup, et soulagée, va ouvrir.

Sans un mot, Sylvie se jette dans les bras de David, le serre fortement :

– Enfin, tu es là !

David n'a pas eu le temps d'admirer la toilette de la déesse blonde qui l'étreint, mais il a tout de suite été envoûté par son parfum qui avait laissé des empreintes olfactives dans le lobe gauche de son cerveau.

– Oh ! Robert ! Comme tu m'as manqué !

David se détache d'elle, tient son visage dans les mains, et, les yeux fermés, lui offre le baiser qu'elle attendait. Cette frémissante rencontre de leurs bouches, longtemps attendue, déclenche la divine sensation de l'union des âmes…. et quelque chose de puissant les envahit.

Leurs bouches unies se disent tout sans qu'un mot ne soit prononcé.

Ce baiser de braise enflamme peu à peu les deux corps qui vont devoir se séparer l'espace d'un instant pour ôter leurs vêtements et pour poursuivre l'épopée de la jouissance physique.

Les deux amants en tenue d'Eve trouvent leur nid d'amour dans la chambre d'Isabelle préalablement arrangée pour la circonstance.

L'étreinte passionnée engagée, Sylvie, en maître dompteur, se rappelant avec minutie leur précédente union, réitère les caresses sur son amant retrouvé.

Comme la première fois, David, sous l'emprise de ce corps sublime, conduit au paradis des émotions, exulte de joie, mais n'oublie pas sa mission.

L'intensité de leurs ébats, semblable à la première fois, se ralentit peu à peu et les deux amants comblés de bonheur, restent enlacés l'un dans l'autre émettant de légers soupirs sonores.

– Robert, tu ne vas plus me quitter à présent !

David qui n'a pas dit un mot jusque là, ne répond pas.

Son silence interpelle Sylvie qui veut le pousser à réagir.

– Pourquoi ne me réponds tu pas ?

David, encore haletant et toujours sous l'emprise de l'extase, tourne son visage vers celui de Sylvie, la regarde puis ferme les yeux sans dire un mot.

– Robert, que se passe-t-il ? Tu es mystérieux, tu renonces à me parler. Tu es marié et tu ne veux pas t'engager sérieusement dans notre relation, c'est cela ?

David s'attendait à ces questions et il savait que c'est à cet instant, qu'il fallait abattre ses cartes.

– Tu as raison, Sylvie, je ne voulais pas t'en parler, c'est mon travail qui me préoccupe beaucoup et je suis obligé de reconnaître que je rencontre des difficultés auxquelles je ne m'attendais pas.

– Tu veux me dire que ce sont des problèmes importants qui te mettent dans un tel état ? Aurais-tu besoin d'argent ?

– Non ! Sylvie je te remercie, mais je n'ai pas besoin d'argent.

– Qu'en est-il alors ? Aurais-tu des ennuis avec ta hiérarchie ?

– C'est plus compliqué. J'ai du mal à t'en parler de peur de te choquer et de te déplaire.

– Moi ? Mais pourquoi ? Explique-moi mieux.

– J'ai besoin que tu m'écoutes et te demande de ne pas m'en vouloir.

Sylvie le regarde avec une attention particulière et attend avec impatience les révélations.

Inquiète :

– Je ne t'en voudrais pas.

– Sylvie, je ne m'appelle pas Robert mais David. Je suis soldat de Tsahal, et je ne suis pas marié.

Interloquée Sylvie ouvre ses grands yeux bleus, la gorge serrée :

– Tu t'appelles David ?

– Oui Sylvie. David est mon prénom.

– Et Tsahal ? C'est quoi ?

– C'est l'armée d'Israël.

Tournant son visage pour éviter le regard de David, elle ne sait quoi dire, elle est plongée dans un profond silence qui donne une résonnance plus intense à la révélation.

Sylvie, le visage crispé, les yeux larmoyants, hoche la tête :

– Ah je comprends maintenant pour Isabelle. Je suis surprise, inquiète, et j'ai très peur.

– Pourquoi peur ?

– Peur pour Isabelle. Peur du mot « armée ». Peur de te perdre.

– Il ne faut pas que tu aies peur. Il est essentiel à présent que je te parle, que je te dévoile qui je suis, ce que je dois accomplir.

David, en soldat, se lève, s'assoit sur le bord du lit, prend sa main et d'un ton grave :

– Sylvie, je suis en service commandé. Mon pays, Israël, est en danger, mon devoir de soldat est de l'aider pour sa survie.

Ne m'en veux pas ! J'ai beaucoup de sentiment pour toi et j'éprouve énormément de joie en ta présence, mais j'ai une mission qui m'a amené à Cherbourg et pour laquelle je me suis engagé. J'ai donné ma parole d'honneur de la mener à son terme. Israël compte sur moi, mais Israël a actuellement besoin de toi.

Stupéfaite par toutes ces révélations, elle est figée.

– De moi ?

– Oui, Sylvie, de toi.

– Pourquoi ?

– Israël, pour sa défense et pour sa survie, doit récupérer les navires qui ont été déjà payés et qui sont, comme tu le sais certainement, arraisonnés dans les chantiers des C.M.N où tu travailles. Nos services secrets, et nos techniciens doivent les faire sortir du port pour les acheminer dans les eaux territoriales israéliennes, jusqu'à Haïfa.

Nous avons besoin de ton aide et de ta collaboration.

Sans les clefs, les codes, l'emplacement et les horaires des vigiles, il nous sera impossible d'opérer et de réaliser ce transfert.

Nos agents savent depuis longtemps que tu détiens ces informations et que tu peux nous les fournir.

Pour la réussite de notre mission, tu es indispensable.

Nous savons par ailleurs que tu occupes une place importante et un très haut niveau de responsabilité dans la direction de l'entreprise. Te demander de nous aider, c'est pour toi prendre un risque, et je ne peux exiger de ta part de t'impliquer et de compromettre ta vie professionnelle et ta vie privée.

David a toujours sa main dans la sienne, ses yeux remplis d'inquiétude ne quittent pas le visage de la déesse dénudée, allongée près de lui.

Sylvie lui lâche la main, se recouvre du drap, et vient s'asseoir auprès de lui.

Elle pose délicatement sa tête sur son épaule et l'enlace tendrement.

David craint une réaction hostile.

– David, puisque c'est ton vrai prénom, ma vie n'avait plus de sens, et c'est toi qui lui en as redonné. Tu as été, dès le premier moment où je t'ai vu, ma raison d'être, mon seul argument me rattachant à l'existence. Depuis près de dix ans je vis comme si mon être avait disparu, en me levant le matin sans savoir pourquoi, et sans donner un sens à mes jours. Ton apparition, même si elle n'avait rien de naturelle, ta rencontre quand bien même programmée, resteront pour moi comme un soleil, qui a illuminé mon âme, réchauffé mon cœur et re-donné des ailes à mon corps éteint. Dupée, sans doute. Tu voudrais te servir de mes attributions et peut-être de moi, mais que m'importe. Ça m'est égal. Savoir qui tu es, ou qui tu n'es pas ne me préoccupe pas. La seule chose qui m'importe c'est d'être avec toi, le plus souvent possible, et t'aimer.

Non, je ne suis pas naïve, parce que je sais que je ne t'appartiens pas et que tu ne m'appartiens pas, mais au moins, je revis, j'aime.

Mon corps vibre, mon esprit respire et quand je te sens près de moi, en moi, je deviens arc-en ciel.

Ta sensibilité, ta douceur et les signes d'affection que tu as pu m'offrir en quelques jours m'ont apporté plus de bonheur et de joies que toutes les années précédentes.

Tu sollicites mon aide, et tu voudrais que je devienne un soutien à ton pays, je ne peux que te dire oui, sans condition, sans restriction aucune, sachant que j'ai la possibilité de te voir, t'aimer et vivre avec tes baisers, avec ton regard et tes caresses. Je suis prête à tout, pour toi, pour te garder si tu me promets de m'accorder une place dans ta vie.

Ces paroles attendrissantes rassurent David qui savoure intérieurement sa réussite.

– Je suis très touché par ce que tu viens de dire, et je t'en remercie, mais je voudrais quand même que tu saches que ton engagement n'est pas anodin et que tu dois prêter serment.

– Je suis résolument prête à le faire.

– Même si par la suite tu devais affronter des difficultés ?

– Oui. Pour toi et pour te garder je le ferais.

– Tu sais que tu prends certains risques ?

– Sans doute… mais je m'en fiche. Vivre sans amour n'est pas une vie pour moi et je préfère renoncer à tous mes avantages pour ressentir à nouveau l'épa-nouissement que tu m'as enfin apporté.

Soulagé par sa déclaration, surpris quand même de la rapidité de son rallie-ment, David a maintenant composé son tandem.

Il lui faut, pour l'instant, s'assurer que cette adhésion, venue d'une étreinte amoureuse, ne soit pas qu'une simple manœuvre féminine.

– Peux-tu prêter serment.

– Oui, je le peux, et je le veux.

– Sylvie, veux-tu devenir soldat d'Israël ?

– Oui, je veux défendre Israël.

– Désormais tu es le soldat Sylvie.

David se lève, tire dans ses bras la nouvelle recrue toute dévêtue, et dans un élan d'une force interne incontrôlable, renverse son corps encore moite, pour renouveler les échanges amoureux d'un corps-à-corps frénétique.

Apaisés, détendus, les amants, après une douche à deux, se regardent, se sourient, se bécotent comme de jeunes fiancés.

Sylvie est heureuse.

David est satisfait.

– Agent Sylvie.

– Oui, mon commandant.

– Non, je ne suis pas commandant.

– Oui, tu es « mon » commandant, et j'obéis, comme un soldat fidèle et discipliné.

– Pourrais-je te voir demain ?

– Oui, mais en coup de vent. À quelle heure ?

– Appelle chez Yaacov, demain vers 12 heures. Je serai avec lui.

– J'ai envie de rester toute la journée avec toi.

– Moi aussi.

Sylvie, a retrouvé sa superbe, affiche l'épanouissement de la femme comblée prête à escalader l'Himalaya.

David, satisfait de sa brillante bataille, pense déjà avertir Moshe et Yaacov.

Les services secrets ne s'étaient pas trompés quand ils avaient recruté le prince de Méadi, ce séducteur. Ils avaient aussi bien choisi leur cible.

David était fier d'avoir séduit cette proie si belle, content de l'avoir convertie à la cause d'Israël.

– Il faut que nous partions maintenant, David ; Isabelle doit arriver.

– Oui, je m'en vais.

Il s'avance vers elle, lui donne un baiser, lui dit au revoir d'une voix tendre et chaude :

– À demain !

– À demain mon soleil…

Dehors, David prend les précautions d'usage pour s'assurer qu'il n'est pas suivi, se rend chez Yaacov pour lui confirmer l'adhésion à la « Cause » de Sylvie, la nouvelle recrue.

– Bravo, David ! Je savais que tu allais réussir, mais méfie-toi quand même de ce consentement rapide, de cette union et surtout, garde tes distances sur le plan affectif, tâche de maîtriser tes sentiments comme on te l'a enseigné à Beer-Sheva.

– J'en suis conscient et j'en fais mon affaire. Pour l'heure, Moshe attend mon rapport et doit me donner les ordres des prochaines étapes. Sylvie doit appeler demain et il faudrait me trouver un autre appartement pour la suite des évènements.

– Je m'en charge, je te tiens au courant.

Les deux agents se quittent.

Tous les deux satisfaits de la naissance de ce nouveau tandem, fruit de la passion.

LA FRANCE PROFONDE

Un mois s'est écoulé depuis la formation du tandem David-Sylvie.

Il a été efficace.

Sylvie remplit habilement la mission qui lui a été confiée.

David reçoit discrètement dans son appartement, rue des Lilas, sa nouvelle compagne devenue agent de renseignement au profit d'Israël, mais il reste toujours, très prudent respectant les consignes de son chef.

Ce soir, le commandant Moshe, qui détient à présent presque tous les renseignements indispensables pour donner le feu vert au détournement des vedettes immobilisées, a convoqué les responsables.

Il doit mettre au point les directives pour chacun et régler les détails pour subtiliser les navires.

Satisfait, le commandant sait que la direction des C.M.N., et son président monsieur Amiot, ont reçu les documents de la société norvégienne Starboat and Oil Driling Compagny avec le contrat de vente à Israël.

Le paiement a été confirmé. Les autorités françaises ont donné leur accord. Tout est en règle.

Il ne reste plus qu'à fixer le jour où les autorités norvégiennes pourront prendre livraison des navires.

Il doit communiquer les détails à l'amiral Mordechaï L... qui supervise l'opération depuis Paris, pour avoir son feu vert.

Les israéliens dispersés dans la banlieue de Cherbourg ont préparé leurs tenues de marins norvégiens pour embarquer sur les vedettes et attendent le signal pour intervenir.

Moshe, entouré de David, Yaacov, de deux experts en affaires maritimes, et d'un agent, réside dans la région, depuis un an, pour organiser la vie de l'ensemble des israéliens installés pour cette mission.

– Nous avons, à présent, réuni toutes les conditions pour lancer l'opération « Noa ». Grace aux renseignements obtenus de notre agent en place dans l'enceinte, nous connaissons les plans intérieurs, nous savons maintenant le nombre de vigiles qui surveillent les navires. On est informé de leurs horaires, des changements, il ne nous manque plus que le double des clefs, pour pénétrer à l'intérieur des bâtiments et nous rendre aux pannes abritant les vedettes. Nous avons chronométré les trajets et les déplacements de tous nos agents et le point de ralliement se fera ici, à l'abri des regards.

Chacun de vous doit se tenir prêt à n'importe quel moment.

Vous avez tous les consignes, ainsi que la feuille de route, pour le jour « J ».

Vous pouvez être sollicités n'importe quand.

Je vous demande de rester prudents, de ne pas trop sortir de chez vous et de m'appeler tous les jours aux heures convenues.

Les agents acquiescent de la tête.

Le silence règne.

Les visages tendus affichent aussi un soulagement.

L'heure du dénouement approche.

Les israéliens postés dans Cherbourg n'en peuvent plus, impatients ils ont hâte d'intervenir.

Chacun manifestant à sa manière l'envie d'en finir.

– Pas de questions ?

David, dans cette ambiance pesante et grave, décide de mettre un peu d'humour :

– A-t-on droit à des vacances ?

– Surtout toi, David. Tu es le seul ici, qui ne doit pas prétendre à prendre de vacances et ce n'est qu'une fois ta mission terminée que tu pourras peut-être envisager une vie meilleure, dit Moshe, en affichant un petit sourire moqueur.

Moshe sort du buffet une bouteille de Johny Walker et offre à ses hommes cette boisson dite réconfortante.

Ils lèvent leur verre en criant :

– « Lehaïm » (À la Vie) et à la réussite de notre mission.

David prend congé du groupe, salue Moshe en présentant son pouce comme pour lui dire que tout est o.k. Le message est passé.

Dehors, il fait nuit. Une nuit de mois de novembre, froide, lugubre, laissant à peine deviner dans le brouillard épais, les lumières des quelques habitations alentour.

David est à un quart d'heure de marche tranquille de chez lui.

Il ne presse pas le pas, quand soudain, d'une « Dauphine », qui s'arrête à sa hauteur, deux hommes cagoulés se jettent sur lui, le mettent à terre, et l'assomment à coups de pieds. Ils l'empoignent violemment et l'obligent à monter dans la voiture sous la menace d'un revolver. Ils lui bandent les yeux et le conduisent à moitié groggy dans une maison à une demi-heure de route.

Brutalement poussé par ses ravisseurs à l'intérieur de la maison, David, sonné par la violence reçue, trébuche et tombe à terre.

Il est encore rué de coups à la tête et au corps.

Les deux hommes le relèvent et l'assoient sur une chaise, lui ôtent le bandage des yeux, lui ligotent les deux mains et les deux pieds.

David, les yeux à peine ouverts n'a pas le temps de discerner les lieux. Les volets clos et la seule ampoule allumée qui éclaire insuffisamment la pièce,

l'empêchent de se rendre compte de l'endroit de sa détention.

Les deux hommes, à la mine patibulaire, qui se parlent entre eux en un arabe égyptien que David reconnaît et comprend, s'adressent à leur prisonnier en un anglais légèrement égratigné :

– Alors, le Juif, tu crois qu'on ne te connaît pas, tu crois qu'on ne sait pas que vous êtes tous là pour les bateaux ? Tu vas nous dire maintenant quel est votre plan pour récupérer les navires, et tu vas surtout nous indiquer quand vous allez le mettre à exécution.

Il ne répond pas.

L'un d'eux, assène un coup terrible dans l'estomac de David qui ne bronche pas.

Il connaît les consignes à suivre sous la torture.

– Tu vas parler ! Et très vite.

David ne bouge pas.

Le deuxième se précipite sur lui et lui flanque un coup de poing dans la figure qui le met knock-out.

David, sonné, l'arcade sourcilière ouverte, le visage en sang, tombe à terre.

Ils lui ligotent pieds et mains, le traînent dans un cagibi à l'arrière de la pièce, et l'attachent à une chaise.

David devine que ses deux bourreaux font partie des services secrets égyptiens, le Mukhabarat qui a intensifié ses actions avec Gamal Abdel Nasser.

Ce dernier, après sa défaite dans la Guerre des Six Jours en 1967, a voulu copier le Mossad pour garder la face et a multiplié ses opérations contre Israël.

Assommé, abattu, David a du mal à se remettre des coups subis, mais il résiste et persiste absolument à ne pas montrer sa souffrance.

Il n'avait jamais imaginé supporter une telle épreuve.

Pourtant on l'avait prévenu, préparé.

Il résiste.

Une force intérieure venue de nulle part le protège.

Il est dans un état second où le conscient s'est échappé laissant le corps se détacher et vivre sans barrières.

Le supplice n'a plus de résonnance.

Les deux hommes reviennent à la charge, continuent à le rouer de coups, en criant « *sale Juif* » :

– Tu vas parler « *Ya ebn el kalb* » (fils de chien).

David reste de marbre. Pas un mot.

Il reconnaît celui qu'il avait croisé à plusieurs reprises, l'homme aux tics, rencontré au Café de Paris et à la brasserie du port. À Oslo, c'était également lui. Il en est sûr. C'est son bourreau.

Il vient vers lui, avec un briquet, l'allume, le lui met sur la main et rapproche la flamme en insistant pour le brûler, l'invectivant encore :

– Tu vas parler maintenant !!!

Aucune réponse. David est muet.

La torture va durer une heure. Le prisonnier, roué de coups, est à terre.

Il n'a absolument rien dit.

L'épreuve est abominable.

David épuisé est sans réactions.

Les deux bourreaux devant cette résistance montrent des signes de lassitude et décident de remettre cet interrogatoire musclé au lendemain.

Allongé à même le sol, David, transi de froid, grelotte. Son visage sanguinolant le fait souffrir. Il gémit.

Les égyptiens dans les pièces à côté vont oublier leur passage à tabac et vont se reposer des « efforts » produits sans résultats.

Ils dorment à présent à poings fermés, l'un dans le salon, l'autre dans la chambre, ignorant totalement leur otage.

La porte est légèrement entre-ouverte.

Un silence profond règne, la maison semble totalement isolée. Ce calme, inopinément troublé par les ronflements des geôliers, témoigne qu'elle est loin de toute présence humaine, loin de la ville en tout cas.

À terre, David retrouve peu à peu, ses esprits, entend le ronronnement de ses deux tortionnaires qui dorment à côté.

À Beer Sheva on lui a appris à garder, d'abord son calme, puis à réfléchir à la solution la plus réaliste.

Or, là, il a les mains et les pieds liés.

Autour de lui, rien à priori, ne peut être utile pour se défaire de ses liens.

Seul le briquet de son bourreau est par terre, à ses pieds.

David, réfléchit puis dans un effort surhumain, il s'assoit, s'empare du briquet, parvient à brûler les liens qui entourent ses pieds, arrive à les défaire, et profite pour marcher habilement jusqu'à la porte d'entrée, les mains attachées.

En passant à côté de l'homme qui ronfle, il remarque son revolver avec lequel il avait été menacé, négligemment posé sur le bahut.

Il s'en saisit tant bien que mal des deux mains, se rappelle les entraînements de tir avec Sarah, mais dans son déplacement, il réveille son tortionnaire qui s'aperçoit que le prisonnier détient son arme.

L'instant est tragique et intense.

Les deux hommes se figent du regard.

Le geôlier sorti de son sommeil, surpris, effrayé se lève pour se jeter sur David qui l'esquive et qui sans hésitation lui tire à deux reprises dessus.

Il lui prolonge ainsi son sommeil dans une fin de vie qu'il n'avait certes pas choisie, mais qu'il avait quand même bien cherchée.

Sachant que l'autre bourreau allait se réveiller, il se précipite avec son arme en la pointant sur lui.

L'homme surpris, sortant de son sommeil, comprend qu'il est à la merci de l'homme qu'il torturait, se met à genoux implorant la mansuétude de David qui le tient en joug :

– Non, je t'en prie ne tire pas ! Je t'en supplie, ne me tue pas.

Prosterné, remuant sa tête, clignotant des yeux avec son tic, oubliant d'un coup les tortures qu'il lui avait infligées peu de temps auparavant, il implore son pardon.

Appliquant la devise du Mossad « *N'attends pas qu'on te tue, lève-toi et tue-le…* » David tire sur lui, avec le sang-froid hallucinant d'un homme expérimenté. C'est la première fois, qu'il fait usage d'une arme à feu sur un être vivant.

Abasourdi, il est impressionné par son geste mais comprend que c'est le réflexe de défense et celui de survie qui lui ont permis de tirer.

Il en est consterné.

Ce réflexe d'auto-défense a été spontané.

Aucun état d'âme, pas de questions métaphysiques, rien, la vie, sa vie.

C'est aussi sa mission.

Israël, un point c'est tout. Il ne pouvait imaginer faire échouer l'opération.

Calmement, il réussit à se défaire de ses liens qui emprisonnaient ses mains, puis tranquillement, va se laver le visage, boit un peu d'eau, essuie le revolver, efface les empreintes et les traces qu'il aurait pu laisser.

Maintenant il faut au plus vite quitter les lieux.

Il réalise tout de même qu'il a échappé à la mort.

Mais il l'a donnée.

Fuir, il lui faut fuir très vite et laisser les deux cadavres qui voulaient sa mort.

Il devrait prendre la Dauphine.

Mais la recherche des clefs du véhicule, qui l'obligerait à fouiller dans les vêtements des deux corps encore chauds ne le tente pas et préfère opter pour la marche.

Tant pis.

Il est exténué.

Minuit, pas d'étoiles dans le ciel, pas de lune, un brouillard londonien, un vrai « fog ». Il fait froid et le désert devant lui.

Emmitouflé dans une couverture qu'il a récupérée, David s'enfuit sans savoir où il se dirige.

Il ne sait ni où il est, ni où aller.

La petite route de campagne, n'est pas très accueillante, les premières lueurs se pointent au loin, très loin devant.

Il marche, il marche en ayant devant ses yeux l'image terrifiante de ses deux agents égyptiens qu'il a tués, lui, tellement sensible, il n'arrive pas à y croire.

Incroyable, cette histoire !

Comment ont-ils été au courant ? Comment ont-ils repéré la maison de Moshe ? Ils étaient forcément renseignés. Par qui ? Toutes les pistes ont-elles étaient étudiées ? David s'interroge. Il ne peut croire en la présence d'une taupe dans leur groupe. Un infiltré dans le groupe ? C'est impossible. La liste des agents et des commandos a été scrupuleusement contrôlée et tous les participants à l'opération ont été méticuleusement passés au crible par le Sayeret Matkal, l'Unité des opérations spéciales. Autant de questions sans réponses.

Pour l'heure il faut absolument prévenir le commandant.

Comment ?

Au bout d'une heure de marche, à bout de forces, il devine une route qu'il décide de prendre.

Pas âme qui vive en cette rase-campagne de l'arrière-pays cherbourgeois.

Il continue sa route, marche, mais la fatigue rend son pas lourd et pesant. Il poursuit sa fuite et au bout de deux heures, éreinté, aperçoit un petit hameau dont trois fermes datant du siècle précédent.

La France profonde.

Il avance.

Il doit absolument trouver une solution à son échappée et son obsession :
prévenir son chef Moshe.

Il se rapproche avec prudence d'une de ces maisons. Elle est peu éclairée et
entourée d'une abondante végétation. David va devoir exploiter avec prudence
cette occasion. Il s'avance à pas lents et discrètement franchit le portillon quand
soudain confronté à un énorme chien de garde qui aboie férocement et montre
ses crocs, il n'a d'autre possibilité que de reculer.

Alors qu'il s'apprêtait à abandonner cette possibilité, la porte d'entrée
s'ouvre brusquement et David voit sortir l'occupant de la maison, sur le seuil de
sa porte, un fusil pointé sur lui.

– Ne bougez pas, ou je tire ! hurle-t-il !

L'homme, d'une corpulence plutôt imposante et d'une taille dépassant la
moyenne, interpelle David, avec un accent difficile à comprendre.

– Restez là et ne faites pas un pas de plus !

– Non ! Ne tirez pas ! J'ai besoin d'aide. Je suis blessé.

David lève les bras, s'avance lentement vers lui, réitérant son appel au
secours.

– Monsieur, aidez-moi, s'il vous plaît.

– Ne bougez pas ! Mettez vos mains sur la tête !

Méfiant, le paysan, pointe toujours son arme sur David le tenant à distance et
calme les grognements de son chien qui veut défendre son maître.

– Que vous arrive-t-il ?

– J'ai été kidnappé, dépouillé et jeté sur la route.

– D'où venez-vous ? Où habitez-vous ?

– J'habite rue Emile Zola à Cherbourg, près du port. Je suis blessé, je souffre
et je saigne. Pouvez-vous m'aider ?

Le paysan ne bronche pas. Il fixe David, le toise pendant un long moment
de la tête aux pieds, à faire frémir dans cette nuit obscure David aux jambes
flageolantes.

– Monsieur, j'ai besoin de téléphoner juste pour demander à mon frère de
venir me chercher. Ne craignez rien, monsieur, je ne vous veux aucun mal.

Suspicieux il ne baisse toujours pas son arme et ne cède pas à la supplication
de l'intrus à cette heure tardive.

David, les bras levés, ne bouge pas.

Il baisse la tête, prend un air résigné qui semble adoucir le propriétaire.
Celui-ci s'avance vers David et se rend compte des tuméfactions sur son visage
boursoufflé et des plaies encore vives et suintantes et sous la menace de son
arme, fait entrer l'étranger dans son logement.

– Vous pouvez entrer pour téléphoner mais je ne vous lâche pas des yeux,
pas un geste de trop, compris ! Il incline progressivement son arme vers le sol et
demeure toujours vigilant.

David soulagé, descend ses mains et les croise derrière son dos, se confon-
dant en remerciements puis avance péniblement dans la maison.

– Merci, merci monsieur, vous me sauvez la vie.

L'intérieur est simple et rustique. Sur le mur de la pièce mal éclairée une croix sur laquelle repose un Christ en bois et juste à côté un portrait de la vierge Marie, deux icônes de la chrétienté sont les seuls objets décoratifs.

Cette maison de la zone péri-urbaine de Cherbourg n'est ni abîmée ni dégradée. Elle semble figée depuis des générations et n'a pas l'air d'avoir souffert des affres de la dernière guerre. La ville et ses habitants se sont rendus aux allemands qui l'ont occupé pendant près de quatre ans, puis seront libérés par les armées anglo-américaines.

Apparemment, l'occupant vit seul, le désordre le confirme. Il doit certainement s'occuper de plantations, compte tenu des nombreux outils qui sont dispersés par-ci par-là, à même le sol.

Manifestement l'homme est agacé. Dérangé en plein sommeil il n'apprécie pas du tout cette perturbation nocturne. Et d'un ton agressif :

– Le téléphone est là.

– Merci, monsieur.

David prend le combiné d'une main tremblotante compose le numéro de Yaacov. La sonnerie retentit, une fois, deux fois, trois, quatre, cinq sans résultats puis enfin il entend la voix de Yaacov qui a décroché.

– C'est Robert, j'ai été agressé et suis maintenant en sécurité chez un habitant dans la campagne. Ne quitte pas.– Monsieur, où sommes-nous exactement ?

– Nous sommes à Flottemanville Hague sur la route des Granges, la D152 le hameau des granges ...

– À combien de kilomètres du port de Cherbourg, Monsieur ?

– À 35 kilomètres.

– Merci, monsieur.

– Tu peux venir tout de suite s'il te plait ? Je t'attends dehors, près de la route.– Monsieur, mon frère va arriver, je vais me placer à l'extérieur pour le guetter.

Le chien s'est tu. L'homme rassuré, se rendant compte de l'état du blessé, propose un siège à David qui l'accepte bien volontiers.

David épuisé, le corps meurtri par les coups qu'il a reçus s'affale sur la chaise. Il respire difficilement et supporte mal l'odeur désagréable qui règne, celle des endroits mal entretenus associés avec celle du chien, et sans doute d'autres animaux ayant élu domicile dans ce confinement.

Dans cette pièce sombre, les sources de lumières pratiquement inexistantes, David perdant ses forces, vit les moments les plus pénibles de sa vie.

Un véritable cauchemar.

Il a encaissé pendant sa formation de nombreuses épreuves factices pour le préparer mais la réalité est tout autre, et serrant les dents, il ne veut pas montrer le combattant à terre.

Face à lui, l'homme qui l'accueille ne montre aucune agressivité, mais plutôt une méfiance compréhensible qui se traduit par des regards successifs en tournant la tête sans prononcer le moindre mot.

L'ambiance tendue, le silence stressant, l'attente est longue pour David qui présente à son tour des signes d'impatience que remarque son hôte.

— Vous n'êtes pas bien Monsieur, voulez vous que j'appelle un médecin ?

Difficilement David se redresse de son siège pour dissimuler sa douleur :

— Non merci Monsieur tout va bien ! je vais attendre mon frère qui ne va pas tarder.

— Voulez-vous boire un coup en attendant ?

— Je veux bien oui !

— J'ai du vin de mes vignes de cette année. J'en ai tiré ce matin. Ça vous dit de le goûter ?

David s'attendait à un verre d'eau puis se ravise.

— Certainement.

Il accepte avec soulagement quand même le verre tendu par cet homme de la campagne.

À cette heure, en pleine nuit, David n'a pas l'habitude de boire du vin mais, pour ne pas offusquer son hôte, et ne pas repousser son offre, il trempe ses lèvres et incline plusieurs fois la tête, d'un air approbateur.

— Il est très bon votre vin !

— Merci. Il provient de la propriété de mes parents qui habitent la maison à côté.

Le climat s'est apaisé. Le viticulteur regarde entre deux gorgées le visage tuméfié de David qui souffre sans se plaindre.

— Il vous a sacrément démoli. À quoi ressemblait votre ravisseur ?

— Je ne sais pas, il était masqué et je n'ai pas eu le temps de réaliser quoi que ce soit.

— Il vous a volé beaucoup d'argent ?

— Oui je venais de retirer une grosse somme de la banque.

David comprend que l'homme a besoin de parler.

Sous son air d'ours sauvage, il montre cependant l'aspect d'un homme plutôt bienveillant, prêt à la discussion. Mais David, bien qu'ayant très mal, doit entretenir ce dialogue d'autant plus qu'il a toujours voulu savoir comment vivaient les Français dans cette France profonde, celle de l'après-guerre. David s'est toujours posé la question.

Il est vrai que ce n'était pas le bon moment pour en parler, mais il aurait aimé savoir comment vivent les Français, connaître leurs moyens d'existence et surtout s'ils acceptent la politique de boycott anti-israélienne décidée par le président de la République.

Il n'était vraiment pas en état de parler et tombant de sommeil, il se devait de l'interroger à son tour.

— Vous vivez seul ?

— Oui, ma femme est partie il y a deux ans, et depuis, je suis seul.

— Ce n'est pas trop dur ?

— On s'y fait.

— Comment vous passez votre temps ?

— On s'occupe des bêtes, on a une cinquantaine de vaches, on cultive aussi la betterave et un peu de blé, et ça, ça fait du travail vous savez. Et vous ? Habillé comme vous l'êtes je pense bien que vous n'êtes pas un paysan mais plutôt un homme de la ville travaillant dans les bureaux, n'est-ce pas ?

– Je suis dans le textile, je viens de Marseille pour une commande de la mairie de Cherbourg.

– Vous êtes là depuis quand ?

– Depuis deux mois, mais je dois repartir aussitôt mon travail terminé. Et vous ? Vous habitez ici depuis longtemps ?

– Moi je suis né ici dans cette maison qui appartient à ma famille depuis trois ou quatre générations. Je ne suis jamais parti d'ici, je ne connais pas la vie en dehors de ma campagne.

– Vous n'avez jamais voyagé ?

– Non.

– Ça ne vous tente pas ?

– Non, j'ai tout ici. Ça me suffit. Mes vignes, mon vin, mes bêtes, c'est le principal, le reste ne m'intéresse pas.

– Vous êtes heureux ?

– Oui.

La douleur que ressent David s'atténue peu à peu mais continue à le faire grimacer à chaque geste.

Le paysan finit son troisième verre. Son appréhension s'estompe. Il veut parler. David le ressent.

Mal à l'aise face à cet individu, il est contraint de poursuivre la discussion.

– La guerre de quarante et la révolte de mille neuf-cent-soixante-huit ne vous ont pas affecté ?

– Oh, il y a eu des moments difficiles, mais non, on n'a pas trop souffert.

– Et la présence des allemands, leur occupation, ne vous a pas trop dérangé ?

– Non, ils nous ont laissés tranquilles, ils voulaient surtout le port et les bateaux de la marine nationale.

– Y a-t-il eu des résistants dans le coin ?

– Oh, pas beaucoup ici.

– Vous aviez quel âge ?

– Dix ans.

Le paysan qui a vidé son énième verre décrit son enfance et son adolescence sans s'arrêter et ne se soucie guère de la présence de David qui ne le dérange plus.

David a envie de savoir, mais il écoute, avec beaucoup moins d'attention ce Français de la France profonde, qui lui fait partager pendant un instant le mode de vie de citoyens d'une France qu'il n'avait jamais côtoyée.

Au bout d'une bonne heure, il n'en peut plus, il sent qu'il ne peut aller plus loin dans l'échange forcé et pense que Yaacov a dû trouver le chemin.

– Monsieur je tiens à vous remercier. Je vais sortir. J'espère que mon frère ne va pas tarder. En tout cas, je veux vous témoigner toute ma reconnaissance pour m'avoir aidé et sauvé.

Les deux hommes sortent et vont attendre au bord de la route le passage de Yaacov qui conduit une vieille 4 Cv Renault.

Aidé par le viticulteur qui lui a prêté une torche à piles, David voit arriver la voiture de Yaacov et lui fait un geste de la main.

Soulagé, il remercie encore son sauveteur et lui serre la main en signe de reconnaissance et d'aurevoir.

– Encore merci, monsieur, je me souviendrai longtemps de vous.

Il est quatre heures trente, la nuit s'achève, le jour va se lever.

Yaacov arrête son véhicule.

David se précipite dans la voiture qui démarre en trombe.

Traumatisé, il garde encore en mémoire l'image des deux hommes abattus.

Sauvé, il a encore en bouche le goût du vin qu'il a bu à contre cœur.

Mais libéré.

LUNETTES RONDES DORÉES

Après cette mésaventure et cette déconvenue, l'heure est au repos, aux soins et à la réflexion. David sort indemne mais meurtri.

Le Mossad ne peut se permettre un quelconque échec. David le sait.

Après deux jours de pause, pansé et hébergé par son ami Yaacov, il a récupéré et s'efforce de sortir de ce coup dur. Pas un mot à ses nouveaux agents, Isabelle et Sylvie.

Il lui faut à présent se remettre en selle physiquement et moralement, pour poursuivre sa mission, prendre le temps de la réflexion et de l'analyse pour affronter la suite des évènements.

Le Mossad et ses chefs, doivent se réunir au plus vite et se concerter sans tarder pour trouver l'explication à cette déconvenue et éviter d'autres revers.

Convoqué à une réunion préparée dans la hâte, David, qui a retrouvé à peu près son dynamisme, est prié de relater avec détails ses aventures, soldées par les deux meurtres.

Un fait est certain ; les agents égyptiens l'avaient repéré et connaissaient le lieu des réunions. Ils étaient renseignés. Probablement un agent double infiltré dans l'équipe. Il en est sûr.

Le second point montre que l'observance des règles de prudence aurait nécessité plus de vigilance, en exigeant surtout de ne pas sous-estimer l'ennemi.

Moshe qui reconnaît les erreurs, promet de trouver la taupe qui se cache dans le groupe et décide dorénavant de redoubler d'attention et de multiplier les précautions. Il félicite aussi David, qui a su trouver la parade pour s'échapper du traquenard et tient à le déculpabiliser des actes commis en légitime défense.

– Soldats, nous sommes en guerre, nous devons défendre notre pays Israël,

nous ne pouvons pas prendre de risques pour mener notre mission à son terme. L'ennemi, en l'occurrence les services secrets égyptiens, est au courant de nos faits et gestes. Il nous a attaqué. Des mesures d'urgence doivent être mises en place.

Nous devons opérer une diversion immédiate, tous déménager demain, revoir nos lieux de rendez vous, changer nos habitudes et les horaires de notre grille de communication. Mettre en déroute le « Mukhabarat ». J'ai averti l'amiral Mordechaï qui maintient la stratégie fixée. Rien de changé. On doit se tenir prêt à intervenir. De mon côté je me charge et vous promets que je trouverais l'agent qui est à l'origine de la trahison.

Moshe, l'air déterminé, ne cache pas sa colère.

Cette mésaventure, il ne la digère pas.

C'est un échec qu'il ne peut supporter.

Assis les mains sur la table, les poings fermés, il rumine, tape à plusieurs reprises ronchonnant :

– Je vais le trouver cette ordure, je le tuerai, j'en fais un point d'honneur.

Les soldats réunis autour de lui sentent sa fureur et n'osent pas bouger. Ils sont inquiets et se posent tous la question : qui est-il ?

– David, tu pars trois jours à Marseille, pour te faire oublier et éviter d'autres mésaventures, j'ai ton billet de train. Il te faut évacuer ce moment difficile que tu as vécu et tu dois nous revenir très vite plein de dynamisme comme par le passé.

Yaacov, toi, tu dois déménager comme moi, le plus rapidement possible, continuer ton travail au port et aux chantiers des C.M.N Evite les déplacements et prends un maximum de précautions d'un niveau élevé.

Nous sommes le 15 novembre, nous devons célébrer Hanoucca ; j'espère qu'on pourra, après la réussite de notre mission, faire la fête avec nos enfants et notre famille tous ensemble, en Israël.

– Baroukh Achem (Bénis soit tu Éternel), répondent ensemble les membres du groupe interventionniste.

Que vient faire Dieu dans cette affaire, pense David.

Le remercier pour sa grande miséricorde et demander son aide ?

David s'interroge.

Pour certains Juifs, les plus croyants, invoquer Dieu en toute circonstance donne une force supplémentaire. Ils ont tendance à l'utiliser un peu pour tout et pour n'importe quoi

Cette force, c'est la foi.

David se rappelle : *Samuel, son père, à la foi inébranlable, emploie en toutes circonstances, les formules pour citer Dieu et loue ses qualités de bonté infinie : « Hodou lachem ki tov ki léolam asdo » (Venez louer le Seigneur car sa bonté est grande), ou encore sa phrase favorite :« Vénérez le Roi des rois qui règne sur le monde ». Il a toujours cette confiance aveugle en son maître, le roi de l'Univers.*

Il ne comprend pas comment son père, lui, cet homme sensé, intelligent, d'une logique cartésienne, pouvait avoir une telle foi dans des hypothèses religieuses et mystiques, sans preuves. Comment avait-il cette certitude inaltérable en des forces théologiques mystérieuses ? Sans justificatifs ?

« On allait ensemble à la synagogue tous les vendredis soir. On faisait Shabbat toutes les semaines, maman allumait la bougie, confectionnait son pain pour la prière. On observait toutes les fêtes durant l'année. J'ai célébré ma Bar Mitsva convaincu de cette alliance protectrice, je récitais le Schéma Israël Adonaï élohénou Adonaï éhad *(Ecoute Israël, l'Eternel est notre Dieu, l'Eternel est Un),*Baroukh Chem kevod malkhouto lé'olam va'ed *(Béni soit le nom de Celui dont la royauté glorieuse est éternelle). Il est vrai, par contre, que je ne mettais plus les Tefillins tous les matins, et il est exact que je ne possédais*

*pas la foi de mon père ; il me manquait ce petit rien de preuve pour établir la
confiance.*

*Cette foi incommensurable de mon père dans ce néant, dans ce vide intersi-
déral sans explications, sans aucun pouvoir de contrôle, avec uniquement son
guide spirituel invisible pour maître, me paraissait inaccessible et pour le moins
étrange.* »

Étrange.

David continue à s'interroger et ne trouve aucune explication logique.
D'ailleurs il ne se pose plus de questions.

La foi et la raison poursuivront leur combat pour la vérité.

David et Yaacov doivent maintenant exécuter les ordres.

Trouver rapidement des lieux sûrs, sécuriser les agents, éviter les déplacements inutiles et intempestifs, suivant les consignes de prudence.

Depuis deux jours Yaacov héberge David dans son nouvel appartement,
choisi en fonction de la proximité de son travail. Un petit deux-pièces dans une
vieille maison dans le quartier ancien de Cherbourg, mais proche des chantiers.

David a trouvé un hôtel pas trop loin mais qui ne pouvait l'accueillir tout de
suite, et c'est une opportunité de loger chez Yaacov avec qui il s'entend bien.

– Merci Yaacov de m'abriter, à charge de revanche je serais heureux de te
faire connaître Marseille et t'accueillir chez moi.

– Oh ! Ça me ferait réellement plaisir, je ne dis pas non, tu seras aussi le
bienvenu chez moi à Tel-Aviv et tu feras la connaissance d'Odette. Tu sais, je
voulais te dire que j'ai eu très peur pour toi et que tu as eu beaucoup de chance
d'échapper à ces tueurs qui ont mérité la fin que tu leurs a réservée.

– La chance était de mon côté, mais je dois ma survie surtout à leur
incompétence.

Les deux hommes n'avaient pas eu le temps jusque-là de discuter ni de se
confier l'un à l'autre et c'est l'hospitalité fortuite de Yaacov qui a donné naissance à un rapprochement amical.

Certes David avait une quinzaine d'années de moins que Yaacov, mais la
mission « Noa » et l'amour d'Israël étaient le lien qui les unissait par-dessus tout
effaçant la différence d'âge.

C'est aussi qu'ils étaient complices dans la stratégie qu'ils avaient menée
ensemble pour convaincre Isabelle et Sylvie à devenir des agents dormants au
profit d'Israël.

– Tu dois prévenir Isabelle de ce changement, dit David, mais méfie-toi, ne
donne pas ton adresse maintenant. Je me charge de mon côté d'avertir Sylvie.
Moshe pense que pour l'instant, je ne suis pas tout à fait opérationnel et préfère
m'envoyer à Marseille pour que je me repose quelques jours et oublier ma triste
aventure. Je partirai demain.

– Oui, David ! Tu as raison, va faire le vide, reviens vite plein d'énergie.

Les deux agents se séparent. David doit rejoindre son nouvel hôtel près de
l'hôpital.

Sur son parcours il s'arrête à une cabine téléphonique pour prévenir Sylvie
de son départ.

Le tandem avec la nouvelle recrue marche bien.

Ils se voient régulièrement en changeant souvent d'endroit.

Sylvie est heureuse de cette relation et David s'en accommode fort bien.

Il sait qu'à l'annonce de son départ Sylvie va le prendre mal. Néanmoins il tente de la rassurer et de lui promet de la revoir et la serrer dans les bras dès son retour.

Épuisé il doit se reposer.

Bien qu'il connût les règles du jeu qu'il avait acceptées, sa récente mésaventure l'avait profondément marqué et il avait hâte de gagner sa chambre d'hôtel pour dormir.

À coup sûr, il va se plonger dans un profond sommeil pour retrouver l'équilibre énergétique indispensable et poursuivre l'aventure de l'homme d'action choisie justement pour pimenter sa vie.

Le jour s'est levé. David, requinqué après cette nuit de sommeil, une bonne douche, se sent d'attaque. Il a récupéré du tonus.

Il prend sa valise, descend à la réception, règle sa nuit, va directement à la gare, direction Paris.

Il prendra le vol Paris-Marseille par la suite.

Très prudent, s'assurant qu'il n'est pas suivi, il rejoint sa place numéro dix-sept, wagon vingt-huit. C'est Moshe qui avait fait la réservation en première classe, pour un meilleur confort.

Le trajet est long entre Cherbourg et Paris – près de cinq heures –avec deux arrêts.

Cinq heures durant lesquelles, David va devoir se reposer, lire et prendre connaissance des dernières nouvelles ; de France, de la bourse et de la situation au Moyen-Orient, relatées dans *France-Soir* et dans le magazine *Paris-Match* achetés avant de partir.

Il n'aime pas le train mais il n'a pas le choix. L'ordre venait de Moshe.

Heureusement, le compartiment est propre, le calme règne.

Trois autres personnes l'accompagnent. Deux hommes de soixante ans environ, et une jeune femme qui a la trentaine. Personne ne parle.

On échange des regards, on s'observe, on ne bouge pas.

Le silence règne, l'ambiance pesante.

La jeune femme, plutôt mignonne, a l'air d'une intellectuelle avec ses lunettes rondes dorées, son chignon soigneusement resserré, du même genre que celui d'Isabelle. Tirée à quatre épingles, habillée d'un tailleur gris perle et d'un chemisier blanc, cette jeune femme appartient sans doute à un milieu aisé. Son port de tête indique qu'elle occupe une fonction de cadre ou de hautes responsabilités.

Les deux hommes à l'aise ont l'air de se connaître, et sont probablement des voyageurs commerciaux qui se déplacent pour des raisons professionnelles.

David continue la lecture de son journal, affiche une indifférence et une certaine réserve très british.

Mais, quand même, la nature revient au galop. Il a pu croiser à plusieurs reprises les yeux de la jeune femme, à travers ses lunettes rondes dorées. Elle scrute les quatre coins du wagon et montre une certaine lassitude, en jetant de petits regards furtifs sur son voisin, assis en face d'elle. Manifestement, elle a remarqué le charisme de cet homme élégant.

David constate le mouvement de ses yeux, ne bronche pas, mais il sait qu'il doit abandonner la chasse.

À contre-cœur naturellement.

Elle, elle n'abandonne pas.

Elle allonge ses jambes, vient frôler de son pied celles de David qui retire spontanément ses pieds.

– Je vous prie de m'excuser, dit-elle, dans un français avec un léger accent germanique où suisse.

– Il n'y a pas de mal, réplique David en souriant.

La jeune femme sort de son sac un paquet de cigarettes Craven. Sa main aux doigts effilés le pose sur ses genoux et s'adressant aux occupants :

– Puis-je me permettre ? en montrant son paquet. J'espère que la fumée ne vous dérange pas ?

– Pour moi, pas de problème répond David.

L'un des deux hommes assis en face, fait la grimace, hoche la tête.

Comprenant alors qu'il ne lui reste plus qu'à sortir fumer hors du compartiment, elle se lève, un peu agacée, sort dans le couloir pour fumer, refermant nerveusement la porte.

David, plongé dans la lecture de son journal, ne l'a pas cependant quittée des yeux et a suivi jusqu'à sa sortie, le mouvement galbé de ses jambes parées de bas nylon.

Elle allume sa cigarette, avec un briquet en argent dont David reconnaît aussitôt la marque. Le dos appuyé à la porte vitrée du compartiment, la jeune femme exhale l'air inhalé, la tête légèrement penchée en arrière, avec la délectation du moment tant attendu de l'amateur de tabac.

Elle se retourne et, à travers la vitre, dirige son regard dans le compartiment, voulant à tout prix solliciter l'attention de notre agent franco-israélien.

Ce petit stratagème amuse notre prince qui n'en est pas à sa première expérience.

David se lève, quitte le compartiment et retrouve la jeune femme, expirant la dernière bouffée de la cigarette qui se consume.

– Vous en voulez une ?

– Non, merci ! Je ne fume pas.

– Vous n'avez pas ce vice.

– J'en ai beaucoup d'autres, vous savez.

– Laisser moi deviner : la bourse, j'en suis sûre.

Elle avait vu avec quelle minutie David lisait son journal à la page des cotations boursières.

– Touché dans le mille.

– Le jeu ?

– C'est vrai, j'aime jouer, mais je n'aime pas perdre.

Le play-boy se prête à ce dialogue, d'autant plus, que la jeune femme est agréable, et s'exprime avec cet accent qui ne lui déplaît pas.

– Vous allez à Paris demande-t-elle ?

– Oui. Et vous ?

– Moi aussi.

– Voyage d'affaires ?

– Oui. Et vous ?

– Moi, pour le travail dit David.

– Ah bon ? Parce que vous travaillez ?

– Oui, enfin, si on peut appeler ça travailler.

Les deux passagers, dans le couloir embué, se mettent à rire ensemble et à rire à nouveau de tout comme de jeunes adolescents.

Ils rient.

Ce jeu plaît à David.

Il s'y prête volontiers, d'autant plus que la jeune femme, venue peut être d'Europe centrale, est agréable avec ses yeux pétillants, son humour spontané.

Il trouve dans cet intermède une détente qui lui permet d'oublier les moments terribles qu'il venait de vivre, à Cherbourg.

– Dans quel domaine êtes-vous ?

– Dans la musique, je suis pianiste. Et vous ?

David sourit.

Que peut-il inventer pour l'amuser ?

– Je suis un espion.

La pianiste s'esclaffe.

– Vous avez vraiment l'air d'un espion.

Pour entretenir cette confession, qui ne convainc pas du tout la volubile pianiste, il ajoute avec un air narquois :

– Un espion qui joue surtout au golf.

La jeune femme, qui ne le prend pas du tout au sérieux, réplique :

– Ah, vraiment ! C'est un sport qui m'attire.

– Pourquoi ?

– Pas du tout pour le sport, mais j'aime l'allure des golfeurs, leurs manières, leur élégance et c'est vrai que vous me faites penser à l'un d'eux plutôt qu'à un espion.

– C'était pour rire, vous l'aviez compris. En réalité je suis dans les sous-vêtements pour femme.

Elle s'esclaffe :

– Je n'en crois pas un mot, mais je vous préfère en espion golfeur.

Le temps passe, les deux blagueurs prolongent leur conversation en regagnant leur place dans leur compartiment.

David lui plaît ; il a décrypté les messages subliminaux d'appel.

Elle lui plaît aussi, mais se veut prudent.

En plus, il lui trouve cette admirable qualité de pouvoir le faire rire.

D'ailleurs, pendant ces échanges d'évasion, il a oublié l'agent qu'il était, sa mission et surtout l'image des deux égyptiens supprimés dans sa fuite.

– Jouez-vous dans un orchestre ?

– Je joue avec l'orchestre philarmonique de Strasbourg et nous donnons un concert à la salle Pleyel, à Paris, demain soir. Nous interprétons le concerto n°1 de Brahms.

– Je connais, mais surtout le deuxième.

Surprise la jeune femme poursuit :

– Vous aimez ?

– C'est un de mes compositeurs préférés.

– Vous vous intéressez à la musique ?

– Oui, un peu. J'ai appris le piano et le solfège pendant quelques années, mes parents pensaient que je serais le nouveau Mozart et puis, compte tenu des performances, j'ai préféré me diriger vers le jazz, le saxo et… le golf.

– J'apprécie aussi le jazz et j'adore Nat King Cole, Art Tatum, Sydney Bechet. Ces musiciens noirs qui avaient tous à exprimer les douleurs et les souffrances de leur peuple m'ont toujours fasciné. Leur musique évoluant avec le temps après l'abolition de l'esclavage et des lois ségrégationnistes est un véritable cri du cœur. Billie Holiday est celle que je préfère. Cela ne m'a pas empêchée de faire ma carrière dans la musique classique avec laquelle j'ai grandi.

– J'aime aussi écouter Brahms, sa musique romantique m'émeut et je le considère comme le fils spirituel de Beethoven.

– Oui, vous avez raison. Sa musique mélancolique est pleine de douceur, quelquefois de rêve.

– Surtout, quand on sait qu'il a produit ses plus beaux morceaux, pour l'amour d'une femme

– Ah ! Je vois que vous semblez connaître la vie sentimentale de Johannes.

– Tout le monde sait, qu'il était follement amoureux de la femme de Schumann, de quatorze ans son aînée.

– Oui. Et dire qu'il est mort célibataire !

– Peut-être, qu'il n'aurait pas pu devenir le grand compositeur qu'il a été, s'il avait été marié.

– Vous êtes contre le mariage ?

– Non, pas du tout, mais il faut avoir de la chance et bien tomber pour que ça marche.

– Vous ne croyez pas au destin ?

– Certes, ça peut exister mais cela doit être extrêmement rare.

La jeune femme sent que la conversation accroche David qui se prête au jeu mais elle hésite à lui poser les questions indiscrètes dont elle aimerait tant avoir les réponses.

Marié ?

Libre ?

Tout cela est trop intime et risque de la discréditer.

– Tiens, au fait que faîtes-vous demain soir ? Souhaiteriez-vous assister au concert ?

– J'aimerais bien, si vous m'y invitez.

– je vous y invite, je serais très heureuse que vous puissiez venir.

David, réellement enthousiaste, oublie pendant cette conversation l'objet de son voyage.

La mission ?

Ses affaires, ses parents ?

Sylvie ?

Oubliés ?

Oui, oui, un peu d'air, du renouveau, de la musique, de la bonne musique, avec l'accent allemand de Johannes, de l'humour, du rire et puis tant pis. C'est la vie !

Comme avec Sarah, il se sent attiré. Surtout par une musicienne.

Charmeur, il est séduit.

Dompteur, pas dompté. N'oublie pas.

Il aime bien ses lunettes rondes dorées, son chignon épinglé et puis il aimerait devenir « piano » pour être effleuré par la finesse de ses doigts.

Rien qu'une petite gamme jouée de ses doigts, sans croches ni pauses, uniquement des notes rondes, blanches ou noires sur son piano qu'il livrerait sans regrets.

Son esprit vagabonde un instant ; ses yeux montrent une échappée rêveuse, absente et distraite, que remarque tout de suite sa voisine.

– Vous viendrez ?

Retrouvant ses esprits, David n'hésite pas :

– Oui, avec plaisir.

– À quel hôtel descendez-vous ?

Pris de court :

– Au Ritz.

– C'est un grand palace !

– Un symbole de Paris.

– J'adore Paris qui m'émerveille chaque fois un peu plus. J'ai la chance d'avoir un petit appartement dans le cœur de Saint-Germain qui répond à mes nombreuses obligations professionnelles à travers le monde.

David, prend conscience qu'il a en face de lui, une interprète de qualité, d'un niveau international et que ce spécimen rare mérite une attention toute particulière.

Le déclic de la chasse est amorcé.

Comment ne pas céder à la tentation de connaître davantage, une virtuose amoureuse de Paris, qui écoute Billie, qui sait rire et faire rire.

– Avez-vous un endroit que vous appréciez particulièrement ?

– Oui. Les Champs Élysées, une des avenues les plus impressionnantes qui m'enchante toujours par ses lumières, ses grandes enseignes, ses touristes et cet imposant Arc de Triomphe. Toute l'histoire qu'ils véhiculent. Je me sens transportée.

Mais j'aime aussi flâner à Montmartre dans ses petites rues, visiter également les galeries de peinture du Marais, où dîner dans un restaurant à la rue Mouffetard.

– Vous vous y-rendez souvent demande David ?

– Chaque fois que le devoir m'appelle. C'est cinq à six fois par an. Et vous venez-vous quelques fois à Paris ?

– Chaque fois que mes obligations professionnelles le demandent aussi, trois ou quatre fois par an. J'apprécie Paris, ses musées, ses brasseries, mais je trouve les gens trop tendus, peu courtois, par rapport aux habitants de Londres, par exemple, où je passe une partie de mon temps.

La conversation perdure, sur ces chapitres, qui dévoilent petit à petit, les différentes facettes de ces deux inconnus, sans, pour autant, aborder les aspects réservés aux domaines intimes.

Il n'a pas osé.

Pourtant il en avait envie.

Face à cette concertiste, David ne s'est pas hasardé à lui avouer qu'il adorait la musique.

Il se souvient :« *C'est très tôt, vers trois ans que j'ai été initié au piano... J'adorais quand ma mère me prenait sur ses genoux, guidait ma petite main pour jouer d'un doigt* Frère Jacques *ou encore* J'ai du bon tabac... *Le professeur lui, n'était pas aussi complaisant avec moi, et savait me taper sur les doigts à la moindre petite fausse note*

Plus tard j'ai cultivé cet art en formant avec des amis notre premier orchestre tissant des liens et de la complicité entre les interprètes. Très vite mes espoirs de devenir un virtuose se sont envolés.

J'ai gardé tout de même ce goût pour la musique et n'envisageais pas une journée sans écouter les grands compositeurs et leurs nombreuses et subtiles adaptations.. »

Il n'a pas osé lui dire tout ça, mais combien il attendait de l'écouter.

Le train arrive en gare, les deux voyageurs du même compartiment tirent leur révérence, laissent David et la pianiste se dire aurevoir.

– Notre voyage prend fin. C'est avec regret que je vous quitte, en espérant vous voir demain au concert.

– Finalement, je dois vous remercier puisque votre rencontre m'a complètement fait oublier le temps du voyage que j'appréhendais et je dois vous dire combien j'ai été heureux de faire votre connaissance. J'aimerais bien assister à votre représentation demain mais, je ne connais ni le lieu ni l'heure à moins que ça soit un piège.

– Oh pardon ! Oui, j'oubliais…

La jeune femme plonge sa main dans son sac, retire une carte de visite sur laquelle sont marquées les initiales « A.B. » et en dessous le nom d'Alicia Bernheim, concertiste.

– Voici ma carte. Vous n'aurez qu'à me demander avant le début du concert à 20 heures, salle Pleyel.

– Et aujourd'hui, puis-je vous inviter à dîner ?

– Non, désolée. Je suis obligée de répéter, mais, demain soir, après le récital, avec plaisir.

David garde la carte dans la main et le nom de Bernheim, d'origine juive, retient toute son attention.

Sur le quai, ils ont du mal à se séparer. David sent que la gamme de piano, qui est en train de se jouer, peut se transformer en une véritable symphonie.

– J'ai hâte de vous entendre.

– J'ai hâte de dîner avec vous.

– Ce sera avec plaisir.

Après une poignée de mains, en guise d'aurevoir, les deux voyageurs se quittent, sans se perdre du regard, tout en s'envoyant de petits gestes avec la main.

Cette rencontre imprévue va modifier les intentions de David, qui trouve dans cet intermède, une réelle bouffée d'oxygène, après les mésaventures subies à Cherbourg. Il pense, bien évidemment à ses parents, son entreprise et se dit qu'il aura peut-être le temps de faire un saut à Marseille en fonction des circonstances.

– Au Ritz Hôtel, s'il vous plaît.

Il fait froid. La pluie fine fait apparaître les parapluies et les imperméables.

Les parisiens courent toujours autant. Bien au chaud assis dans son taxi, David prend un certain plaisir à contempler la capitale imposant ses monuments.

Il n'a pas fait de réservation, mais il sait que ce palace qu'il a déjà fréquenté, peut lui offrir de quoi passer un bon séjour.

Confortablement installé dans sa chambre, il s'allonge sur le canapé, pense à Alicia, se rattrape et saisit le téléphone pour parler à ses parents.

– Oui, maman, je vais venir, oui, je sais, je sais, ça fait longtemps, mais je te promets que, dès que je termine mes obligations à Londres, je fais un saut pour vous embrasser.

Parti à la hâte, sans aucune tenue de circonstance pour la soirée envisagée, il doit penser à s'acheter de quoi être présentable, pour le concert, et pour le dîner.

Sans tarder, il commande un taxi pour le conduire à l'avenue Montaigne, où se trouvent les boutiques de vêtements de luxe. Mais, Paris n'est plus la capitale de la mode ; les hippies ont bouleversé l'art de se vêtir. David préfère Londres, plus traditionnaliste, pour s'habiller, mais peu importe, cette fois c'est à Paris qu'il va s'acheter son smoking et ce qui l'accompagne pour la soirée de demain, sans oublier l'écharpe blanche, pour séduire sa pianiste.

De retour au Ritz, les bras chargés, dans le luxe et le confort il va profiter de cette soirée inattendue pour se prélasser, penser à sa rencontre fortuite et au lendemain.

Un instant, son esprit s'évade ; il pense à Sylvie qu'il est en train de trahir, mais son instinct de séducteur, prend le dessus, sans l'embarrasser pour poursuivre son impromptue rencontre.

Aucun état d'âme, aucun scrupule, ce n'est plus le gentil petit bourgeois, respectueux des valeurs de la tradition juive qui décide. Non c'est le soldat de Tsahal. Libéré. Affranchi de tout il choisit et dispose.

Il a besoin des doigts effilés de sa rencontre musicale, pour un concerto joué sur son corps.

Il a besoin de sentir le jeu de cette nouvelle partition pour éprouver cette agréable émotion du plaisir encore mystérieuse.

Il pense, sans arrêt, conquérir cette lyre, source d'une évasion nouvelle, et médite à cette brève rencontre, pleine d'humour, qui va enrichir son répertoire.

Il réfléchit aussi, à ce nom « Bernheim », s'interroge sur ses origines, qu'il suppose juives, laisse vagabonder son imagination.

Mais il ne renonce pas, tout de même, à ses devoirs et ses responsabilités qui le rattrapent et décide d'appeler son ami à Cherbourg.

– Allo, Yaacov, c'est Noa. Tout va bien. Je suis à Paris, je reste quelques jours. Peux–tu prévenir mes amis ? Je te tiens au courant et t'appelle demain.

Il pense à Moshe qui lui a imposé cette escapade.

Mais, allongé sur le sofa, c'est à sa rencontre du jour, à la soirée du lendemain qu'il laisse vadrouiller son esprit d'espion golfeur.

BRAHMS CONCERTO N°1

À peine réveillé, David regarde par la fenêtre. La vue sur la place Vendôme est impressionnante. Le quartier des joailliers et des boutiques de luxe attirent toujours autant de monde. Les passants, le défilé de belles voitures, animent ce quartier mythique prisé par les plus fortunés.

La pluie fine n'arrête pas l'activité de prestige vouée depuis l'empire à un essor commercial réputé dans le monde entier.

Ce matin, après une nuit paisible et un quart d'heure de gymanastique, David en grande forme, décide de revoir Paris.

Il l'a connu lors de son service militaire en 1953 avec cette inoubliable ambiance des années de reconstruction, et ces efforts pour effacer les stigmates de la guerre.

« Il se souvient alors, de ces folles nuits passées dans le quartier latin, où le jazz et les artistes tentaient de faire oublier les tristes et sordides périodes, de l'occupation, de la trahison, et celles plus glorieuses de la résistance impulsant la joie de vivre, où l'oubli pardonnait tout.

Les philosophes, Sartre, Simone de Beauvoir, se réunissaient à la brasserie Les Deux Magots, l'artiste peintre Picasso, les poètes Prévert, Eluard au Flore, Juliette Greco et Boris Vian animaient les soirées musicales de Saint Germain des Prés, qui se terminaient au petit matin. »

Il a connu Paris et ses endroits mythiques.

Fils à papa, nanti, il reconnaît qu'il a eu le bonheur d'être un « Prince » choyé par ses parents, favorisé également par « mère nature » pour ses aptitudes physiques et intellectuelles.

Il sait la chance qu'il a eue, d'avoir été élevé dans un milieu bourgeois, protégé par le roi Farouk. Il admet aussi que son éducation au Victoria College du Caire, puis ses études à l'Université d'Oxford ont été un formidable tremplin pour sa carrière.

Il reconnaît que c'est auprès de son père qu'il a pris goût au travail, au commerce, pour pérenniser l'entreprise familiale aux ramifications internationales.

Mais riche, il a quand même choisi avec détermination et obstination une activité opposée à celle à laquelle il était destiné.

Lui, le « Prince », à l'abri des bouleversements ou des révolutions, réussissant l'exode en métropole, a préféré les angoisses et les incertitudes d'une vie trépidante, pleine d'imprévus pour rallier la « Cause » sioniste.

Celle à laquelle il a juré fidélité, et prêté serment pour la défendre en toute circonstance.

Il se retrouve, rue de la Paix, déambulant, libre, sans pression ni obligation, en pensant égoïstement et uniquement, à la soirée à venir.

Il s'arrête devant la vitrine de Chaumet, s'émerveille devant les magnifiques bijoux exposés.

Lui, le soldat, qui a pris sa destinée en main, sans faiblesse ni lâcheté, s'extasie comme un « Prince » devant un collier dans le présentoir du célèbre joaillier.

Il rêve l'espace d'un instant le parant autour du cou de sa pianiste.

Il est capable de tout.

Même de l'impensable.

Pourquoi elle ? Pourquoi cet emballement ?

Brahms ?

Non. Ses lunettes dorées ?

Non. Son humour, ses doigts effilés peut être ?

Non. Les gammes qu'elle va pouvoir jouer sur son corps certainement.

Non.

Elle.

Oui.

Oui, à cette formidable rencontre avec la musique, cet art suprême, capable d'élever son âme et convertir ses sentiments.

Oui, à cette subtile jeune femme douée d'humour, aux aptitudes musicales.

Il se l'imagine et s'interroge sur la prestation de ce soir.

Brahms ?

Non.

Elle.

Oui, son chignon, ses lunettes rondes dorées.

Oui, un peu d'air, d'oxygène pour oublier les deux morts et se ressourcer.

Il poursuit sa déambulation. Son regard s'oriente sur les passants, les boutiques. Puis, là, c'est sur les imposants hôtels particuliers qui abritent les différents ministères installés depuis la royauté, que l'histoire de France s'étale autour de lui.

Il repense à elle.

Il revient sur l'idée de lui offrir ce collier de Chaumet.

Habitué au luxe, il peut se permettre toutes les folies.

Non, c'est trop tôt.

Oui, mais il a envie, il connaît sa générosité impulsive et spontanée.

« Attends ce soir, se dit-il ».

Il ne s'écoute pas, puis hésite.

Rentre en plein dilemme. Réfléchit.

La raison l'emporte. Il décide finalement d'éviter le sentimentalisme démesuré, et de rebrousser chemin.

Son périple l'a incontestablement éloigné des problèmes qu'il a dû affronter à Cherbourg et des difficultés vécues ces derniers mois.

Dans cette ville triste, au confort précaire, ce double jeu au service du Mossad, celui de dompteur de panthère, oubliant Marseille, ses parents et son entreprise, loin d'Israël et de Myriam, qui l'ont écarté de ses habitudes de prince londonien, ont pesé lourdement.

Il marche, il oublie.

Il retourne au Ritz, obtient du maître d'hôtel du restaurant, deux places pour le diner, à la table la plus discrète, la mieux placée. Il prend connaissance du menu.

Il veut dans cette intention pouvoir épater et séduire.

Lui, l'espion golfeur, directeur d'une marque internationale de sous-vêtements, veut gagner cette partie, sans avoir à penser, ce soir, aux navires qu'Israël doit récupérer.

En smoking, David se rend salle Pleyel.

Surtout, ne pas arriver en retard, passer dans la loge d'Alicia, avant sa prestation.

David s'engage dans le vestibule de ce bâtiment dont la façade blanche et noire, aux lignes épurées reflète le choix des concepteurs amoureux de l'Art déco. Douze colonnes imposantes offrent un décor impressionnant qui lui rappelle le temple de Karnak visité avec ses parents lors de leur périple en haute Égypte.

Le plafond attire tout de suite le regard, par l'harmonie des couleurs et des teintes, procurant une sensation d'évasion aux personnes qui pénètrent dans cette enceinte pour accéder à leurs places.

Le parterre de mosaïques apporte, à lui tout seul, un éclat particulier à l'entrée de ce lieu grandiose, invitant les spectateurs qui arrivent les uns après les autres, à se concentrer d'abord, à s'unir ensuite, dans l'antre où la baguette magique du chef d'orchestre donnera le départ de l'envolée des sens vers le plaisir attendu.

Ce temple de la musique, inauguré en 1927, reconstruit après un incendie en 1928, a accueilli les plus grands noms des artistes du monde entier. Deux ans auparavant en octobre 67, Louis Armstrong et Elsa Fitzgerald y ont fait salle comble.

À l'accueil, il demande à voir Alicia Bernheim, qui l'attend, comme prévu dans sa loge.

La rencontre est foudroyante.

Ils s'attendaient.

Le rendez vous, espéré par Alicia, l'enchante, et elle ne tarde pas à s'exprimer :

– Merci, Monsieur l'espion, vous me faîtes réellement plaisir, et je tiens à vous féliciter pour l'élégance de votre tenue de golfeur.

– Je vous remercie. Permettez-moi de vous avouer que vous êtes très belle. Mais je ne dois pas abuser de votre temps et devrais vous laisser à votre concentration avant votre prestation je suppose.

– Je me suis échauffé les articulations pendant trois heures cet après midi, et je suis enfin prête, mais il est vrai que je dois vérifier quelques détails techniques avec le régisseur. C'est comme au golf. Il faut contrôler son matériel avant de jouer.

– Le trac ?

– Non, j'étais surtout anxieuse de ne pas vous voir, mais vous êtes là… Je suis très heureuse de votre présence.

David a compris qu'il fallait abréger sa visite.

– Je vais vous laisser, et vous attendrai, après votre récital, pour un dîner au Ritz comme promis.

– Merci, avec plaisir, mais… un petit détail tout de même, je ne connais pas votre nom, ni vôtre prénom.

– Appelez-moi David. À tout à l'heure, Alicia.

– À tout à l'heure, David.

Ébloui par l'élégance de la virtuose, touché par la pointe d'humour de son allusion, David, savoure à l'avance, les moments qu'il va vivre.

D'abord Brahms interprété par Alicia, puis tous les autres que son imagination lui permet d'envisager.

Il a remarqué à travers ses lunettes rondes dorées, ce regard complice, cette petite lueur de malice qui était loin de lui déplaire.

– Tous me vœux d'une belle prestation.

– Merci, David.

David se dirige vers la salle qui se remplit peu à peu.

Les dames rivalisent par leur toilette.

Robes longues multicolores de grands couturiers, coiffes et coiffures, des plus sophistiquées, indiquant le rang et la notoriété de chacune.

C'est à celle qui attirera le plus les regards et, dans cette compétition vestimentaire, c'est celle qui fera retourner les hommes sur son passage, qui obtiendra la palme.

Ceux aux bras desquels sont accrochées les compagnes de ce soir, sont tous habillés de noir, arborant un nœud papillon où une cravate sombre.

Le ballet, lent et régulier, des personnes à la recherche de leurs places, s'effectue avec l'aide des ouvreuses, qui se dépêchent de placer les spectateurs contre un pourboire bienvenu.

Le monde merveilleux et magique de la musique, éclairé par les lustres et les luminaires de Baguès, prend un éclat tout à fait exceptionnel. La salle entièrement illuminée, s'impatiente d'accueillir les artistes accompagnés de leurs instruments, dont quelques notes en voie d'ajustement se devinent derrière le rideau encore baissé.

David, regagne sa place au deuxième rang, au sein du public venu nombreux, pour écouter l'orchestre philarmonique sous la direction du chef Alceo Galliera qui vont jouer le concerto n°1 de Brahms.

La pianiste n'est autre que la talentueuse Alicia Bernheim.

Les lumières s'éteignent progressivement… Le silence s'empare de la salle impatiente, empressée de découvrir l'envoutement des premières notes.

Le rideau se lève lentement, faisant apparaître, les musiciens assis, silencieux, accordant encore leurs instruments, en attendant le meneur, sans lequel la partie ne peut se réaliser.

D'un pas lent et mesuré, le chef Galliera s'avance, muni de sa baguette, salue ses musiciens debout pour l'accueillir, se tourne vers le public et ses applaudissements, courbe son corps dans une révérence sobre et élégante, gagne son pupitre, demandant du regard l'indispensable attention de ses partenaires obéissants, pour une synchronisation parfaite.

Le piano reste seul.

Le maestro se tourne vers le public, lui demande d'un geste, d'accueillir la virtuose tant attendue.

Sous les applaudissements, Alicia apparaît.

Radieuse, dans sa robe stricte de soie noire, coiffée de son chignon tressé, épinglé à la perfection, elle s'avance d'un pas lent, salue le maestro qui lui esquisse un baise-main, puis incline légèrement sa tête vers les musiciens debout, tapant très discrètement et sobrement sur leurs instruments, pour lui manifester leur complicité et leur admiration.

Elle se tourne vers le public pour une élégante révérence, et prend place au piano.

Le silence règne à nouveau.

Alicia observe à travers ses lunettes rondes dorées, la baguette du maître, qui prend, dans un rythme monacal, le temps propice et opportun, pour déclencher le signal protocolaire, tant de fois étudié.

La divine complicité va s'exercer.

La salle est plongée dans une religieuse et mystérieuse dimension sidérale, propre aux cathédrales.

Sous l'impulsion du chef et le regard attentif des musiciens, la baguette magique, pointée vers les acteurs, déclenche le départ pour que les premières notes du concerto surgissent.

La longue introduction orchestrale commence « forte », par un roulement de timbales, sur une pédale de contrebasses, clarinettes et bassons.

Le premier thème sombre est entrecoupé de silences.

La salle est emportée dans un tourbillonnant élan de réactions maîtrisées.

Le grondement des timbales et des tambours annonce l'entrée des premiers puis des seconds violons. Les violoncelles et les contrebasses suivent et intensifient la profonde émotion qui s'empare des spectateurs fascinés.

L'introduction longue, ponctuée par la percussion des tambours, transporte le public attentif possédé par une sensation de plaisir mêlée à de l'angoisse recherchée par l'auteur.

Le chef tourne la tête vers Alicia, la baguette pointée sur elle.

Soudain les doigts de la soliste répondant à l'injonction, commencent à effleurer les touches du piano pour un solo apaisant, plein de douceur, qui apaise la salle séduite par la pureté et la qualité du jeu de la virtuose.

Alicia, ne quitte pas des yeux le chef, prête à répondre au plus imperceptible rictus, au moindre froncement de sourcils, au moindre clignement des yeux où au moindre hochement de la tête.

Sous les mains adroites et agiles de la virtuose, l'interprétation au piano se libère de la vigueur de la composition, amène un ton plus poétique et adoucit l'œuvre par une touche romantique qui favorise la transmission du message.

À la quarante-neuvième minute, la pianiste enchaîne magistralement les gammes du final jusqu'à l'apothéose du concerto.

La salle est conquise.

Les applaudissements ne s'arrêtent pas.

Les spectateurs se dressent.

Tous debout, enthousiastes ils exultent, frappent des mains.

Le sourire d'Alicia, après sa prestation rayonne.

Le public réclame un rappel en tapant plus fortement des mains, et ovationnant l'artiste par des bravos fusant de toute part.

Elle se penche pour remercier l'auditoire, puis tend le bras en remerciant le maestro pour sa direction exemplaire et félicite les musiciens qui l'ont accompagnée.

Elle quitte la scène au bras du chef et disparaît derrière le rideau puis rappelée par les applaudissements qui ne s'arrêtent pas, revient pour un dernier salut en s'inclinant plusieurs fois à cette ovation.

Pendant toute la représentation et la performance d'Alicia, David, subjugué par son talent a mesuré aussi le niveau élevé du recueillement et de l'émerveillement des spectateurs transportés pendant le déroulement des maestoso puis l'adagio et enfin le rondo.

Les acclamations de ce public connaisseur, averti, saluant le don de la pianiste et la qualité de l'exécution confirment à David le moment exceptionnel qu'il venait de vivre.

Il a pris le soin d'envoyer l'après-midi un bouquet de roses signé « *avec mes remerciements et mes félicitations* » de la part de l'Espion golfeur.

À la fin du spectacle, les auditeurs enthousiasmés quittent la salle avec des sourires, qui témoignent de leur immense plaisir éprouvé ce soir.

Comme convenu, David attend devant la porte, s'impatiente, trouve le temps trop long, et le chauffeur du taxi commandé montre des signes d'énervement.

Alicia apparaît soudain, dans sa somptueuse robe de soie noire la moulant à merveille, tenant le bouquet de roses rouges, reçu dans sa loge, une pèlerine blanche en fourrure sur les épaules.

— Merci infiniment… Elles sont très belles.

— Vous avez été merveilleuse, splendide ; je dois reconnaître que votre divine interprétation a donné un sens très personnel au concerto, et vous, en particulier, avez rendu Brahms lumineux tout en exaltant le caractère fantastique de l'œuvre.

— Merci beaucoup… Vous m'impressionnez ! Je ne savais pas que les golfeurs s'intéressaient autant à la musique. J'espère que vous m'avez pardonné les deux erreurs commises, dans l'allegro non troppo.

— Entre deux parcours de golf, j'aime écouter les grands compositeurs mais, franchement, je n'ai pas les compétences pour remarquer les détails subtils que vous me signalez. C'était remarquable.

Le taxi s'avance et les conduit comme prévu au Ritz.

Assis, l'un près de l'autre, ils ont plaisir à se retrouver, comme hier dans le train et, manifestement, la soliste a envie d'oublier le stress pendant sa prestation.

Assurément, elle attend d'être courtisée.

David sent le moment propice, pour établir une relation plus sentimentale que musicale.

Il ose avec hardiesse passer son bras dans le dos d'Alicia puis l'entoure délicatement de sa main. Elle se rapproche de lui et laisse tomber sa tête tendrement sur son épaule.

– J'espère que vous avez faim ?

– J'ai faim, oui, mais j'aimerais en savoir plus sur le golf et les espions.

Sourire des deux.

Le message est passé.

Arrivés au Ritz, accueillis comme des personnalités, le faste de cette entrée et l'exceptionnel professionnalisme du personnel en impose.

Le lieu mythique, le décor somptueux et le calme profond qui y règne, sont des atouts majeurs pour une rencontre romantique digne d'une virtuose, qui vient de tout donner devant des centaines de spectateurs.

– C'est somptueux. Vous me gâtez, David !

– C'est vous qui êtes sublime, c'est vous qui m'apportez l'arc-en-ciel pour illuminer mon être.

Leurs yeux ne se quittent plus.

David, séduit par la classe de cette musicienne pleine de vie, est envoûté par ce regard lumineux, chaud et tendre, qu'il perçoit à travers ses lunettes rondes dorées et devine son désir.

Au repas, à table les plats qui se succèdent ne les intéressent guère.

Ils se tiennent la main, se caressent les doigts tout en trinquant à leur rencontre.

Ils se sourient.

Un sourire de bonheur intérieur.

David se lève, se place discrètement derrière la séduisante Alicia, pose ses lèvres sur son cou en chuchotant :

– Puis-je oser vous demander de partager ma chambre cette nuit ?

David regagne sa place, tenant ses doigts sans la quitter des yeux, en attendant sa réponse.

– Avec plaisir ! Mais nous partons avant le dessert.

– Et bien nous partons tout de suite.

David fait signe au maître d'hôtel, lui indiquant que le repas était parfait, et qu'il souhaiterait qu'on lui monte un Dom Pérignon dans sa chambre.

Puis, en gentleman, tend sa main à Alicia pour l'aider à se lever de table.

Le couple, se tenant par la taille, sourit, sautille, fait des pas de travers, rit, montre une ardeur juvénile, pendant le trajet qui les mène jusqu'à la chambre 28.

– Oh, qu'elle est belle !

David lui prend la main et la conduit au balcon qui domine la majestueuse place Vendôme tout éclairée.

– J'ai tenu à réserver cette chambre.

Le décor, où domine la couleur turquoise, est particulièrement étudié. Le mobilier Louis XV, les tableaux du siècle précédent, les tapis en laine et soie d'Iran, les lustres en Baccarat, émerveillent Alicia. D'un geste élégant elle jette sa veste en fourrure sur la méridienne et s'allonge en ôtant ses escarpins.

– C'est merveilleux, je me sens impératrice.

– Et moi, Napoléon.

On frappe à la porte. Le garçon d'étage annonce son arrivée avec le champagne commandé et se propose de déboucher la bouteille.

– Je vous remercie, je m'en charge dit-il.

David remplit les coupes avec délicatesse et offre l'élixir d'amour à celle, qui désormais, ne peut rien lui refuser.

Il s'assit à ses côtés et lève son verre :

– À nos amours !

– À ce merveilleux moment ! À tous les golfeurs !

Abandonnant leurs verres, les premiers signes d'effleurements timides, progressent d'une manière frénétique et d'un geste, Alicia défait son chignon, laissant tomber sa chevelure d'ébène, retirant ses lunettes, pose ses lèvres sur celles de David.

Devant cet assaut, qui ressemble aux premières notes d'un concerto, suspendues à la baguette d'un chef d'orchestre, David, se tient aux ordres de la partition, qui se joue à deux, mais qui est, en réalité, le début d'une symphonie, où les instruments vont déclencher successivement des accords mélodieux et harmonieux, qui conduisent l'âme vers l'inconnu infini.

Trop entreprenant, oubliant les recommandations du chef d'orchestre qui commande les mesures et leur rythme, David freine son impétueuse lancée, retrouve sa pudeur naturelle qui le ramène à ralentir l'élan passionnel.

Il la couvre de baisers tendres, respectant l'adagio, le long de son cou et devine, dans son regard brûlant de désir, la tendresse d'un corps bouillonnant, qui se met déjà à l'allegro.

Conservant le rythme ordonné par le geste du maestro, David fait entrer, dans ce concert, les cuivres et les violons qui lui permettent de faire glisser la robe d'Alicia, de découvrir son corps, prêt à accueillir les autres notes inscrites dans la composition de l'œuvre originale.

Son corps, abandonné aux caresses, et aux baisers comparables à la fabuleuse harmonie de l'intervention des violons et des violoncelles, se laisse emporter par la magie de la musique des sens.

Enlacés, ils jouent ensemble la même mélodie.

Alicia, de ses doigts agiles et expérimentés pianote sur le corps de son bien-aimé. Elle découvre, au fur et à mesure des pulsions provoquées par ses doigts les réponses espérées signant une réelle complicité des deux amants.

La montée chromatique des notes par chaque instrument, les accords parfaitement ajustés, l'enchaînement des rythmes particulièrement dosé, l'intensité des sons qui s'emballent, font vibrer ces deux corps, savourant sans restriction la fougue de leur passion, pour une communion charnelle.

Les deux amants ne se parlent pas, ils s'écoutent jouer ensemble ce merveilleux poème musical, à travers cette envolée unique et libre qui les anime.

Subitement le chef d'orchestre s'éclipse.

L'improvisation le remplace.

L'imagination et la création prennent le relai.

L'enchaînement de subtiles accords posés avec tendresse aux endroits précis, donnent à la partition une profondeur qui vient sublimer l'interprétation des deux musiciens. Liés les deux amants jouent tantôt en soliste tantôt en duo puis s'emploient à amplifier les arpèges du récital qui peu à peu va devenir un hymne à l'amour.

Les dièses et les bémols se croisent et s'entremêlent aux voix lointaines du chœur qui se rapprochent et s'intensifient.

Une partie à quatre mains s'engage. L'un répond à l'autre.

Le battement profond des grosses caisses plonge les deux acteurs dans un abandon total de la composition, accordant aux portées musicales une délicieuse évasion difficilement contrôlable.

Les notes jaillissent de toute part.

Devant cette brutale émeute harmonique, le chef d'orchestre revient pour diriger à nouveau cette impétueuse chevauchée endiablée et reprendre du bout de sa baguette l'orchestre un instant égaré.

La composition va varier en fonction des séquences.

Les mouvements lents de l'adagio succèdent aux plus vifs du crescendo. Les rythmes tantôt réguliers parfois fantaisistes mais toujours en douceur, laissent les deux amants dans l'extase.

Deux heures se sont écoulées.

C'est à présent le temps de la béatitude propre à la musique sacrée.

Le silence, succédant à la frénésie de l'intensité et de la puissance émotionnelle, accorde aux deux interprètes des moments partagés d'apaisements et de bien-être.

Les corps des amants réalisant cette merveilleuse partie écrite par le destin, pris dans le tourbillonnement d'un profond vertige, vont atteindre l'enchantement du final.

Ils se séparent délicatement dans des mouvements ralentis alternant pauses, soupirs et silences prévoyant le dénouement du dernier acte.

Alicia enthousiasmée, va délivrer en experte, le bis tant attendu, souvent espéré, peu de fois accordé, par une série de notes stupéfiantes jusqu'à surprendre le maestro qui pensait vivre l'apothéose du mouvement ultime.

Il est au septième ciel, embrasse savoureusement la bouche d'Alicia, qui comblée, lui demande de rester encore auprès d'elle pour prolonger son épanouissement.

La fin de cette œuvre magistralement conduite, sépare peu à peu les deux amants qui savourent le calme revenu après le déchaînement. Ils abandonnent leur corps. Les notes se sont tues. Les instruments ne jouent plus.

Alicia regarde David.

– Je savais, que tu étais un bon golfeur.

– Je n'ai plus de doutes sur tes dons de virtuose.

– J'ai appris maintenant, que tu es juif.

– J'aimerai aussi connaître tes origines.

– Juive également.

– Tu m'en vois réjouis !

– Mais il faut que je t'avoue que je me suis éloignée de la religion.

– Pourquoi ?

– Mon père a été gazé à Auschwitz et ça m'a marquée à jamais. J'ai perdu la foi.

– Je te comprends.

– Mon père était un compositeur de grand talent. Je n'ai pas eu le temps ni la chance de l'apprécier comme il se devait. C'est peut-être, pour cette raison, que je me suis investie autant dans le piano et dans la musique classique.

– C'est regrettable, bien sûr que tu ne l'aies pas connu suffisamment… mais tu t'es rattrapée. Il peut être fier de sa fille.

– Et toi, David, es-tu croyant ?

– J'ai été élevé dans la religion, j'ai fait ma bar-mitsva et je célèbre toutes les fêtes avec mes parents, mais je commets souvent des entorses au « casher ».

– Tu n'as pas souffert de la guerre ?

– Non, nous vivions en Égypte et nous ne manquions de rien.

– Ma famille a toujours vécu à Strasbourg. Mes parents ont été tous les deux déportés. À six ans, j'ai échappé de justesse aux arrestations, grâce à une voisine qui m'a recueillie et protégée pendant toute la guerre. Ma mère est revenue du camp de Birkenau, très diminuée, très malade. Elle est décédée deux ans après.

– Tu t'en es bien sortie quand-même !

– Oui, mais avec des traces qui, quelques fois, me font souffrir.

– Bon, le passé ne doit pas te rattraper et, maintenant il faut que tu te mettes au golf, j'espère qu'on pourra jouer en Israël ensemble.

Ils rient, ils sont heureux.

Les deux amants, après une douche commune, pareille à une pluie de notes, blanches, noires et croches, finissent le « Dom Pérignon » pour fêter la merveilleuse rencontre du golf, de la musique, et de leurs origines communes.

Six heures.

David se réveille le premier, avec dans ses bras le corps de la merveilleuse partition qui l'a tant fait vibrer toute la nuit. Il reconnaît que tous les soucis rencontrés à Cherbourg ont été miraculeusement écartés.

Il la regarde, la trouve très belle, mais pense à présent regagner Marseille pour embrasser ses parents.

Sans faire de bruit, il commande le petit déjeuner dans la chambre, et réclame en même temps les journaux du jour, ce qui lui laisse le temps de se préparer.

Réveillée par les coups frappés à la porte, Alicia sourit à David.

– Merci, pour ce merveilleux moment ; je ne te demande pas si une autre femme t'attend, mais, si c'est le cas, dis-lui que je l'envie, et puis j'aimerais tellement jouer au golf avec toi.

David se penche vers elle :

– Alicia ! C'était une journée et surtout une soirée de pur bonheur. J'espère qu'on se reverra… Si tu es de passage à nouveau à Paris, je me ferai une grande joie de venir t'écouter, de vivre encore ces moments inoubliables passés ensemble, et je te promets surtout une partie sur un green en Israël.

La pianiste remet ses lunettes rondes dorées, le regarde avec ses yeux emprunts d'une réelle tristesse :

– Je ne connais même pas ton nom. Comment puis-je te joindre ?

– C'est moi qui te joindrai, je te le promets.

Enfin, ce n'est pas bien grave, pense-t-elle. Elle ne s'est jamais attachée réellement à ses rencontres d'un jour, et n'a jamais eu le moindre regret ni remords à abandonner les hommes conquis.

Celui-ci comme tous les autres d'ailleurs.

« Dès l'âge de sept ans, c'est à la musique qu'elle s'est donnée. Le piano, celui de son père, était son fidèle compagnon, son confident, le complice avec lequel elle nouait des relations physiques et charnelles. Les compositeurs qu'elle interprétait devenaient ses amants ; plongée dans leurs œuvres, elle vivait des idylles variées et intemporelles. Elle avait ses préférés, s'éloignait de ceux qu'elle appréciait peu, s'angoissait pour comprendre la subtilité des messages transmis, revenait, sans lassitude, vers ceux qu'elle chérissait, et construisait son bonheur au quotidien, sans la conception d'un avenir affectif. Elle avait trouvé l'amant idéal. »

Elle s'approche de David lui caresse la joue :

– J'aimerai tant qu'on se revoit.

David se penche, l'embrasse tendrement :

– Je le souhaite ardemment.

Ses yeux larmoient.

Dans une mutuelle touche de mélancolie et d'humour, les amants d'un jour se séparent sans tambour ni trompette.

David doit maintenant prendre l'avion pour Marseille.

LES CLEFS

Arrivé dans sa ville d'adoption, David est content de retrouver le ciel bleu de Marseille, son mistral, qui caractérisent l'endroit où sa famille s'est installée après le départ d'Égypte.

Avant toute chose, retrouver ses parents, qui possèdent leur hôtel particulier, rue du Commandant Rolland, jouxtant sa villa qu'il n'a pas habitée depuis près de huit mois, puis définir avec le directeur de son usine de nouvelles stratégies à prendre.

Ses parents l'attendent et comme d'habitude Zainab, la bonne, qui l'a élevé lui ouvre la porte en s'exclamant haut et fort :

– Ya Madame, ya Madame, il est là. Il est là ! en le serrant dans ses bras et le couvrant de baisers.

– Merci, Zainab, merci, merci, ma fidèle et tendre *nono* (grand-mère).

Sa mère accourt, se jette dans ses bras :

– Enfin, tu es là, mon fils. Comme tu nous as manqué.

Elle le regarde, lui tient son visage, le couvre de baisers en bonne mère juive et ne peut s'empêcher de lui manifester sa joie :

– J'espère que tu vas rester plus longtemps cette fois.

– Non, maman, je ne pourrai pas, je suis attendu demain à Londres pour une réunion très importante.

– Ton père ne va pas être content ; il a tellement de choses à te demander.

– Je reviendrai, je te le promets.

– Tu as l'air fatigué, est ce que tu te nourris convenablement ?

– Mais oui, maman !

– Zainab prépare comme d'habitude pour le dîner, un peu de molokheia avec du foul médamés, un peu de sambousek et de la téhina, comme David les aime.

– Mais c'est un repas de roi ?

– Non, de prince, mon prince.

Après avoir salué son père, Samuel et s'être entretenu sur la bonne marche de leurs affaires, David, heureux de retrouver ses parents, pense au choix qu'il avait fait et qui les a séparés. Certes, sa nouvelle vie d'agent du Mossad, lui apporte une nouvelle raison d'être, pleine de sensations excitantes, certes, il a gagné la reconnaissance d'Israël, en réussissant sa précédente mission en

Égypte, mais l'affection, qu'il retrouve auprès de ses parents, n'a rien d'égal.

Néanmoins, il a choisi la voie de l'aventure, avec ses risques, ses rebondissements, ses inconvénients, qui font de lui l'homme libre qu'il a toujours rêvé d'être.

Il se sent bien pourtant avec eux.

Il apprécie ces moments familiaux, plein de tendresse qui le lient à son passé, à sa jeunesse, mais qui ne l'empêchent pas, un bref instant, de penser à ce concerto de Brahms et à cette merveilleuse évasion, auprès d'Alicia.

Après nombre d'« au revoir » et quelques larmes sur le visage de sa mère, David quitte le cocon familial pour retourner à « Noa » sa mission, retrouver ses amis du Mossad, et Moshe le commandant.

Il est regonflé à bloc.

Arrivé à Cherbourg, la grisaille et le froid l'accueillent.

Son premier geste est d'appeler Yaacov.

– Yaacov, c'est David. Je suis arrivé de Marseille. On peut se voir ?

– Oui, David, tu peux passer ce soir, vers 18 heures.

– D'accord, à ce soir.

Pour attendre l'heure, il décide de prendre un café au bar du port.

Entouré de pêcheurs, rentrés de leur journée en mer, sirotant leur calva, David qui accepte mal le mélange de l'odeur de la cigarette et du poisson, peine à s'accommoder à cet environnement si éloigné de celui du Ritz. Mais il n'a pas le choix, il a hâte que l'heure du rendez-vous arrive, s'impatiente puis décide de quitter ce lieu nauséabond.

Après une marche d'une demi-heure, il arrive enfin chez Yaacov, dans son nouvel endroit loué rapidement pour la circonstance, frappe un coup, deux coups, un coup.

Yaacov lui ouvre.

– Chalom David, j'espère que ta petite évasion t'a fait du bien ?

– Oui, c'était génial ! J'ai bien profité de cette pause. Et toi, tout va bien ?

– Oui, tout est tranquille, nous n'avons pas eu de problèmes après ton départ. Nous avons, suivant les recommandations, tous déménagé en vitesse, et nous attendons à présent les ordres de Moshe.

– Tu as des nouvelles de Sylvie ?

– Oui. Elle a appelé souvent Isabelle, pour demander de tes nouvelles.

– Que leurs as-tu dit ?

– Que Tu étais en mission.

– Comment vont-elles ?

– Sylvie n'est pas trop bien, elle a très peur.

– Je la comprends, surtout en sachant les risques qu'elle a pris pour nous aider.

– C'est sûr après tous les renseignements qu'elle a pu nous fournir, on peut l'admettre.

– Tu as eu Moshe ?

– Oui. Il attend le feu vert de Mordechaï.

– La date est maintenue ?

– Oui.

– Nos troupes sont-elles prêtes ?

– Oui. Il nous reste deux semaines, pour mettre au point les détails de notre mission. Par contre il nous manque surtout les clefs de l'entrée des chantiers et celles pour atteindre la darse où se trouvent les navires.

– Tu les as demandées à Sylvie ?

– Oui, mais je pense qu'elle a des difficultés pour nous les donner.

– Ces clefs nous sont indispensables.

– Que proposes-tu ?

– Demandons à Moshe ce qu'il en pense.

– Oui, tu as raison.

Dans un premier temps, le plan de l'introduction dans les locaux avait été soigneusement préparé et étudié dans ses moindres détails par les agents du Mossad, mais les réticences de Sylvie pour leur donner les clefs les avaient contraints de modifier leur stratégie et de trouver une solution de rechange.

Ils avaient alors envisagé de passer par-dessus le mur de l'entreprise.

La consigne essentielle du Mossad étant de toujours éviter le moindre risque et de préserver la sécurité de ses agents, cette manœuvre devenait trop risquée. David et Yaacov qui ont écarté cette démarche, pensent qu'à ce stade de l'opération il est indispensable que toutes les conditions soient réunies pour réussir la mission et décident de proposer à Moshe une autre méthode.

– Il serait plus prudent de pénétrer dans les bureaux, de dérober les clefs pour s'introduire dans l'enceinte de l'entreprise sans franchir le mur, et pénétrer dans la darse protégée par des sentinelles et des vigiles. Qu'en penses-tu ?

– Oui. C'est exact, David mais qui peut-on envoyer comme spécialiste pour cette délicate intervention ?

Les deux hommes passent en revue tous les agents aux qualités requises.

– Je pense à Réouven, il peut très bien s'infiltrer dans les lieux puisqu'il les connaît, qu'il y a travaillé, et présente aussi des aptitudes physiques exceptionnelles.

– Oui, tu as raison, on doit en parler à Moshe.

– Yaacov, appelle le commandant pour qu'on se réunisse au plus vite !

Préoccupés par cette difficulté de dernière minute, les deux hommes se concertent en attendant d'avoir l'avis de leur chef.

Ils ne peuvent demander à Sylvie d'intervenir directement pour subtiliser ces clefs, mais ils doivent savoir par elle où elles sont rangées exactement.

et comment y parvenir pour les dérober.

Sylvie reste le pivot de cette opération, l'unique moyen d'accéder au bureau.

– David, tu sais ce qu'il te reste à faire. C'est avec Sylvie que tu dois chercher la solution pour obtenir ces clefs.

– Oui, effectivement, Yaacov ! Mais je ne peux pas appeler Sylvie maintenant. Il est préférable que tu préviennes Isabelle, pour lui dire que je suis revenu, et elle comprendra que je souhaite rencontrer Sylvie.

– D'accord, mais tu veux la voir à quel endroit. Tu n'as pas d'endroit pour la recevoir.

– Je sais. Pour l'instant, je pourrai la voir chez Isabelle, mais demain je me débrouillerai pour trouver un hôtel.

– Reste-là pour ce soir ; j'appelle Isabelle et Moshe.

David, a besoin de réfléchir.

Convaincre Moshe.

Persuader Sylvie ?

Eviter les risques.

Il abandonne son ami un instant, s'allonge sur le lit dans la chambre de Yaacov.

Il est bientôt dix-neuf heures. La nuit tombée, on entend au dehors, les sirènes des bateaux qui partent à la pêche pour la nuit, mêlées aux cris perpétuels et assommants des mouettes en quête de nourriture.

De la fenêtre embuée, une rue sans passants, des maisons tristes, montrent les signes d'une ville maussade. De temps en temps, on est surpris par le bruit d'une voiture.

David somnole.

– Isabelle, c'est Yaacov. Je ne te dérange pas ?

– Non, je suis seule. Léon n'est pas encore rentré. Que se passe-t-il ?

– David est revenu de son voyage, et il aimerait voir au plus vite Sylvie. Pourrais-tu lui demander si elle est libre demain et s'ils peuvent se rencontrer chez toi ?

– D'accord, je lui téléphone, et je te rappelle pour te dire si c'est possible.

– Merci, Rachel, tu es efficace. Je sais que je peux compter sur toi.

Yaacov raccroche et aussitôt appelle son chef.

– Allo, Moshe ! C'est pour te dire que David est rentré et qu'il souhaiterait te voir au plus vite.

– Demain, à treize heures. Entendu.

Le téléphone sonne. C'est Isabelle qui confirme la rencontre de David avec Sylvie pour le lendemain, quinze heures.

Yaacov réveille en douceur David, pour lui annoncer ses deux rendez-vous et pour grignoter un morceau.

– Alors, comment vont tes parents ?

– Bien. Mais je ne suis pas resté longtemps avec eux. Figure-toi, que j'ai fait la connaissance d'une pianiste dans le train, et j'ai été obligé de rester deux jours à Paris.

– Tu ne peux vraiment pas t'en passer.

– Je t'assure que c'est le destin. Une virtuose, et juive avec ça !

– Quelle chance ! Tu lui as promis de l'épouser ?

– Non, on doit simplement se revoir pour jouer au golf.

– Après notre mission, j'espère. ?

– Oui, ne t'inquiète pas. !

– Il reste quelques tomates et de la salade de midi.

– Tu veux autre chose avec ça ?

– Non, ça me suffit amplement.

– Et Paris ?

– J'ai joué au prince, je suis descendu au Ritz, et j'ai été invité au concert de cette jeune femme à la salle Pleyel.

– Je ne te demande pas si tu as pensé à notre mission, à Israël ?

– Pas le moins du monde.

– Et bien, pour ta punition, tu dormiras ce soir sur le canapé.

– J'accepte, sans discussion, camarade.

La nuit fut calme pour les deux agents.

Levé le premier, Yaacov s'attelle à la préparation du petit-déjeuner, avant de se rendre aux C.M.N pour remplir ses fonctions.

David, lui, s'étire pour détendre ses muscles contractés par la position inconfortable de la nuit, en pensant au lit douillet du Ritz, à la nuit câline, dans les bras de la musique de Brahms.

Il se prépare et part à la recherche d'un hôtel, en attendant de trouver un appartement qui pourra lui convenir.

Il rejoint, en quelques minutes, le centre ville de Cherbourg.

Ce quartier historique, qui abrite la Basilique Sainte-Trinité, de style gothique, s'étend entre les quais proches de la gare et du port. Ses rues sinueuses, essentiellement piétonnes, regorgent de petits commerces, de petits bistrots fréquentés surtout par les pêcheurs, mais que David ne côtoie pas. C'est depuis la mise à l'eau du premier sous-marin nucléaire *Le Redoutable*, par le Général de Gaulle, que la ville connaît un léger renouveau. Et malgré le tournage du film *Les parapluies de Cherbourg* par Jacques Demy, ce quartier est resté sans changement.

Déambulant, David se dirige vers l'Hôtel de la Gare, que lui a indiqué Yaacov. Il est situé dans une rue mal éclairée ne paie pas de mine et n'offre certainement pas le confort d'un Ritz.

– Bonjour, avez-vous une chambre pour cette nuit ?

– Oui, bien sûr.

Le réceptionniste lui tend la clef de la chambre douze.

– Avez-vous une pièce d'identité, s'il vous plait ?

David lui tend son passeport.

– Touriste où travail ?

– Travail.

David, dans sa chambre, constate réellement que le confort rudimentaire est conforme aux prestations médiocres d'un hôtel modeste.

Peu importe, il n'y passera que peu de temps.

Il doit, maintenant, aller au rendez-vous fixé avec son chef, Moshe.

Son nouveau logement, à l'opposé du précédent est trop loin pour s'y rendre à pied et oblige David à prendre le car puis marcher un quart d'heure, en respectant les consignes de sécurité plus contraignantes, compte tenu des épisodes rencontrés et vécus précédemment.

De plus en plus prudent, discret dans ses déplacements, David frappe à la porte de Moshe. Comme convenu, un coup, deux coups, un coup.

Il retrouve Yaacov et Moshe qui l'attendaient.

– Bienvenue, David ! J'espère que ton escapade en compagnie de tes parents a été salutaire ?

– Oui, mon commandant. Merci de m'avoir accordé cette pause qui m'a permis d'évacuer les difficultés que j'avais rencontrées.

– Ce concerto de Brahms t-a-t-il plu ?

David surpris par la question :

– Ah ! Je vois que Yaacov a dû vous raconter mon escapade à Paris.

– Non c'est Alicia qui m'en a informé.

David n'en revient pas. Les bras lui en tombent.

– Vous connaissez Alicia ?

– Alicia est un de nos meilleurs agents. Elle travaille pour Israël depuis quinze années. Je savais que tu aimais le piano et que ça te ferait plaisir de la connaître.

– Merci commandant. Moi qui pensais que c'était le destin mais aviez-vous besoin de me surveiller ?

– Pas du tout David, après ce que tu as vécu avec les services égyptiens, Israël te devait bien cette aimable pause musicale.

Le Mossad sait récompenser ses troupes et il a toujours besoin de cette solidarité.

– Vous êtes tous les deux des exemples de courage et d'efficacité, il fallait bien des remerciements…

– Commandant votre geste me va droit au cœur mais ce n'est pas l'ordre du jour, revenons aux choses plus sérieuses, n'est-ce pas ?

– En attendant de revoir Alicia mettons-nous au travail. Nous approchons de la date pour notre mission ; nous n'avons toujours pas les clefs pour nous introduire dans les locaux des C.M.N. Il nous les faut impérativement.

– Je le sais, mon commandant. Les clefs sont dans les bureaux de Sylvie, mais elle ne peut pas les subtiliser ; ce serait trop dangereux pour elle. Avec Yaacov nous avons pensé qu'il vaudrait mieux les dérober pendant la nuit, en faire des doubles, et les remettre en place à l'aube avant l'ouverture de l'usine.

– Oui ! Je pense que c'est un meilleur plan.

– Il nous faut un homme capable de cette mission. À qui pensez-vous ?

– Il me semble que Réouven serait l'homme de la situation pour cette opération. Il est jeune, souple, réactif, et connaît les lieux. Qu'en pensez-vous ?

– Oui, je suis d'accord. Il faudrait que Sylvie te donne aussi les plans, et qu'elle laisse, ce soir-là, l'endroit accessible pour prendre les clefs.

– Je vois Sylvie tout à l'heure. Je lui expliquerai ce qu'on attend d'elle.

– J'avertis Réouven pour mettre au point la manœuvre d'infiltration et je regarde avec Samuel pour dupliquer les clefs.

– On se revoit dans deux jours ?

Yaacov, silencieux, ne fait qu'enregistrer les ordres et la méthode, mais acquiesce d'un hochement de tête.

– Toi, Yaacov, tu dois vérifier, préparer les drapeaux et fanions norvégiens qu'il faudra hisser avant le départ.

– Oui, commandant.

– David, je t'ai trouvé un appartement non loin d'ici ; je te remettrai les clefs à notre prochain rendez-vous. Entre temps, je vérifierai l'état de nos troupes, marins et des techniciens, qui ont hâtent que cette mission aboutisse. Je tenais à vous informer que la taupe infiltrée dans notre camp a été démasquée et arrêtée. C'est un jeune émigré roumain qui avait besoin d'argent. Il sera jugé pour trahison en Israël.

Mes amis, on se voit ici, dans deux jours, à treize heures.

Les trois hommes, conscients de la complexité et du danger qu'ils vont affronter, font preuve d'une volonté commune et d'une détermination partagée, pour réussir cette mission délicate.

Les consignes respectives données, Moshe offre une bière pour trinquer à la bonne marche des interventions à venir.

– « *Lehaïm* » s'exclame le commandant en levant son verre.

– À la victoire d'Israël ! répond Yaacov.

– À la réussite de l'opération et au rapatriement de nos navires !

– Baroukh Achem !

Revoilà « Dieu »

David s'adresse à Yaacov :

– Tu ne vas pas me faire croire que tu es religieux ?

– Non, juif traditionnaliste mais surtout sioniste.

David esquisse un sourire narquois :

– Baroukh Achem !

Les trois hommes échangent une poignée de main. Yaacov et David quittent les lieux, l'un après l'autre, traduisant à Moshe, leur optimisme, en levant le pouce.

Il est treize heures trente. David s'arrête dans un bistrot de la rue Napoléon, pour manger en vitesse une salade, en attendant son rendez-vous avec Sylvie.

Comme prévu, il se rend chez Isabelle, appréhende un peu ses retrouvailles avec celle qu'il a délaissée et qu'il va devoir pourtant solliciter encore, pour dérober les clefs du port.

Encore avec Alicia, David doit effacer son image de son esprit.

La pianiste laisse sa place à la féline, la panthère.

À Beer-Sheva on lui a enseigné de laisser les sentiments de côté et de rester de marbre en toutes circonstances.

Il reprend son rôle.

Son jeu ?

Oui.

Très au sérieux.

Il sonne à la porte. Celle avec qui il a partagé des moments exceptionnels apparaît.

Moulée dans sa robe noire, Sylvie est resplendissante.

Ses longs cheveux blonds, qui tombent sur ses épaules dénudées, laissent apparaître un visage grave et heureux à la fois. Elle sourit et, en même temps, cligne des yeux pour un signe de joie et de bonheur, à l'homme qui a tout obtenu d'elle.

Elle se précipite vers lui, s'approchant de près l'enlace et lui tenant le visage :

– Enfin, tu es là, mon amour… Comme tu m'as manqué ! Comme j'ai eu peur de te perdre. Aucune nouvelle de toi depuis deux semaines est infernal pour moi. Je ne peux vivre sans toi, tu es mon oxygène, indispensable, tu le sais.

À son tour, David lui prend le visage, unit ses lèvres aux siennes, qui se livrent sans retenue à la tendresse et à la douceur du baiser.

– Je suis là. Oui ! Tu m'as manqué et j'ai beaucoup pensé à toi.

Désinvolte, elle le conduit dans la chambre d'Isabelle.

Éperdue, elle brûle toutes les étapes, oublie les préliminaires, se retrouve nue, enlaçant David ravi.

– Viens, mon amour ! Que je te touche, que je sente ton corps qui m'a tellement manqué.

Elle se dépêche de le déshabiller, tout en le couvrant de baisers.

Fidèle à ses habitudes de panthère, elle prend l'initiative du corps-à-corps amoureux.

David se laisse volontiers faire, reconnaît à cette déesse de l'amour des qualités indéniables de don de soi, et une connaissance poussée de l'art amoureux. Il n'a pas oublié les prouesses contorsionnistes de son corps souple, agile, se pliant sans difficultés, aux nombreuses positions d'amants qui s'aiment.

Sans un mot, le désir de l'amour s'anime, s'amplifie parfois, avec des temps de repos, où le souffle devient l'expression de l'extase, mais aussi, avec des moments où la force des gestes symbolise la domination des sens.

Les deux amoureux s'offrent l'un à l'autre, et bien qu'ayant livré tous leurs secrets, se retrouvent toujours avec autant de plaisir dans le voyage de la félicité et de l'épanouissement.

Ils ont si bien appris à se connaître qu'ils anticipent les réactions de leurs caresses mutuelles, sans avoir à les provoquer, mais toujours avec une furieuse envie de se plonger dans l'aventure et dans l'inconnu, laissant libre cours à leurs pulsions.

Le décor n'a plus d'impact, l'environnement n'a plus de sens, le lieu les laisse indifférents, seules l'intensité et la fougue de leurs ébats amoureux, ont raison des questions métaphysiques.

Enlacés, sans bouger, ils soupirent, exprimant leur joie, tout en ouvrant légèrement les yeux et affichant, sur leurs visages épanouis, un sourire de bonheur.

Sylvie, heureuse d'avoir retrouvé l'affection perdue.

David, satisfait de pouvoir éprouver les émotions intenses, et de renouer le contact indispensable dans la poursuite de la mission.

Dans les bras l'un de l'autre, Sylvie essaie de parler à David, lui chuchotant dans le creux de son épaule :

– Vas-tu encore m'abandonner ?

David visiblement gêné et hésitant :

– Je suis un soldat de Tsahal ; le devoir m'appelle souvent à travers le monde, et je lui obéis.

Sylvie le regarde et tremblotante :

– Je ne peux me passer de toi pour vivre.

– Je serai auprès de toi autant que je le pourrai.

– Je suis très inquiète, j'ai très peur, surtout de te perdre, après cette mission.

– Je te rassure, je ne t'oublierai pas, mais, pour l'heure, Tsahal a encore besoin de ton aide.

– Que veux-tu dire ?

Surprise, Sylvie qui pensait que sa mission était terminée, son travail d'agent accompli, écarte grand les yeux, fronce les sourcils et fixe David.

– Sylvie, je sais, tu nous as déjà donné les plans et les horaires. C'est beaucoup… mais il nous faut absolument les clefs, pour que nos marins puissent pénétrer dans les locaux des C.M.N et accéder aux navires.

– Je ne peux pas les subtiliser, on saurait que c'est moi.

– Oui mais alors savoir où elles sont et comment y accéder ?

– Les clefs se trouvent dans un tiroir du bureau au secrétariat. Le deuxième tiroir à droite du bureau placé juste entre la bibliothèque et la plante verte. Le bureau du secrétariat se trouve dans la pièce entre mon bureau et celui du directeur. Tous les matins, à six heures, un employé ouvre les portes avec et un autre les referme à dix neuf heures.

– Peut-on pénétrer dans le bureau du secrétariat ?

– Je ferme la porte du secrétariat tous les soirs en partant.

– Peux-tu laisser la porte du secrétariat ouverte juste pour la nuit ?

– Je pourrais éventuellement oublier de la fermer.

– C'est exactement ce que nous te demandons. Nous nous organiserons pour que les clefs soient de nouveau à leur place, avant l'ouverture.

– C'est prévu pour quand ?

– Après-demain si tout va bien.

– Comment le saurai-je ?

– Tu appelleras Isabelle, qui te le confirmera.

– Tu te rends compte des risques que tu me fais prendre ?

– Oui, j'en suis tout à fait conscient.

– Et si ça se passe mal ?

– Aucun danger pour toi. Personne n'est au courant de ta participation à cette opération, excepté Isabelle, qui garde bien le secret. Et de toutes les façons, nous te protégerons. Tu en as ma parole !

– J'espère que tu as raison ; ma vie est, en quelque sorte, entre vos mains.

– Ne t'inquiète pas, tout va bien se passer.

– Je voulais que tu saches : tu es l'homme de ma vie et j'aimerais que notre relation perdure toujours. Si jamais ta mission échoue, que je suis impliquée, qu'adviendra-t-il de moi ?

– La mission n'échouera pas, et tu ne seras pas embêtée.

David sent que la tension monte, que son agent informateur a peur.

Il doit la rassurer, faire preuve d'une solide détermination pour insuffler assez d'énergie pour qu'elle ne craque pas.

David la regarde amoureusement :

– Tu verras, une fois la mission réalisée, je te ferai découvrir Israël. Tu pourras, enfin, respirer sereinement.

– Ma vie est ici, construite autour de mes enfants, de mon travail, j'ai du mal à me projeter dans un autre monde.

– Ne t'inquiète pas, tout se passera bien. Tu n'auras pas à changer ta vie.

– Je te remercie David de me rassurer ; j'ai hâte que tout cela se termine.

– Je comprends ton impatience. Il nous reste que quelques jours à attendre. Je vais devoir te quitter. Je te tiendrai au courant de notre intervention nocturne pour subtiliser les clefs.

– David, prends garde à toi, protège-toi. Je tiens à toi.

– Ne te tourmente pas pour moi, nous ne prenons aucun risque.

– Je sais bien, mais je connais les dangers auxquels tu es confronté. Je m'intéresse attentivement à présent à la politique internationale, et les tensions qui existent entre Israël et la France ne me laissent plus indifférente.

– Je te remercie de t'impliquer de la sorte. Israël, mon pays est un pays jeune. Il a tout juste vingt-cinq ans. Nous nous battons pour sa survie menacée par les pays arabes qui veulent sa destruction. Ce qui nous a sauvé c'est d'anticiper comme nous l'avons fait en 1956 contre l'Égypte avec la France et l'Angleterre, puis en 1967 la Guerre qui a duré six jours. Nous comptions beaucoup sur la France pour nous soutenir, mais le Général de Gaulle a choisi, et a préféré se rapprocher des Arabes, à cause de leur pétrole. Il a instauré l'embargo sur les bateaux que nous avions déjà payé.

Le Général a quitté le pouvoir, il y a peu de temps, et malheureusement le nouveau Président Georges Pompidou a poursuivi la même politique. Ils nous ont trahis. Je ferai tout ce qui est en mon pouvoir pour réparer cette injustice et pour récupérer nos navires.

– Tu es un homme courageux que j'admire, mais tu es aussi l'être le plus doux, le plus tendre, que je connaisse et que j'aime.

– Merci. Toi, tu es femme exceptionnelle, douée d'une grande générosité, avec un cœur plein d'affection.

À cet instant, David aperçoit une larme sur le visage de Sylvie, qu'il essuie du dos de sa main :

– Non, Sylvie, ne pleure pas ! Il ne faut pas gâcher ces moments merveilleux !

– J'ai peur de te perdre. Mon Amour, tu es pour moi le plus beau cadeau de la vie, depuis ta rencontre, je n'ai pas passé un jour sans t'aimer, pas une nuit sans penser à me blottir dans tes bras, et maintenant ma vie ne vaudrait pas d'être vécue sans toi. Je voudrais être toujours auprès de toi, collée comme maintenant. Tu vas penser que je suis folle, oui, je sais. C'est insensé d'aimer autant, d'aimer à en souffrir, mais j'ai été tellement privée et je souffre déjà de savoir que tu vas me quitter. Serre-moi très fort contre toi, pour que je sente ton cœur près du mien, que je sente tes bras autour de moi, que je sente que je t'appartiens entièrement, serre-moi encore pour être en toi, pour respirer l'odeur de ta peau, pour te regarder vivre, pour me faire vivre et ne pas mourir.

Ce cri du cœur, David l'entend, mais il ne s'émeut pas.

Il garde son sang-froid, se rappelant la trahison du soldat Sarah, dont il était follement amoureux et ne tombe pas dans le piège de la sentimentalité.

La panthère apprivoisée, qui ne peut cacher ses sentiments, sait que la séparation qui va lui être imposée, sera douloureuse, et qu'elle devra s'y soumettre.

Les corps ont du mal à se séparer. Finalement les deux amants, sous l'eau d'une même douche, continuent à se caresser, à s'embrasser, oubliant les larmes et les chagrins.

Le temps presse… Sylvie et David, rhabillés en vitesse, doivent quitter les lieux.

– Donne-moi un dernier baiser, mon amour !

David l'enlace, lui donne ses lèvres pour un baiser qu'il pense être un baiser d'adieu.

– J'appelle Isabelle, dans deux jours, pour confirmer la date à laquelle je devrai laisser la porte du secrétariat ouverte.

– Merci, Sylvie. Ne te fais pas de mauvais sang, tout se passera bien.

Ils se quittent, partent l'un après l'autre, prenant des chemins différents, pour ne pas éveiller de soupçons.

La séparation, douloureuse pour Sylvie, laisse David indifférent.

Il sait, qu'il ne l'aime pas vraiment.

Il pense à cet instant, exclusivement à sa mission, à sa réussite, comme on le lui a appris pendant ses formations.

Mais il sait, surtout, que c'est elle, la clef de la solution.

ROBERT – ALAIN

Sorti de son hôtel, David arrive au rendez-vous avec Moshe et Yaacov.

Un coup, deux coups, un coup.

La porte s'ouvre.

– Bonjour, mon commandant, bonjour, Yaacov. J'ai fait passer les consignes à Sylvie. La porte du bureau restera ouverte après son départ, jeudi soir. Il faudra que Réouven escalade le portail, pénètre dans la pièce, subtilise les clefs rangées dans un tiroir, et les ramène avant six heures, l'heure d'ouverture.

– Très bien. Je préviens Réouven, afin qu'il soit prêt pour son intervention de jeudi. J'alerte Samuel, pour préparer les moulages qui nous serviront pour dupliquer les clefs. Il faut que l'opération se fasse dans la nuit pour que Réouven puisse les remettre. J'irai ensuite, chez le serrurier que j'ai trouvé à Caen, qui pourra les confectionner le jour-même. Yaacov, je compte sur toi pour superviser avec Samuel, les uniformes et fanions norvégiens, confectionnés pour la circonstance. Tout notre équipage doit être en uniforme norvégien.

– Bien, mon commandant ! Je fais le point avec Samuel pour que tout soit prêt dans la semaine.

– Pas de questions ?

– Oui, moi, dit David, pourrais-je avoir les clefs de mon nouveau logement ?

– Ah oui, je te les donne, mais ne t'attends pas à habiter un palace. Je ne l'ai pas visité mais j'ai vu l'immeuble. Il se situe au quatrième étage, 8 rue des Fossés, en centre ville, près de la gare maritime. Je l'ai loué pour un mois, de toutes les façons, tu t'en iras, bien avant, j'espère.

– Merci, mon commandant.

Moshe, tendu, se frotte le front, fait la grimace, tourne en rond.

David et Yaacov, conscients de la lourde responsabilité qui pèse sur ses épaules tentent de le réconforter en lui donnant une tape sur le dos.

– Tu verras, Moshe, tout se passera bien, ne t'inquiète pas !

– Que Dieu t'écoute Yaacov.

– Pour l'instant, offre-nous une bière.

Moshe revient de la cuisine avec trois bières. Ils lèvent leur verre ensemble.

– « *Lehaïm* » et à la réussite de notre mission !

– *Baroukh Achem !*

Décidemment « Dieu » revient toujours. On compte sur lui.

On compte sur sa protection.

David s'interroge.

Moshe, ce grand militaire a, sans aucun doute, la foi.

Qu'est-ce qui peut bien inciter un militaire à invoquer « Dieu » ?

C'est surprenant.

Ce n'est qu'une formule conclut David.

La question métaphysique du bien et du mal reste entière.

Sa concentration ne se voit pas sur son visage, il poursuit tout seul sa réflexion intérieure.

Les trois hommes de Tsahal se serrent la main, se quittent suivant le même rituel.

David part en premier, se dirige vers le centre ville, pour prendre connaissance de son nouveau logement.

Le temps gris, nuageux, froid n'incite pas à la promenade. Les quelques passants emmitouflés que croise David sont frigorifiés.

David regarde à droite, à gauche, puis derrière, vérifie qu'il n'est pas suivi. Il se méfie à présent.

Les rues du centre-ville sont étroites, sombres ; les immeubles anciens qui datent d'au moins deux cents ans, n'ont pas été restaurés, mais la dernière guerre n'a pas laissé de traces perceptibles de la présence allemande. Cette vétusté des habitations ne semble gêner personne, surtout pas les cherbourgeois qui s'en accommodent.

Arrivé à la rue des Fossés, David est inquiet envoyant l'immeuble qui abrite son appartement, quatrième étage, gauche, et pour couronner le tout, sans ascenseur.

Il donne un tour de clef, ouvre la porte, éclaire, marque un temps d'arrêt.

Et là, surprise, un grand moment d'étonnement.

Il est stupéfait par le charme, par la douceur de la pièce d'accueil.

Il n'en revient pas.

Les couleurs harmonieuses des tapisseries, des tentures, des tapis interpellent le regard du futur résident.

C'est beau.

David est subjugué par ce lieu paisible, qui exprime un calme si différent des autres lieux qu'il a habités dans la ville.

Les meubles anciens, d'époque, signes d'une maison bourgeoise, dégagent cette particulière odeur de cire, témoignant d'un parfait entretien. C'est beau, et ça lui plaît.

Agréablement étonné, il pose son regard, avec une attention toute particulière, aux murs sur lesquels sont accrochés des tableaux de qualité. Des paysages, des portraits, tous issus d'une période romantique.

« David avait été initié à l'art par sa mère. Elle connaissait l'importance de la peinture, du dessin de la culture et lui avait imposé les cours d'un professeur

Face à lui, ces toiles, judicieusement encadrées, lui parlent laissent David pantois.

David, émerveillé, écarquille les yeux.

Il s'attendait à tout, mais pas à ça.

Sur un bahut Louis XIV, une horloge sous cloche d'époque napoléonienne, sur une commode Louis XV, des objets d'art, des statuettes en marbre, d'une finesse et d'une beauté qui apostrophent le nouveau locataire.

David n'en revient pas. La caverne d'Ali Baba !

Autant d'œuvres d'art, de meubles d'époque, autant de splendeur réunis dans cet espace inattendu, surprennent l'agent.

Conquis, il va inspecter le reste de l'appartement, qui présente toujours dans un décor très raffiné, deux pièces supplémentaires, dont la chambre à coucher Louis xv, témoigne du goût des propriétaires pour les belles choses.

La cuisine indique que les occupants ou propriétaires, n'étaient pas intéressés par la confection des repas, ce qui est le cas de David, indifférent à toute forme de gastronomie où d'art culinaire, exceptée la cuisine égyptienne de sa mère.

Il s'assoit dans le fauteuil de velours bleu canard, pose un regard attentionné sur un tableau qui rayonne représentant un lac, entouré d'une superbe forêt ou flottent des bateaux toutes voiles déployées : une évasion vers la sérénité.

David ne s'en lasse pas. Ce paysage est apaisant et ce moment de méditation profond.

Il se lève, fait quelques pas, puis s'arrête devant une statuette en marbre, représentant un félin, qui lui fait penser à une panthère et surtout à Sylvie.

Il ne peut s'empêcher de la prendre en main. Ses doigts la caressent légèrement, en l'identifiant à la féline aimée, qui lui a donné tant de plaisirs et lui a fourni les éléments indispensables à sa mission.

Il la tient dans les mains, marche dans la pièce, tourne en rond, la repose, refait quelques pas, la reprend, réfléchit, reste un moment sans bouger, pensif.

Il est songeur et préoccupé.

Qui a habité ce lieu ?

Un amateur d'art ? Un collectionneur ? Où tout simplement quelqu'un de sensible ? Certainement quelqu'un de fortuné.

Petit à petit David prend ses marques dans son nouvel espace.

Il va quelques instants se reposer dans la chambre.

Allongé sur le lit, il s'endort aussitôt.

Deux heures se sont écoulées.

David se réveille, reprend ses esprits, repense à la mission, à son déroulement, à son organisation.

Il est anxieux.

Il se lève, fait quelques pas, puis tourne en rond.

Il faut qu'il sorte.

Il faut qu'il bouge, qu'il voit du monde, pour se distraire, se changer les idées.

Satisfait du nouveau lieu d'accueil, tranquillisé, il décide d'aller manger un morceau dans un bistrot du coin, espérant trouver un endroit vivant, avec du monde pour oublier, pour se détendre.

La rue des Fossés débouche sur la place de la gare maritime, tout près de la Basilique Sainte-Trinité et l'Hôtel de ville, animée de part et d'autre, par des bistrots, brasseries, et restaurants qui sont les lieux de vie de beaucoup de Cherbourgeois. Ils ont pour coutume, de se retrouver là avec des amis après les sorties quotidiennes de pêche en mer, ou avant les départs pour de longues absences.

David choisit le Bistrot de la Gare. Un petit bistrot qui ne paie pas de mine, mais où l'animation semble chaleureuse.

Le décor date de belle lurette, le bruit est à peine supportable, la fumée envahissant toute la salle, ne semble gêner personne, et tous les clients ou presque ont un verre de calva à la main. Certains, présents depuis longtemps, ont dépassé les doses convenables de cette eau de vie locale et traditionnelle, et leur comportement, désinhibé, parfois agité, est peu, voire pas du tout coordonné. Leurs voix, franchissent, allègrement, les tonalités acceptables quand elles s'adressent aux personnes assises à côté. Ils se parlent. Tout bonnement.

L'ambiance est sympathique, le lieu propice à la détente.

Peu nombreuses, les femmes boivent aussi, autant que les hommes, et n'ont aucun complexe pour affirmer leur présence.

David trouve une place près du comptoir. Tous les regards des autochtones se tournent d'un coup vers lui, avec étonnement, comme si, cette pièce rapportée, n'avait pas sa place. De cette position, il peut apercevoir une partie des quais du port militaire, entièrement clôturés, où sont amarrés deux corvettes, une frégate et un patrouilleur. Les marins, en uniforme, sont sur les ponts, prêts à la manœuvre. Il ne peut pas voir les vedettes, qui se trouvent à quai, dans la darse civile appartenant aux chantiers des C.M.N derrière le port militaire.

Il décide de changer de place, et trouve un endroit au fond de la salle, s'assoit à une table juste à côté de la vitre de la devanture. Il s'y trouve mieux.

Une magnifique vue sur le port se profile devant lui.

Il appelle le garçon, pour commander, mais le brouhaha est tel que l'appel n'est pas entendu. Son message ne parvient pas. Le bruit ambiant couvre complètement les sons des personnes éloignées.

Il se lève, se présente devant le comptoir, où une exubérante et plantureuse « barmaid », se démène pour servir les clients, lui demande, en s'approchant très près d'elle, s'il peut passer sa commande.

Elle le regarde, lui fait signe acquiesçant de la tête, mais ne l'écoute pas réellement.

David tente une deuxième fois, en levant le doigt, et affichant un sourire de façade : sans succès. Il recommence encore, enfin elle réagit :

– Et pour Monsieur, ce sera ?

Il arrive, enfin, à commander son omelette aux fines herbes, avec un cornet de frites, et, pour faire comme tout le monde, un calva.

Il est satisfait. Il attend. Il observe.

Il est loin des cafés de Jérusalem, où les joueurs de tric trac s'en donnent à cœur joie, ou même des pubs de la London-City où s'affrontent les joueurs de fléchettes, ou bien encore de la mélodieuse musique du Club de Jazz sur la Corniche à Marseille, mais peu importe. L'essentiel est de se changer l'esprit.

Tout seul, dans son coin, David mange ce qu'il a demandé, avec cette odeur insupportable et envahissante de poisson frit.

Il pense à son nouveau logement, qui l'a réellement surpris, et veut en informer Yaacov. Il a hâte de lui dire combien il est satisfait, surtout de lui faire part de son étonnement.

Jamais, il n'aurait imaginé, que certains Cherbourgeois possédaient de tels biens. Qui sont-ils, où sont-ils ?

David s'interroge :

« *La France a traversé la guerre de quarante, de façon chaotique. Bien des Français ont eu du mal à supporter la présence allemande, sur leur territoire, notamment dans Cherbourg.*

Pendant quatre ans, tout le département de la Manche a subi l'occupation de l'ennemi, avec ses restrictions, ses contraintes, les alertes, le couvre-feu, les bombardements et les humiliations faites à la population.

On comptait un Allemand pour vingt-neuf Français. Cette présence allemande, insupportable, exigeait beaucoup de la population. Peu de Cherbourgeois ont aidé la résistance, certains ont fait du marché noir, beaucoup ont souffert.

À Paris en cette période, la situation était bien différente pour certains Français. Tandis que beaucoup étaient faits prisonniers, ou étaient déportés pour être gazés, des artistes continuaient à tourner des films, pour conforter leur carrière sur les planches, ou chez Maxim's. Le cinéma français maintenait les sorties de films en salle. La femme du puisatier avec des acteurs connus, Raimu, Fernandel. Pierre Fresnay, Arletty, Guitry faisaient carrière, tandis que d'autres comme Gabin, avaient préféré s'expatrier et rejoindre la résistance.

Mais pendant l'occupation allemande, certains Français, s'interrogent, ont du mal à comprendre que des compatriotes aillent au spectacle, et que les restrictions ne soient pas les mêmes pour tout le monde.

Pour les uns, la vie continue comme avant, pour d'autres, le système « D » réussit à les faire tenir plus où moins bien.

Certains Parisiens, français depuis des générations, de religion juive, ont perdu leur travail avec la promulgation des lois leurs interdisant d'occuper certains postes dans les administrations. Tous, doivent afficher leur judéité en arborant une étoile jaune, en haut et à gauche de leurs vêtements, pour être reconnus. Et pendant que le champagne coule à flot, pour la Jet Set parisienne, le

Dans ce bistrot, David est entouré de Français qui, vingt-cinq ans plutôt, avaient subi cette occupation et ne l'avaient pas oublié. Mais le sentiment de revanche avait disparu, laissant la place à l'amnistie, à la reconstruction et à une euphorie libératoire.

Le peuple français avait effacé, semble-t-il, cette période de sa mémoire. Comme il avait oublié les guerres de 1870, 1914, 1940, et ses fidèles ennemis.

Il lui fallait reconstruire.

Il fallait aussi construire l'Europe.

L'Allemagne devient l'alliée de la France. Adenauer, De Gaulle, réconciliés, mettent fin au revanchisme.

Israël naît.

David ne parle à personne mais il écoute.

Il est bientôt vingt heures ; les clients se renouvellent dans la même atmosphère populaire franchouillarde.

Après cet intermède salutaire, il rentre tranquillement retrouve son appartement.

La nuit sombre, le froid pénétrant, les rues mal ou peu éclairées n'incitent pas les Cherbourgeois à sortir.

David est seul.

Bien installé dans son fauteuil de velours, loin du brouhaha du bistrot, face aux tableaux, sous le regard des statuettes, il est maintenant confronté à sa solitude, aux interrogations qui se posent de manière aigüe, à l'approche de la date fatidique pour affronter la périlleuse aventure.

Ce ne sont plus les questions théologiques, philosophiques ou métaphysiques qui l'interpellent.

La date approche.

Il repasse les différents épisodes de son action.

La visite des agents est prévue pour le lendemain. David doit opérer son rigoureux contrôle.

Si tout se passe bien, conformément aux plans prévus, dans une semaine, la nuit du réveillon de Noël sonnera le départ des vedettes du port de Cherbourg pour rejoindre le port de Haïfa.

Israël retrouvera ses bateaux.

La pression grandit… Il réexamine le travail de Réouven.

Jeudi soir, l'opération programmée pour récupérer les clefs, sera délicate, et un incident ou un problème de dernière minute ne peuvent être écartés.

La précision, l'efficacité sont les qualités de base que possèdent Réouven et Samuel pour leur intervention, préparés, entrainés et rompus aux consignes de sécurité.

Tous deux ont été choisis avec rigueur, à la fois pour leurs compétences, leur expérience et leur engagement.

Entrainés à Beer-Sheva, ces deux agents du Mossad ont fait le choix de se dévouer à Israël, défendre leur pays pour qu'il puisse survivre.

Réouven a eu ses grands-parents gazés à Auschwitz. Il s'en souvient et n'aimerait pas que cela recommence. Après son service militaire, il s'est engagé dans l'armée et, en soldat fidèle et obéissant, a accepté la mission pour laquelle il a été sélectionné. Il veut que le drapeau de son pays, pour lequel il se bat, rayonne à travers toutes les nations.

Samuel a fui les pays arabes où il est né. Il a été opprimé et humilié, veut à présent reconquérir sa fierté, assurer à ses frères, une « Terre » qui les protégera en toutes circonstances. Un pays d'espoir, un pays refuge, pour tous ceux qui ont été chassés et ont tout perdu.

Tous les deux ont choisi la sécurité et la liberté, comme principe incontournable pour se sentir vivre et exister dignement.

Quel bonheur de pouvoir sortir librement et sans craintes dans les rues de Tel-Aviv. Ne plus être harcelé comme dans les pays arabes, par exemple, où subir des actes humiliants dans des endroits où l'antisémitisme est vivant.

Quelle joie de pouvoir afficher Les convictions de son judaïsme, sans être obligés de se cacher où de se justifier.

Voilà pourquoi, ces deux jeunes, au service de Tsahal, ont accepté cette mission, qui assurera à Israël une meilleure défense.

Comme eux, des milliers de Français, soutiennent également Israël et admirent la volonté et le courage de ce peuple traumatisé. Malheureusement pour Israël, le pétrole des pays arabes a bouleversé les données politiques et modifié les alliances passées.

Les deux agents sélectionnés, qui connaissent les enjeux énormes de leur mission, sont déterminés connaissent les efforts réalisés jusqu'à ce jour.

David, dans son fauteuil, médite.

Il s'interroge.

Et si l'opération échouait ?

Et si les bateaux étaient arraisonnés ?

Et si un incident technique ne leurs permettait pas de naviguer ?

Et si les vigiles tiraient sur les agents ?

Et si, et si, et…

Autant de questions, autant de suppositions laissent David inquiet et soucieux.

Il se lève, fait quelques pas, se dirige vers le bahut où est posée la panthère en marbre, la saisit, repense à Sylvie.

Non pas à l'agent, qui lui a transmis les plans, mais à Sylvie, la femme, qui lui a donné tant de plaisirs.

Il meurt d'envie, de la tenir à nouveau dans ses bras, surtout dans cet appartement qui respire le calme, la douceur propice aux évasions sensuelles.

Pourquoi ne pas l'inviter à le rejoindre ?

Prend-il des risques ?

Il n'a plus besoin de sa collaboration, il a tout obtenu d'elle.

Non.

Pas ça.

Tout compromettre, pour un désir passager ?

Il préfère oublier, décide de se coucher.

Jeudi, 18 Décembre, le matin.

David se réveille dans ce lit Louis xv, après une bonne nuit.

Comme chaque matin il fait quelques exercices physiques pour maintenir sa forme avant de déjeuner.

Il sait que Réouven doit intervenir ce soir pour subtiliser les clefs.

Inquiet tout de même et sans nouvelles de Sylvie, car il ne peut la joindre.

Mais c'était une affaire entendue. Elle devra laisser la porte du bureau ouverte.

Vat-elle s'en rappeler ?

Il ressasse la question.

David préfère s'en assurer, et décide de la prévenir à nouveau.

Mais il ne peut l'appeler.

Le seul moyen c'est de passer par Yaacov qui devra avertir Isabelle confirmant l'intervention de Réouven.

La ville s'éveille, emmitouflée d'une robe blanche. La neige est tombée, recouvrant les rues, les trottoirs. Il fait un froid sibérien. Les sirènes et les mouettes transies sont de concert avec les rafales du vent marin.

David, après un petit déjeuner rapide, téléphone à Yaacov d'une cabine téléphonique et lui fait part de son inquiétude.

– S'il te plaît Yaacov appelle Isabelle, ce serait prudent. Ne me laisse pas sans nouvelles ! Peux-tu passer chez moi ce soir ? Je t'attendrai.

Jeudi, 18 heures.

L'un en face de l'autre, assis dans les fauteuils au velours bleu canard, Yaacov le visage crispé, un journal plié dans les mains et David, tendu, analysent ensemble les détails de leur intervention.

– Tu as pu prévenir Isabelle ?

– Oui, David. Tu es vraiment inquiet ?

– Effectivement, j'ai la sensation que Réouven ne pourra pas réussir.

– Tu es bien pessimiste, David, je ne t'ai jamais vu comme ça !

– Tu as raison, je suis fatigué. Cette mission n'en finit plus et je trouve le temps long.

– Ça va se passer comme il faut. Ne t'angoisse pas, tu retrouveras bientôt les bras de Sylvie.

– Elle est réconfortante, c'est vrai, et puis, et tellement amoureuse.

– Tu l'aimes ?

– Non, j'aime être dans ses bras, elle est très câline.

– En tout cas même si Sylvie est absente qu'est-ce que tu es bien installé ici !

– Oui, cet appartement très confortable détient de réelles richesses conservées de façon exemplaire, je dirais… curieusement douteuses.

Yaacov regarde David, le fixe.

Le visage tendu, il déplie le journal qu'il avait en rentrant, montre à David, la une : « *Double meurtre à Flottemanville Hague. Un règlement de compte n'est pas écarté, mais les enquêteurs ont très peu d'indices* ».

David sidéré, blême, fronce les sourcils, serre les lèvres, retient son souffle.

– Je suis dans de beaux draps maintenant.

– Tu as bien effacé tes empreintes, les traces de ta séquestration ?

– Oui, on m'a appris les consignes à Beer-Sheva pour laisser place nette.

– Heureusement, sinon, tu aurais déjà la police à tes trousses.

– De toute façon, la situation devient critique, je dois m'en aller dès que possible pour ne pas compromettre la mission, et me faire oublier, en me retirant au plus vite, à Londres ou à Jérusalem.

– Bientôt… mais le plus vite sera le mieux.

– Tu as raison, merci d'être venu, j'avais besoin de parler.

– Je suis confiant pour ce soir, ne t'inquiète pas.

Les deux agents se quittent. Yaacov regagne son appartement, qui se trouve à cinq minutes à pied.

Soucieux, il ne voulait pas alarmer son ami, sur les risques qu'il prenait.

Il valait mieux le prévenir.

Il sait que la nuit va être longue pour eux, qu'il n'aura des nouvelles de Moshe que le lendemain. Il n'y peut rien.

Vendredi 19 décembre 8 heures.

Le jour s'est levé, la neige qui est tombée par intermittence a figé la ville.

Cherbourg est blanche.

Elle a froid.

Après une nuit, plus ou moins calme, Yaacov décide de téléphoner à Moshe, pour avoir des nouvelles de l'intervention de Réouven et Samuel.

Le téléphone sonne, Moshe ne décroche pas. Yaacov laisse sonner plusieurs fois, toujours pas de réponse.

Il s'inquiète.

Il attend quelques minutes, puis retente son appel.

Toujours pas de réponse.

Il marche, abrité par un parapluie, sous les flocons de neige, s'arrête pour acheter le journal, puis rentre chez lui, préoccupé de savoir si l'opération de la nuit s'est bien déroulée. Arrivé, il a hâte de regarder les informations dans le journal.

Son attention est tout de suite attirée par l'article sur « *Le Double Meurtre* », « *Le témoignage d'un habitant de Flottemanville : une piste sérieuse* ». L'article indique que l'habitant donne un signalement précis de l'homme qu'il a aidé.

Cette nouvelle, peu rassurante, alarme Yaacov qui doit prévenir rapidement David, chez qui il se rend sans se faire remarquer.

Un coup, deux coups, un coup.

David reconnaît le code ouvre la porte.

– Yaacov ? Que se passe-t-il ? L'opération s'est-elle mal passée ?

– Non, mais tu dois partir immédiatement, l'habitant qui t'a secouru, a témoigné à la police. Il a donné ton signalement.

– Oh merde !

– Oui, comme tu dis.

– Je dois partir.

– Oui.

– J'ai appelé Moshe, mais il n'a pas répondu.

– Il faudrait le rappeler, lui dire que je serais mieux à Paris où à Londres. Qu'en penses-tu ?

– Ne bouge pas, je vais tenter de le joindre.

Yaacov s'empresse de se rendre à la cabine téléphonique, refait le numéro de Moshe qui décroche enfin.

Quelque peu énervé il interpelle son commandant :

– Que se passe-t-il Moshe ? Tu nous a laissé sans nouvelles et on n'arrive pas à te joindre. David et moi sommes vraiment soucieux de savoir comment ça va.

– Tout va très bien. La livraison a été effectuée comme prévue.

– En revanche commandant, Robert me charge de te dire qu'il va devoir prendre des vacances.

– Oui, je suis au courant. Il va falloir les envisager, mais bien avant les fêtes de Noël.

– Je passe vers midi transmettre ton message à Robert.

Il se presse pour informer David qui attend.

– Tout s'est bien passé, Réouven a réussi. Moshe veut nous voir au plus vite, mais par contre, il faut envisager que tu prennes tes distances rapidement loin d'ici.

– Je m'en doutais.

– David, tu as accompli la mission qui t'a été confiée. Maintenant il ne faut pas que tu te fasses attraper, et que tu mettes en péril toute notre équipe. Le plus sage serait que tu partes dès aujourd'hui.

– Tu as certainement raison. Allons faire le point avec Moshe.

– Emporte tes affaires, ne te montre pas trop. Il nous attend.

Les deux hommes se séparent, comme l'exige le protocole, rejoignent le Q.G. de Moshe pour l'indispensable briefing.

À midi, un coup, deux coups, un coup, les deux hommes se retrouvent chez Moshe accompagnés de Réouven et Samuel.

– Mes chers amis, nous avons réussi. Mais ça n'a pas été facile. Réouven, raconte-nous comment ça s'est passé.

– Le mieux possible. Puisque je suis encore de ce monde et que j'ai pu obtenir ce qu'on voulait, mais j'ai eu chaud. Au départ, Samuel m'a déposé en voiture à l'endroit le moins visible de l'entreprise. Il était minuit. Une nuit obscure. Heureusement, un calme profond. J'avais pris la précaution de me camoufler d'une combinaison foncée confectionnée pour ce genre d'intervention, et d'une cagoule sur la tête. J'ai pu franchir la clôture, en passant par-dessus, évitant les deux sentinelles qui étaient signalées sur le plan. Puis, en suivant scrupuleusement les indications, aidé par une lampe torche, j'ai accédé au bureau dont la porte était ouverte, comme spécifié. Jusque-là tout allait bien. J'ai ouvert le tiroir mentionné mais, à ma grande surprise, les clefs n'étaient pas dedans. J'ai paniqué mais calmement je me suis employé à les chercher. J'ai ouvert tous les tiroirs. C'est à cet instant que j'aperçois de la lumière dans le couloir. J'entends passer la sentinelle qui devait faire son tour de garde. Elle s'arrête juste devant le bureau. Et là, j'ai commencé à avoir très peur. Peur d'être pris. Je me suis caché et j'ai attendu. Les plus longues minutes de ma vie. Dans une obscurité totale, un silence angoissant, sans bouger, contrôlant ma respiration, j'attendais, avec une inquiétude grandissante, le départ de l'agent. J'avais des sueurs froides, mon cœur battait fort, je pensais que j'allais échouer mon opération. À ce moment, j'ai dû me résigner à ne pas affronter physiquement le surveillant. J'ai préféré attendre. Il était derrière la porte entre-ouverte, moi caché sous un bureau retenant mon souffle.

Par chance, l'agent de surveillance s'éloigne et j'ai pu reprendre mes recherches. Au bout d'une dizaine de minutes, qui m'ont paru une éternité, sachant combien le temps m'était compté, j'ai enfin mis la main sur ces fameuses clefs qui étaient tout simplement posées au milieu d'un amas de dossiers, de papier, et d'enveloppes. J'ai remis de l'ordre et je suis reparti, sur la pointe des pieds, soucieux d'éviter une autre rencontre.

Samuel qui m'attendait dans la voiture à l'abri des regards, s'impatientait, anxieux de ne pas me voir arrivé dans les temps. Il poussa un « Ouf » de soulagement quand je réapparus.

– Je vous le confirme dit Samuel.

Au retour, pour reposer les clefs, j'ai dû modifier mon parcours, car il y avait une sentinelle de plus qui patrouillait mais que j'ai pu localiser. Prudent et craintif, j'ai mis un peu plus de temps mais j'y suis arrivé.

Je pense que pour le vingt-quatre ce sera pareil. Il faudra se montrer vigilant.

– Bravo Réouven ! C'est magnifique ! Et toi, Samuel, tu as pu faire le moulage ?

– Oui, mon commandant, je fais sécher le moulage qui sera sec et prêt, demain.

– Bon boulot, mes amis. Israël est fier de vous !

Le commandant et ses hommes sont satisfaits et heureux, se congratulent pour cette étape difficile franchie avec succès.

– Mais nous avons un grave problème. La police, qui est allée enquêter chez l'habitant qui l'avait aidé le soir de sa fuite, recherche David.

David, tu dois disparaître quelque temps. Il faut que tu partes immédiatement, nous ne pouvons pas prendre de risques. J'avais encore besoin de toi, pour l'organisation de l'opération du vingt-quatre décembre. Ça tombe très mal ; je ne sais pas comment nous allons procéder. Tu as accompli ton devoir comme il fallait, et nous regrettons tous ce qui s'est passé.

– Bien, mon commandant, J'ai l'impression de vous abandonner, mais je comprends votre prudence et je prendrai le train cet après-midi pour Paris. Je verrai avec le Hamisrad, et avec Joseph, pour la suite à donner, je vous tiendrai au courant.

– Pour nôtre affaire, naturellement, tu seras tenu au courant de la suite des évènements. Nous ne manquerons pas de te donner de nos nouvelles.

David fait la moue ; son regard triste en dit long. Mais il se résigne à la sage décision et doit, le cœur gros, abandonner ses compagnons.

Après un difficile aurevoir, David rejoint la gare rapidement.

Il est treize heures trente ; le prochain train part à quatorze heures dix, arrive à Paris à dix-huit heures trente.

David n'a pas le choix ; il prend billet de seconde classe, embarque dans la voiture 8, du train 126, en partance pour la capitale, avec des arrêts à Caen, et à Evreux.

Pendant tout le voyage David ne cesse de passer le film de ces évènements.

Il a du mal à accepter cet arrêt brutal de sa mission qu'il aurait tant aimé terminer en vainqueur. Il aurait tant souhaité voir les vedettes battant pavillon norvégien sortir du port.

Mais non, il est dans le train.

Arrivé à Paris, il ne retournera pas au Ritz, devra se contenter de passer la nuit à l'hôtel du Parc Monceau, dans le dix-septième arrondissement, qu'il connait bien depuis son service militaire.

Le lendemain, c'est Shabbat. Après une nuit tourmentée, David doit appeler son homologue du Mossad à Paris, pour lui expliquer la situation. Même en ce jour, les cellules de crise travaillent.

Parti à la hâte, sans valise ni vêtements, il lui faut vite trouver de quoi s'habiller pour un ou deux jours.

Le contact avec Paris est délicieux.

David retrouve l'atmosphère de cette ville qu'il aime tant, mais il n'est pas là en vacances.

Il appelle le numéro spécial de l'ambassade, demande à parler à Joseph, déjà rencontré à Beer Sheva, deux ans auparavant.

– Allo, c'est David, j'ai besoin de te voir rapidement !

Devant son insistance, devant la gravité de la situation, Joseph lui donne rendez-vous à midi, à la brasserie Lipp à Saint-Germain.

Le décor mythique des années 1900, un régal pour les yeux, ravit toujours David.

– Bonjour, David, je suis au courant de tout ; je sais les moments difficiles que tu as dû affronter, que la police est à la recherche de Robert Garnier, mais aussi que l'opération « Noa » et son commandant Moshe ont besoin de toi pour aboutir. J'en ai parlé hier à Mordechaï, notre chef à tous, qui veut que tu retournes absolument à Cherbourg.

David interloqué :

– À Cherbourg ? Mais, Joseph je ne comprends pas ! Je suis recherché, et je suis le suspect numéro un. Nous prendrons beaucoup de risques.

– Ta mission d'abord. Elle est à Cherbourg. Ta présence indispensable.

– J'obéis.

– Tu repartiras, sous une autre identité, avec un nouveau passeport, au nom d'Alain Duval ; tu passeras avant au Q.G., pour te refaire une nouvelle tête, pour devenir un autre. Tu le sais, tu as déjà transformé ton visage dans l'opération de Maadi, et ça a bien marché. Désolé, mais ton séjour à Paris ne sera pas festif comme tu l'avais peut-être prévu.

Mais les consignes sont des ordres. David, alias Robert, va devenir Alain. Heureux de la décision qui le remet en selles cette initiative l'excite, le stimule. Il va pouvoir redevenir actif comme il le souhaitait et rejoindre l'équipe à Cherbourg.

Il s'achète de quoi se changer, se rend sans tarder au Q.G. situé dans une villa d'une proche banlieue de Paris, à Fontenay-sous-Bois, en bordure du Bois de Vincennes.

Il est impatient d'observer sa transformation en un autre.

En arrivant, il reconnaît quelques visages rencontrés à Beer-Sheva pendant sa formation. L'ambiance est sympathique et détendue. On parle l'hébreu. Ils ont l'air heureux, satisfaits d'être là.

– Alors, David, d'un ton narquois, il paraît que tu as fait des tiennes à Cherbourg ?

– Je me suis simplement défendu. J'ai été obligé de me débarrasser d'agents du Mukhabarat qui m'ont torturé. C'était eux ou moi. Qu'aurais-tu fait à ma place ?

Comme s'il devait se justifier de son acte de légitime défense !

– Tu vas confier ton visage aux mains de notre spécialiste, après quoi on te prendra des photos pour ton passeport.

– O.K.

Il avait déjà opéré une semblable transformation pour son intervention en Égypte, très réussie, puisqu'il était méconnaissable.

En confiance, ravi de se remettre au boulot, il abandonne son visage aux mains expertes des professionnels. Un peu de silicone, quelques rides en plus, un maquillage persistant, le tour est joué.

Deux heures plus tard, un autre visage, un autre homme : Alain Duval, moustachu, coiffé d'une perruque, et de lunettes cerclées, devant la glace est surpris par la transformation.

David félicite le technicien de sa prouesse, passe au studio pour les photos de sa nouvelle identité.

Point de Shabbat ici, tout le monde travaille, avec ou sans kippa.

Comme il est trop tard pour prendre le train, le nouveau David décide de s'immerger dans Paris qu'il a connu au cours de son service militaire.

À moins de quatre jours du réveillon de Noël, la ville est en fête. Les parisiens font leurs achats pour les festivités de fin d'année, s'empressent dans les magasins pour dénicher les bonnes affaires.

Les Galeries Lafayette, le Printemps, Le Bon Marché… ne désemplissent plus. La France et les Français se portent bien. Après la révolution du mois de mai un an plutôt tout le monde paraît satisfait.

Le Marché Commun, qui permet des échanges économiques favorisant le développement des richesses et les liens politiques créés entre les nations en guerre vingt-cinq ans auparavant à peine, consolident le climat de paix. Une période calme, celle des Trente Glorieuses qui profite à tout le monde. Les Français consomment et ont laissé Mai 68 derrière eux.

David flâne sur les Champs-Élysées tout illuminés, mesure l'immense chance d'être dans la plus majestueuse et la plus belle avenue du monde plébiscitée par tous et aussi par Alicia. Gorgée de touristes, de badauds fréquentant les bars, les cafés les restaurants, les magasins et les cinémas, l'artère centrale de Paris, vit à l'heure de la fête.

Paris la Belle.

Paris la Superbe scintille.

Il est loin de Cherbourg la Triste, mais Cherbourg lui manque.

Il a hâte de retrouver Moshe, Yaacov, Réouven, Sylvie, Isabelle et les autres pour se replonger dans l'action.

Il a besoin de cette poussée d'adrénaline, source de son équilibre.

Vite retourner dans cette ville pour retrouver son équipe, ses amis, ses frères, voir « ses » vedettes quitter les quais de la darse.

Encore une nuit à Paris.

Pour sa sécurité, il lui faut maintenant trouver un autre hôtel.

Il change de quartier, en repère un rue du Temple près de la place de la République, où il est enregistré sous le nom d'Alain Duval et se retrouve seul dans sa chambre, attendant le lendemain pour partir de nouveau en mission.

Il se regarde dans la glace.

L'incroyable transformation de son visage, le laisse quelques instants, pantois. Il est méconnaissable. Mais, la réalité le rattrape.

L'homme d'action ne peut accepter d'être loin des opérations.

Il pense à Moshe, qui doit avoir bien du travail pour organiser ses équipes d'intervention, à Yaacov, aux uniformes norvégiens, à Réouven et à Samuel.

Il pense aussi à Sylvie, qui s'est mise en danger, une fois encore, à ses parents qu'il a à peine croisé rapidement lors de son bref passage à Marseille.

Ils lui manquent.

Et puis, il pense à Alicia, à qui il aimerait téléphoner, pour la rencontrer puisqu'il sait à présent qu'elle est de la « maison ».

Non, David.

Il meurt d'envie de la joindre, pour l'inviter à partager une nuit, sous le thème d'un autre concerto pour piano à deux mains.

Non, David, se dit-il, ce n'est pas raisonnable, d'autant plus que tu n'es plus David le golfeur au Ritz, tu es Alain, dans un deux étoiles.

Comment réagirait-elle si elle voyait le visage d'Alain ?

Il n'ose pas l'appeler.

Sa nouvelle apparence le freine dans sa démarche.

Il attend, réfléchit, puis prend le téléphone et appelle.

– Allo, Alicia, Chalom ! C'est le golfeur amateur de Brahms, l'ami de Moshe.

– C'est sympa d'appeler, notre ami t'a mis au courant, je vois. Comment vas-tu ?

– Tout va bien ça va et toi ?

– Je vais bien. Je pense souvent à toi.

– Je suis à Paris. J'aimerais qu'on se voie si tu es libre.

– Désolée, David, j'ai très envie de te revoir, mais je suis occupée ce soir. On peut se voir demain si tu le désires.

– Je regrette, mais demain, je dois repartir.

– Tu me rappelles si tu reviens à Paris.

– Tu peux en être sûre.

– Chalom David ! À bientôt j'espère !

Il aurait tant aimé la serrer de nouveau dans ses bras. Éprouver une seconde fois les sensations délicieuses de la mélodie jouée sur son corps. Non ! Au Mossad le devoir ne laisse pas de place à l'affection. La partie de golf est remise à une date ultérieure.

Déçu, même s'il appréhendait de revoir sa pianiste, pensant qu'il avait peu de chances que son nouveau visage plaise à son ancienne conquête.

Résigné, il passera la nuit seul.

Seul à méditer, sur les prochaines étapes de sa mission et à se projeter dans le scénario de conquête des vedettes.

Dimanche 21 Décembre 1969.

Il est six heures. David réunit ses affaires, règle le montant de sa nuit à la réception, se hâte pour partir à la gare.

Place de la République, il entre dans un café pour prendre son petit déjeuner, en jetant un coup d'œil sur le Journal du jour, avant de se rendre à la gare.

Le voyage pour Cherbourg est toujours aussi long, pénible.

David le redoute.

Transfiguré, il attend avec impatience de voir Moshe et l'équipe, et imagine leurs réactions.

Arrivé à Cherbourg, il rejoint l'Hôtel place Napoléon présente ses nouveaux papiers, qui ne semblent pas poser de problèmes et monte dans une chambre, au décor très modeste et sans charme.

Il s'en accommode, satisfait surtout de se trouver là sur le terrain, à nouveau dans l'action.

Dehors, il fait très froid.

Les flocons de neige sont tombés abondamment.

Les rues, recouvertes de cette couche verglacée, deviennent difficilement praticables.

Il prend ses marques puis va d'une cabine téléphoner à Yaacov.

– Allo, Yaacov, c'est Alain Duval.

– Allo, qui ?

– C'est David.

– David ? Mais comment ?

– Oui, je suis de retour, ordre du chef.

– Je peux passer ?

– Bien sûr. Tu peux maintenant ?

– J'arrive.

NOËL

Reprendre ses activités, quel régal pour cet homme grimé, devenu un autre.

C'est maintenant la dernière ligne droite pour l'agent, engagé dans cette deuxième opération, préparée depuis plus de six mois.

Un coup, deux coups, un coup, Yaacov ouvre la porte sans demander qui est là.

Dans un sursaut de panique à la vue de son visiteur qu'il a devant, il veut refermer la porte brusquement, jusqu'à ce que David lui crie :

– Yaacov, c'est moi, David !

Stupéfait, surpris et sans voix, Yaacov n'en revient pas.

– C'est incroyable, tu es méconnaissable ! Mais que fais-tu là ? Pourquoi es-tu revenu ? Je ne comprends pas !

– Ordre du grand chef. Mordechaï m'a demandé de poursuivre la mission jusqu'au bout. Il veut que j'assiste Moshe pour organiser notre intervention jusqu'au bout, assurer une totale sécurité pour tous les marins, les agents techniques et les familles installées à Cherbourg. Au vu du travail accompli depuis six mois, il ne veut pas prendre de risque et compte sur nous dans l'ultime étape.

– David ! Comme ils t'ont transformé ! On dirait un autre homme. Je ne sais si tu plairais à Sylvie maintenant.

– Je m'appelle Alain Duval ; j'espère que la police ne me retrouvera pas. As-tu des informations depuis mon départ ?

– Non, la police piétine, elle n'a aucune trace.

– Tant mieux, et le moral des troupes ?

– Tout va bien. Les marins meurent d'impatience de pouvoir naviguer à bord des vedettes et de se retrouver à Haïfa.

– Je les comprends.

– Moshe sera ravi de te voir ; je vais l'appeler pour les dernières mises au point.

– D'accord, mais ne lui dit rien sur mon nouveau « look ».

– Tu lui feras la surprise, on verra sa réaction.

Un coup, deux coups, un coup, Moshe sans aucune hésitation ouvre, et comme s'il avait été prévenu, s'adresse à David :

– Salut, Alain, tu as bien changé depuis la dernière fois.

– Mon commandant, on ne vous la fait pas à vous. Yaacov, lui, a beaucoup hésité. Évidemment, il n'a pas votre expérience.

– Pas du tout, David. J'étais averti de ta transformation, c'est moi qui ai donné le feu vert pour ton retour. J'avais besoin de toi ici. Je savais aussi que ça te ferait plaisir de m'assister.

– Merci, Moshe. Que nous reste-t-il à mettre au point ?

Yaacov frappe les trois coups à la porte et se joint à la préparation du vingt-quatre décembre avec Moshe et David.

– Mes amis, il nous faut d'abord établir la liste des marins affectés à chaque vedette, vérifier leur état de santé, connaître, d'une façon précise, leur condition, sur le plan technique et psychologique.

Yaacov, tu dois voir les familles, les femmes, les enfants. Qu'ils soient prêts, à partir du vingt-trois au matin.

David, tu as la feuille de route pour le soir du vingt-quatre :

1) Tout le monde, prêt à dix huit heures, en uniforme.

2) Les voitures opérationnelles, prêtent à démarrer seront garées aux endroits choisis pour récupérer les intervenants.

3) L'infiltration se fera à partir de vingt heures, par équipe de deux.

4) Tout le monde à bord, à la manœuvre, à vingt trois heures trente.

5) Mise en marche des moteurs de toutes les vedettes à 2 heures.

6) Drapeaux et fanions hissés.

7) Signal d'accord de chaque vedette, pour un départ échelonné.

8) On hisse les amarres.

9) On brouille les communications.

10) On dit au revoir à Cherbourg.

Jusqu'aux eaux territoriales françaises les bateaux sont norvégiens.

Au-delà on hisse les drapeaux israéliens, les vedettes sont israéliennes.

Je serai à bord de la première vedette, à la commande générale.

Toi Yaacov, tu te charges d'organiser le retour des familles. Tous les départs, étalés en vagues successives, dans le calme et la discrétion la plus absolue. Tu vérifieras les conditions financières de chaque famille, pour le voyage jusqu'à Paris. Elles ne doivent manquer de rien. Les billets de train, dans des enveloppes blanches, celles des billets d'avion, bleues, remises en main propre, à chaque responsable.

Nous devons montrer une organisation sans faille.

Je vous le dis et le répète : tout doit être programmé, enregistré.

Avez-vous des questions ?

David, tu t'occupes des troupes.

Le vingt-trois au matin tu passes tout le monde en revue.

Il ya cent marins, vingt techniciens.

Tu inspectes par groupe de dix, tous les marins, placés à différents endroits autour du port.

Aucune défection. Tu les connais tous, puisque tu les suis depuis six mois.

Tu dois me faire un rapport précis sur l'état des troupes, le vingt-trois à dix-huit heures.

Tu affectes chacun à une vedette précise, en lui donnant les consignes pour pénétrer dans l'enceinte du port, monter à bord, se mettre à son poste de manœuvre. Chaque équipe dispose d'un jeu de clefs qui ouvrent les pannes. Les marins doivent connaître exactement leurs fonctions respectives, les gestes de navigation, et une fois à bord des navires, être à leur poste, immédiatement.

Tu as, aussi, la responsabilité du ravitaillement en eau, en nourriture pour cinq jours de mer. Tous les achats d'aliments, conditionnés dans des sacs étanches, dosés, pour chaque marin, avec une trousse de secours, seront achetés à des endroits différents, pour ne pas susciter la méfiance, et stockés, dans trois lieux, que tu devras repérer et déterminer à l'avance.

Ne pas éveiller de soupçons.

Ne jamais trembler.

Le monde entier nous regarde.

Le drapeau d'Israël doit flotter à nouveau sur les mâts de nos navires.

Vive Israël.

– Vive Israël !

– Vive Israël !

Les trois israéliens sont calmes et sereins. Les jours à venir, vont être difficiles, ils le savent, mais chacun confiant ne montre aucune défaillance.

Comme à son habitude, Moshe sort les bières et trinque avec ses agents à la bonne marche de l'opération.

– Je vous vois au rapport demain à dix-huit heures. David, tâche de passer inaperçu et surtout laisse Sylvie tranquille.

– Je comptais t'en parler.

– Non, tu plaisantes ? Yaacov dis-lui de rester sage !

– Moi, commandant, si j'étais à sa place je ne pourrais pas renoncer à la taquiner. Mais de toutes façons, avec sa nouvelle tête, il n'osera rien faire.

– Tu as raison sur ce point… On n'a aucun souci à se faire.

Sur cette note humoristique la triade rit de bon cœur puis se quitte comme le veut le protocole.

Lundi 22 décembre.

Il est six heures.

Il fait encore nuit.

La neige est tombée.

Cherbourg a changé.

Le froid glacial, fixe une couche épaisse de neige verglacée sur les trottoirs.

Le blanc tapis gelé encore immaculé résiste sur les rues.

Les quelques arbres qui jalonnent la rue, sont dépouillés de leurs feuilles. Les réverbères, encore allumés, éclairent à peine les rues blanches. De sa fenêtre, David peut apercevoir la statue imposante de l'empereur sur son cheval, érigée depuis 1858. Les sirènes retentissent, dans le calme de l'aube, pour signaler le départ des chalutiers qui sortent du port et qui vont affronter les éléments naturels d'une mer dangereuse mais nourricière.

David se prépare à une dure journée.

Il doit inspecter les troupes, donner les consignes à chaque marin, faire son rapport à Moshe.

C'est l'aboutissement d'une longue année de préparation, d'adaptation et d'efforts, qu'il a fallu mettre en place avec des marins, des agents, et leurs familles déracinées qui ont dû s'adapter aux conditions climatiques, à ce difficile mode de vie, si étranger au leur. Il a fallu à la fois s'intégrer dans ce tissu social hermétique, sans concessions, et faire preuve d'une grande discrétion, pour ne pas dévoiler les raisons ultimes de leur emménagement.

Ces familles, ces hommes ont résisté.

Quelles étaient leurs motivations ?

Plusieurs réponses, mais celle qui est à retenir : sans doute la volonté de vivre.

Vivre en liberté, sans avoir cette épée de Damoclès qui les condamne parce qu'ils sont Juifs.

Ils ont choisi la Terre d'Israël, celle qui depuis 1948 accueille les juifs du monde entier, les protège, les aide à effacer les humiliations de leur exil.

Ces hommes-là tiennent leur revanche.

Ils sont volontaires, et prêts à tout.

Risquer leur vie, se sacrifier pour leur pays, parce qu'ils savent combien sont chères, la liberté, la tranquillité et la possibilité de construire un univers où chacun peut dormir sans peur et sans angoisse.

Israël, terre des ancêtres retrouvée, terre à défendre.

David connaît tous les marins israéliens, il sait combien ils sont dans l'attente de leur intervention et de leur départ.

Aucun d'eux ne l'a reconnu lorsqu'il s'est montré, ils ont tous été surpris, mais il a su les rassurer, en leur apportant la preuve de son identité, avec un brin d'humour, ironisant sur sa nouvelle apparence.

Ce fut un moment de détente bien apprécié.

Au rapport le soir chez Moshe, David le rassure, lui indique que le moral des troupes est au beau fixe.

Le ravitaillement a été effectué, la marchandise placée en lieu sûr.

Le lendemain, David termine son inspection, et comme le jour précédent, présente à son chef le bilan de son travail.

Mercredi 24 décembre.

C'est le jour « J ».

Ce soir, le réveillon de Noël.

Les chutes de neige, au rendez-vous, ont blanchi et enchaîné la ville, sous l'emprise d'un froid sibérien.

Cherbourg la Grise est devenue Cherbourg la Blanche.

Ces conditions climatiques compliquent le déroulement du travail prévu, mais David, après une nuit d'un sommeil agité, ne changeant rien sur le plan initial, doit assurer les derniers préparatifs.

Il vérifie le stationnement des véhicules, s'assure du chargement du ravitaillement, et appelle Yaacov, pour synchroniser leurs actions.

– Allo, Yaacov, tout va bien ?

– Oui, tout est en ordre.

– Je passe te voir.

Il est dix heures, la neige continue de tomber. Le froid pénétrant s'est installé.

Les chaussées glissantes exigent une plus grande vigilance dans les déplacements. David sait l'importance de ces détails et s'emploie à prendre toutes les mesures pour ce soir.

Il arrive chez Yaacov ; les deux agents se confient leur angoisse respective grandissante, essayent de se rassurer mutuellement.

– Les drapeaux et fanions norvégiens et israéliens sont dans la voiture n°4, rue de la Basilique.

– Les camionnettes de ravitaillement sont en place aussi, prêtes à démarrer.

– On est opérationnel. Je t'informe que Sylvie a appelé Isabelle pour avoir de tes nouvelles.

– Que leurs as-tu dit ?

– Tu étais en déplacement.

– J'ai très envie de revoir Sylvie.

– Elle encore d'avantage, tu devrais te manifester.

– Tu as raison, mais j'attendrai, une fois notre travail terminé, pour la contacter.

– Garde tes envies pour plus tard, concentre-toi sur ton job.

Après un repas succinct, ils doivent se rendre chez Moshe, pour leur dernier rendez-vous, et pour la mise en marche de l'opération.

Comme convenu, ils rejoignent le chef séparément.

Un coup, deux coups, un coup.

Les trois hommes, tendus, font une dernière mise au point.

Moshe est satisfait.

– J'ai eu Mordechaï, ce matin ; il voulait des nouvelles, je l'ai rassuré.

– Il nous a félicité pour le travail accompli et nous assuré une réussite pour cette nuit.

Comme d'habitude, Moshe sort trois bières, ils trinquent ensemble, en se souhaitant, de se retrouver à Tel Aviv tous les trois, et de boire comme à présent mais dans un décor différent.

Ils se séparent, en se donnant l'accolade, la gorge serrée.

Les rues sont de moins en moins fréquentées. Les conditions climatiques ne s'améliorent pas, au contraire, la neige tient… On sent, malgré tout, chez les quelques passants, un empressement à aller festoyer.

Les employés de la C.M.N. quittent le lieu par vagues successives, plus tôt que d'habitude, libèrent les chantiers, qui peu à peu plongent dans un calme dominical. Ils se précipitent pour retrouver leur famille et fêter ensemble Noël.

David, en poste, pas loin de l'entreprise, surveille le mouvement, inspecte les abords du port.

Tout est normal. Rien qui puisse gêner l'opération.

Il regarde sa montre.

Il est dix huit heures.

Il fait moins cinq degrés.

Cinq centimètres de neige.

Un froid glacial.

La ville s'endort.

Tout le monde à son poste.

David vérifie les points stratégiques.

Il croise la voiture de Moshe, ne fait aucun signe.

Plus loin, la camionnette de Yaacov.

Tout est en place, chacun, à sa fonction.

Dix neuf heures.

Les sentinelles veillent, mais seront bientôt relevées.

Heureusement, comme un signe de « Dieu », les nuages empêchent la lune d'éclairer le site. Il s'est arrêté de neiger.

Pas un chat dans les rues.

La nuit sombre plonge la ville dans un calme plus profond qu'à l'accoutumée ; le froid paralyse les rares déplacements des passants, et la relève des gardiens se fait comme prévu à dix-neuf heures trente.

Les gardiens, tout juste arrivés, s'abritent rapidement à l'intérieur pour réveillonner comme ils peuvent.

David, qui surveille les entrées, s'aperçoit de cet intermède festif et trouve ingénieux et pertinent, le choix de l'heure, la date et le jour, qui permet de détourner plus sûrement leur attention.

Vingt heures.

Go, go, go.

Le démarrage de l'opération « Noa » est lancé.

Le départ pour tous est déclenché.

David voit arriver, comme prévu, les premiers agents. Ils ouvrent le portail, s'engagent avec prudence, délicatesse et efficacité, à l'intérieur de l'établissement.

Pas de problème, aucune riposte.

Les voitures se succèdent, déposent par vague les marins qui pénètrent discrètement dans les chantiers, sans avoir de réactions des surveillants.

Vingt deux heures.

Le franchissement de l'enceinte se poursuit sans anicroches, pour le plus grand plaisir de David.

Il regarde, avec délectation, le ballet des israéliens, jubile quand ils prennent possession de la place forte qui abrite les vedettes, se réjouit de ce départ impeccablement abouti.

Maintenant, la totalité des intervenants est au sein de l'entreprise.

Prêts à l'appareillage.

Vingt trois heures.

Un calme profond pèse lourdement.

Le port de Cherbourg semble figé dans la torpeur qui règne sur la ville s'apprêtant à réveillonner.

Les marins israéliens, en uniforme norvégien, sont tous à bord des navires.

Les drapeaux norvégiens sont hissés sur les mâts.

Il fait très froid.

Le vent redouble d'intensité.

La mission se poursuit.

David, du quai, observe aux jumelles, et avec joie, cette prise de possession des bateaux.

Toujours pas de réactions.

Repliés dans leurs abris, les agents de surveillance ne s'aperçoivent de rien.

Les marins à bord, en poste, attendent le signal de départ, qui doit être donné par Moshe, qui partira en premier manœuvrant la vedette située en tête.

Mercredi 24 décembre Minuit.

La tradition est respectée. Malgré le froid, les fidèles se rendent dans les églises pour la messe de minuit. Le sacro-saint chant *Il est né le divin enfant* résonne dans toutes les églises.

Les cloches sonnent.

Jeudi 25 décembre 2 heures.

La mer gronde, très agitée. Le vent souffle fort. C'est la tempête. Un froid glacial. On ne recule pas.

Malgré ce mauvais temps, le signal est donné. Les moteurs des cinq vedettes se mettent en marche, ensemble, dans un bruit infernal, couvert par celui de la tempête.

David tremble.

Il est toujours devant le quai, avec ses jumelles et entend le grondement assourdissant des cinq moteurs. Un bruit fracassant.

Inquiet.

Aucune réaction.

David, intérieurement, retient sa joie.

Les amarres sont larguées.

David tremble.

Les premières manœuvres sont enclenchées.

La vedette de Moshe quitte le quai.

David serre les dents.

La sortie de la vedette conduite par Moshe, se passe admirablement bien.

La deuxième vedette suit.

Le vacarme effrayant des cinq moteurs, ne semble pas avoir entravé la joie de ceux qui fêtent Noël.

David n'en revient pas.

La cinquième vedette quitte le quai, sort de la darse, passe à son tour la capitainerie sans inquiétude.

La vigie n'est pas intervenue.

Mystère.

David, transi de froid, exulte.

2 heures trente.

Les cinq vedettes sont sorties, naviguent les unes derrière les autres, quittent Cherbourg, au nez et à la barbe des autorités maritimes, qui avaient la consigne de les surveiller, de les séquestrer.

David peut maintenant souffler.

Il attend quand même une heure pour s'assurer que les vedettes aient franchi la limite de surveillance, avant de crier victoire.

Jeudi 25 décembre 3 heures.

Cherbourg fête Noël.

Les vedettes prennent le large.

Au petit matin, elles sont sorties des eaux territoriales.

Les drapeaux israéliens hissés à la place des drapeaux norvégiens.

Les marins revêtent fièrement l'uniforme israélien.

Soulagement.

La navigation se poursuit.

Victoire.

Les vedettes ont quitté la France.

Elles sont en route maintenant, pour un premier ravitaillement, au large du Portugal où un cargo les attend, puis doivent passer le détroit de Gibraltar, rejoindre ensuite Haïfa, le port israélien qui les accueillera.

La victoire est immense, la joie intense.

La fierté se lit sur les visages des membres de l'équipage, et de tous ceux qui ont participé à cet exploit.

Moshe, malgré quelques larmes sur le visage, affiche le sourire d'un homme heureux. Il partage l'enthousiasme de l'équipage et leur témoigne par des gestes de sa main, le pouce en l'air, les remerciements légitimes pour leur courage et leur détermination.ne peuvent retenir leur

Les marins se congratulent entre eux. Les uns euphoriques dansant, faisant des bonds ne freinant pas leur excitation. D'autres, plus calmes, tiennent les rambardes les yeux figés vers les ténèbres comme s'ils remerciaient le guide suprême.

Resté sur le quai, David éprouve une émotion intense et savoure cette victoire.

Un immense moment de satisfaction.

Il a les larmes aux yeux.

Jeudi 4 heures.

Les vedettes sont en haute mer.

Cherbourg, après la fête, dort.

Les autorités militaires françaises n'ont pas encore pris connaissance de cette disparition ; elles n'ont pas les informations pour réagir.

En revanche, en Israël, toutes les radios diffusent la nouvelle, tous les communiqués manifestent le sentiment de fierté qui anime la population. À Haïfa, les autorités et les citoyens, prêts à les recevoir, attendent avec impatience l'entrée dans le port de ses vedettes, symbole de l'efficacité des services secrets israéliens. Cette démonstration illustrera la volonté de tout un peuple.

Jeudi 5 heures.

David doit maintenant rejoindre le reste de l'équipe restée sur place, pour ranger les véhicules, effacer toutes traces d'une présence israélienne compromettante.

Tout se passe comme prévu, dans le calme.

Les départs de Cherbourg des agents sont prévus dans la journée ; chacun établit à David, un compte-rendu de sa situation.

Yaacov, de son côté, effectue discrètement les mêmes démarches, en restant en retrait et sans communiquer.

Arrivé à l'hôtel, David, éreinté mais heureux, ne peut que s'allonger et dormir quelques instants pour récupérer.

C'est Noël.

Jeudi 25 décembre 7 heures.

Encore sous le coup des festivités, la ville somnolente, ne donne aucun signe d'étonnement. Pas de sirènes, tous les bateaux sont restés amarrés. Sous un ciel nuageux, seul le vol des mouettes poussant leurs éternels cris stridents, anime quelque peu la ville.

Les bistrots sont tous fermés. Cherbourg s'éveille lentement. Comme tous les lendemains de fête les habitants prolongent leur sommeil.

En apparence, rien n'a changé.

Il manque tout simplement cinq vedettes.

Jeudi 7 heures trente.

Quelques lumières commencent à apparaître au sein des C.M.N et selon toute vraisemblance les gardiens, qui n'ont rien remarqué, après une nuit ensommeillée et un réveil difficile, attendent la relève.

Les deux gardes, en place depuis la veille, sont remplacés par un autre duo qui a la charge de la surveillance, pour la journée.

Toujours aucun signe d'alerte, pas d'agitation perceptible.

Jeudi 8 heures trente.

Vent de panique.

Les premières voitures arrivent.

L'équipe de jour constate et signale l'absence des vedettes à leur direction.

C'est alors un ballet de voitures, qui franchissent les unes après les autres, le portail. La nouvelle de la disparition des vedettes s'est répandue comme une trainée de poudre, au vu du grand nombre de personnes qui s'active sur les quais de l'entreprise.

Tous les cols blancs sont là.

Un jour de Noël. Jour de fête. Pas pour tous.

David ouvre doucement les yeux, s'immerge aussitôt dans la réalité des évènements, allume la radio pour avoir les dernières informations.

Rien… Pas la moindre allusion au rapt des vedettes.

Il lui reste à terminer sa mission : vérifier si tous les véhicules ont été déplacés, si tous les agents ont respecté les consignes de repli et de départ.

Dehors, un froid polaire.

Les rues sont désertes, quelques rares bistrots commencent timidement à ouvrir leurs rideaux.

Cherbourg s'éveille.

David, satisfait, a achevé sa mission.

Il doit maintenant avertir l'amiral Mordechaï M… L… qui pilote l'opération.

D'une cabine, il téléphone à l'ambassade et demande le contact secret que Moshe lui avait confié.

– Ici, David, « opération Noa » terminée, le travail a été mené à son terme, on ne déplore aucun incident.

– Mazaltov, David ! Nous suivons les étapes aussi. L'amiral Mordechaï est à Cherbourg et a suivi les évènements de très près.

David est surpris. Il n'en avait pas été averti.

– Dois-je le voir ?

– Non ! À l'heure qu'il est, il a dû partir.

La présence de l'amiral n'était pas prévue, mais les israéliens ne laissant rien au hasard préfèrent, souvent et surtout, être sur le terrain des opérations.

Avec un sentiment de satisfaction, de quiétude et de fierté, David retourne à son hôtel, pour écouter les informations.

Aucune allusion, pas un mot sur le détournement.

Il peut maintenant envisager de repartir.

Vite.

Vendredi 26 Décembre.

L'affaire des vedettes disparues fait les gros titres du quotidien *La Presse de la Manche* dont le Directeur est un ami personnel de Félix Amiot, le patron des chantiers de la société des C.M.N.

L'article, signé par le journaliste Mabire, prétend que les auteurs de cette mystérieuse disparition, ont dû bénéficier de complicités internes, et que le ministre de la Défense Michel Debré, allait prendre des sanctions à l'encontre du Préfet maritime. Naturellement, la nouvelle fait grand bruit en ville, et la population de Cherbourg commence à se poser nombre de questions.

Où sont passées ces cinq bâtiments ?

C'est sur les ondes de la radio anglaise, la BBC, que les autorités découvrent qu'ils sont en mer.

Le premier ministre Jacques Chaban Delmas, aurait pu à ce moment, envoyer les avions pour intercepter la course des navires. Il ne l'a pas fait. Sûrement pour ne pas provoquer d'incident diplomatique.

Sur le plan international, la France est la risée de toutes les chancelleries. Monsieur Georges Pompidou, le Président de la République Française, élu depuis le 2 juillet ne cache pas sa colère.

Ils vont trouver, pour calmer les rumeurs et les accusations, deux boucs émissaires : le général Paul Cazelles et l'ingénieur général Louis Bonte, mis à la retraite anticipée.

Mais malgré les sanctions, pendant deux jours, la presse continue de poser des questions sur la mystérieuse disparition, mettant en cause le système de surveillance, suppose des complicités, et demande au gouvernement de désigner les véritables responsables pour prendre des sanctions.

Pendant ce temps, les vedettes, ravitaillées par cargo au large du Portugal, poursuivent leur course et s'apprêtent à franchir le détroit de Gibraltar.

David doit à présent, quitter rapidement Cherbourg et rentrer immédiatement, sur ordre de son chef, à Londres.

Il téléphone à Yaacov qui, de son côté, savoure cette victoire et attend les ordres pour la suite des dispositions.

– Allo, c'est David. Peux-tu me recevoir ?

– Bien entendu.

Un coup, deux coups, un coup. Yaacov ouvre sa porte et les deux hommes poussent un cri de joie, se jettent dans les bras l'un de l'autre.

– On a réussi, David, on a réussi !

– Oui, oui c'est formidable, Dieu soit loué ! Tout s'est bien passé pour toi ?

– Oui, comme prévu. Et pour toi ?

– Très bien également sans aucun problème.

– Tu dois partir ?

– Oui, j'ai reçu l'ordre tout à l'heure ; je dois me rendre à Londres pour ne pas éveiller les soupçons. J'aurais préféré rester un ou deux jours de plus pour revoir Isabelle et Sylvie, mais je ne peux pas.

– Ne t'inquiète pas, je vais faire le nécessaire pour les remercier, je ne manquerai pas de féliciter Sylvie pour son geste héroïque et pour sa générosité. J'ai promis aussi à Isabelle de l'aider pour ses recherches à Yad Vachem concernant ses parents ; on s'est promis de se revoir en Israël. Sylvie ne parle que de toi. Elle t'attend avec impatience.

– J'aimerai la rencontrer mais je suis obligé de quitter le sol français. Je n'ai pas le choix. Les ordres de Mordechaï sont incontournables et mon devoir est d'obéir.

– Je ne manquerai pas de lui dire ton désir de la revoir et je lui expliquerai ton impérieuse nécessité de partir le plus rapidement et j'ajouterai que tu espères la voir en Israël peut-être.

– Merci, Yaacov. Ce fut un énorme plaisir de faire équipe avec toi, je suis heureux d'avoir eu un ami comme toi. Je te donne rendez-vous à
Tel-Aviv dès ton retour.

– Pour moi aussi, David, c'était une joie de travailler avec toi ; et je te reverrai avec plaisir chez moi en Israël.

Sachant qu'ils doivent à présent se quitter, les deux hommes s'embrassent, avec un brin de tristesse, de chagrin.

Ils ont fêté Noël à leur manière.

Le père Noël est passé.

Ils ont été gâtés.

Ému, heureux du dénouement de sa mission et du résultat atteint, les cadeaux dans sa hotte, devenant Santa Claus, David quitte son ami pour se rendre le plus rapidement chez lui, à Londres.

« YE OLDE MITRE TAVERN »

Samedi 27 décembre.

La neige s'est arrêtée de tomber. Quelques traces persistent sur les trottoirs.
Il fait très froid.

David, une petite valise à la main, se dirige à pied vers la gare. Il parcourt, avec un brin de nostalgie, les rues de ce centre ville qu'il a fréquentées pendant six mois, s'arrête devant ce bistrot, où règne la même ambiance, avec les mêmes individus. La disparition des vedettes n'a pas changé leur vie.

Alain Duval prend le train pour Paris.

Pendant tout le trajet, le film de ces six mois défile. Les plus beaux moments comme les plus difficiles.

Sa mission accomplie, David savoure le succès de cette opération et réalise qu'il a échappé au pire en éliminant ses tortionnaires.

Heureux, mais avec un petit pincement au cœur. Il pense à Sylvie, à ces moments profonds d'union charnelle où la dictature des sens l'a fait chavirer et éprouver des joies intenses.

Le départ de son train pour Paris est prévu à 9 heures 18.

L'avion pour Londres décolle à 16 heures trente.

Paris offre toujours le même spectacle mais David ne peut s'y attarder.

Quitter rapidement le territoire.

Arrivé à Londres, il passe la douane sans difficulté.

Sa nouvelle identité, son nouveau passeport n'ont posé aucun problème.

Il lui suffit de quelques instants pour retrouver les réflexes anglais qu'il avait abandonnés depuis quelques mois. Il est chez lui.

Retrouve le flegme, la politesse, qu'il avait quelque peu oubliés.

Renoue avec la pluie fine et l'éternel *fog,* sous un ciel couvert qui lui rappelle un peu celui de Cherbourg.

Toujours impressionné, il est toujours séduit par les chapeaux melons, les bus rouges à double étage, les cabines téléphoniques, l'odeur des *Fish and Ship,* les pubs au décor si particulier. Il se jette dans un de ces *Black Cab,* typiques et emblématiques, traverse la Tamise, aperçoit Tower Bridge, imposante, qui le conduit pour retrouver son appartement inoccupé depuis six mois, et renouer avec son univers.

Dès son arrivée chez lui, il allume très vite son poste pour écouter les dernières informations.

La B.B.C. n'annonce rien sur l'évasion des vedettes.

Son logement à Chelsea, très confortable, va lui permettre de reprendre son identité d'hommes d'affaires et ses marques.

Débarrassé d'Alain Duval, alias Robert Garnier, redevenu David, il retrouve rapidement ses habitudes de playboy très british qu'il était, avant sa mission. Devant sa garde-robe, il a, enfin, le plaisir de choisir son costume trois pièces, sa chemise oxford, qui va si bien avec sa cravate club.

Sans attendre, il se rend au pub Ye Olde Mitre Tavern dont il est un membre éminent, reprend, comme si c'était hier, ses habitudes londoniennes. Elles lui manquaient.

Comme à l'accoutumée, salué par le personnel très accueillant, David s'assoit à la place qui lui est traditionnellement réservée, commande sa *London Pride*, cette bière très spéciale, qu'il retrouve avec grand plaisir.

L'ambiance feutrée, plus calme que celle des bistrots de Cherbourg, convient tout à fait à la personnalité de ce gentleman, qui fait maintenant partie de la *Hight Society* de Londres.

Détendu, loin du stress et des angoisses de ces derniers jours, David s'efforce d'oublier les fonctions et les responsabilités assumées lors de la mission qu'il vient de remplir.

Formidable aventure, pense-t-il.

À Londres, il est chez lui, mais il est quand même un peu à Cherbourg.

Après cette immersion dans ce pub très chic et snob, David retrouve le confort de son intérieur, l'aisance de son lit douillet.

Dimanche 28 décembre.

Les vedettes sont au large des côtes espagnoles.

Elles poursuivent leur périple, sans problème, vers un autre cargo, pour un second approvisionnement, cette fois au large de la Sicile.

La presse britannique qui n'est pas tendre avec les autorités françaises ironise beaucoup sur l'efficacité de leurs services secrets.

David se rend, comme il lui a été ordonné, au Q.G. du Mossad, à Twickenham, où il est accueilli à bras ouverts et avec des félicitations.

– Mazaltov David ! Le colonel te félicite pour ton excellent travail.

– Merci. Notre équipe a été formidable, je n'ai pu réussir que grâce à elle.

Pendant près de deux heures, David décrit en détails toutes les péripéties de la mission. Excepté les deux cadavres qu'il a laissés à Flottemanville, l'opération s'est déroulée comme prévue par les services qui ont organisé cette fantastique intervention.

Après ce compte-rendu complet, les verres se lèvent, tous chantent *David melekh israël chaï chaï vekayam* (David, roi d'Israël, vivant et existant) en l'honneur de celui qui a fait preuve de courage et de détermination.

Il quitte ses amis israéliens, fier et heureux, s'arrête dans une cabine téléphonique pour appeler ses parents.

– Oui, maman, tout va très bien ; je suis rentré. Et vous, comment allez-vous ?

– Ton père est un peu fatigué. Tu nous manques beaucoup. On espère te voir pour le réveillon de la nouvelle année.

– Je ne peux pas savoir pour l'instant si je pourrai le fêter avec vous, mais je te tiendrai au courant. Je vous embrasse, je vous donnerai de mes nouvelles.

Après chaque conversation avec sa mère, David éprouve la même profonde mélancolie. Il voudrait être plus souvent avec eux, les entourer, leur apporter l'affection qu'ils méritent, eux qui ont tout construit pour lui, eux qui deviennent, avec l'âge avancé prioritaires.

Mais pour l'heure, ce n'est pas la question qui le préoccupe. Il pense plutôt, aux vedettes, à leur position en Méditerranée. La radio, la presse n'ont plus donné la moindre information. L'évènement semble avoir été oublié…

Il pleut, il fait très froid.

David renoue peu à peu avec Londres, avec ses quartiers où il aime flâner. Les rues de Notthing Hill, habituellement très animées en cette période de *Christmas*, sont moins fréquentées que d'habitude en ce jour du Seigneur *Sunday is closed*. Les passants, sous leurs parapluies noirs, dispersés, par ci par là, pensent au *Happy new year* pour compléter leurs achats.

Il déambule sans se presser, admire, en prenant du plaisir, les maisons colorées à l'allure victorienne, qui rendent ce quartier typique, unique.

Raffiné et précieux, David a l'habitude de fréquenter les belles boutiques de ce quartier chic de la capitale, pour s'habiller ou pour dénicher l'objet de valeur qui va compléter ses collections.

Puis, il décide de changer de quartier, hèle un des rares taxis pour se faire conduire à Soho, plus vivant, plus dynamique, et l'un des endroits les plus commerçants.

Sundays is closed : ce n'est pas l'affluence des autres jours, mais il s'en contente et se plaît à marcher dans ces rues où les boutiques se succèdent, alignées et où l'on déniche, tout et n'importe quoi.

Il a besoin, à cet instant, de ce bol d'air britannique, de cet entracte pour évacuer le stress accumulé depuis de longs mois.

Il retrouve, avec un certain plaisir, la royale démocratie anglaise, qui permet, aux habitants de ces quartiers une grande liberté dans leur mode de vie, dans l'expression parfois assez singulière de leurs différences, à la limite de l'inconvenant ou du ridicule.

Rentré chez lui, l'agent retrouve ses repères, son confort, se repasse en boucle le film de son séjour à Cherbourg, son voyage à Oslo, son escapade à Paris et réalise à nouveau qu'il avait eu beaucoup de chance d'avoir pu échapper à la mort.

Cette mort qu'il avait vue de près.

Étrangement, il n'a aucun scrupule, ni remords, d'avoir descendu les agents égyptiens. Sa formation, à Beer-Sheva, s'était avérée efficace.

Le film s'arrête un long moment sur les épisodes de sa liaison avec Sylvie dont il n'était pas amoureux, mais qui lui a donné tant de plaisir.

C'est vrai qu'il a eu la baraka de tomber sur cette déesse de l'amour.

Il repense à tout ce chemin accompli depuis son ralliement au Mossad, à sa dernière mission en Égypte qui l'ont transformé.

Du fils à papa à l'homme d'action.

Un autre homme.

Mais il continue d'être l'homme d'affaires

Il a gagné, dans la capitale du Royaume Uni, la confiance des milieux de la « City » qu'il fréquente.

Il aime sa nouvelle vie.

Cette vie en deux tons.

Le ton secret, caché, celui de l'agent.

Le ton public, mondain, celui de l'argent.

Le financier poursuit la surveillance de ses actions et continue la gestion des importations et des exportations de son usine de textile.

Les informations boursières le rassurent.

David a su, sur les conseils de son père, diversifier ses placements en obéissant à la règle des trois tiers. Un, dans l'immobilier, un autre dans les actions boursières, et l'autre dans son entreprise. Le businessman sait qu'il peut dormir sur un patrimoine confortable pouvant couvrir les besoins de trois générations.

Lundi 29 décembre.

Les vedettes sont proches de l'Italie ; elles se dirigent au sud pour passer au large de la Lybie et de l'Égypte.

David, inquiet appelle le Q.G. pour avoir des nouvelles.

Tout se passe bien, lui répond-on. Nous devons attendre encore quarante huit heures.

Rassuré, bien que cette attente de deux jours, lui paraissent interminable.

Confortablement installé, dans son fauteuil acheté à prix d'or chez le célèbre antiquaire Timothy Langston, il repense encore à ces longs mois passés dans le nord de la France.

Il ne peut s'empêcher de méditer.

Pense à Sylvie.

Encore !

Une image obsédante. Il a du mal à s'en défaire. Elle revient sans cesse !

Nostalgique, il a subitement très envie de lui parler.

Comment faire ?

Il faudrait sans doute appeler Yaacov.

Il réfléchit, puis trouve grotesque cette idée d'adolescent juvénile.

Pourquoi pas, après tout.

Il ne peut appeler de chez lui, surtout en ce moment.

Cette image de Sylvie le poursuit, Descend pour téléphoner d'une cabine.

Puis se ravise, se rappelle la consigne qu'aucun appel surtout en ce moment ne doit être passé. Surtout, ne pas éveiller de soupçons.

L'opération « Arche de Noé » en priorité.

Il remonte, tourne en rond, dans son luxueux appartement, finit par se résigner à attendre. Au bout d'un moment, l'homme d'action, troublé par ces images qui lui traversent l'esprit et le poursuivent, décide de faire un tour à Trafalgar Square, pour se changer les idées, penser à tout autre chose.

Amateur d'art, il prend toujours un plaisir immense à visiter les galeries, nombreuses dans ce quartier. Client de la National Gallery, où il a déjà fait l'acquisition d'œuvres d'art, il est reçu comme d'habitude avec beaucoup d'attention, admire les tableaux, les sculptures, exposés judicieusement pour attirer l'œil des amateurs.

Un thé, lui sera servi, suivant la tradition de la maison, avec le rituel et le cérémonial britannique, conférant à cette galerie une notoriété internationale.

Le laquais, habillé pour la circonstance, met en scène, les gestes traditionnels, pour conférer au breuvage, l'importance de la dégustation.

Il introduit dans la théière une petite cuillerée de thé par tasse, une autre avec une cuillère en argent pour la théière, puis verse l'eau frémissante, jamais bouillante sur les feuilles, laisse infuser trois à cinq minutes, remue et sert avec délicatesse la synthèse liquide dans une tasse en porcelaine datant du dix-huitième siècle. David, observateur apprécie le rituel. Il présente ensuite dans une assiette fleurie un large éventail de *shorthbreads* et les fameux *Scones* comme accompagnement.

Cette ambiance, toute particulière, reconnue et appréciée par les fortunés londoniens, n'est pas pour lui déplaire. Il s'y prête très volontiers.

Après cet agréable intermède, il poursuit son évasion à travers les rues qui attirent de nombreux touristes et, selon ses habitudes, s'arrête au restaurant *Walkers of Whitehall* pour déguster le fameux *Fish and chips*, un classique incontournable de cet endroit.

Il retrouve le Londres, qu'il aime, se sent en parfaite harmonie, avec le style et le savoir-vivre, de cette société. Celle qu'il a connue, du temps de la royauté, à Maadi ville où il a grandi en Égypte.

Il lui manque, néanmoins, lui, le golfeur d'Alicia, un parcours de golf sur le green du prestigieux club où il a ses entrées, qu'il réserve pour les jours à venir.

En attendant, il va prendre l'air à Hyde Park, ce prestigieux jardin à proximité de Buckingham Palace, où un léger rayon de soleil lui permet une salutaire balade.

Il marche.

Les nombreux citadins viennent profiter de cet espace de verdure et de végétation particulièrement bien entretenu. Des couples se tiennent par la main, les enfants sautent, courent ou font du vélo, des sportifs s'entraînent au cricket, d'autres encore, sont assis sur la pelouse autour d'un pique-nique soigneusement préparé.

La très *british society*, aux habitudes traditionnelles vit à ce rythme en apparence flegmatique et plaît à cet oriental.

BOUCLES D'OREILLES VERTES
HAPPY NEW YEAR

Mardi 30 décembre

Reposé, ressourcé, après cette salutaire balade, David retrouve son intérieur, d'un confort étudié dans les moindres détails, lui procurant ce

bien-être indispensable pour alléger les angoisses, les inquiétudes qu'il éprouve par moment.

Surtout aujourd'hui.

Il a hâte de connaître le dénouement du périple des vedettes actuellement en mer, au large des côtes chypriotes.

Il écoute les informations sur les ondes de la BBC, mais rien n'est dit sur l'affaire du rapt israélien.

Par contre, il prête une oreille attentive, lorsque la mélodie chantée par les Pink Floyd, extraite de leur nouvel album *The Early Da* passe à l'antenne. Il savoure cet instant d'évasion, provoquant cette délicieuse vibration des sens.

Depuis sa création, ce groupe qui enchante la jeune génération a conquis David. Il a ajouté à sa discothèque, cette musique qu'il écoute, souvent allongé sur son sofa, lors de ses moments de pause.

La mélodie retient son attention.

Il se dirige aussitôt vers son piano, un magnifique demi-queue Steinway pour rejouer les notes du morceau.

« À seize ans, à Maadi, il réunissait ses amis musiciens, pour former le quatuor de jazz The four happy men et se régalait à interpréter les grands classiques d'Art Tatum, Duke Ellington, Oscar Peterson, Louis Armstrong et tous les morceaux de blues des années 30.

Il se rappelle ces moments de pur plaisir.

Lui, au piano, Rony, son meilleur ami, à la contrebasse, Albert, son voisin, à la batterie, et André à la trompette, se prenant tous les quatre, très au sérieux mais ne se privant pas aussi de plaisanter. »

Ces bons moments resurgissent de temps à autre, notamment, quand il se met à composer à son piano des mélodies inspirées de sa jeunesse.

Nostalgique, peu concentré, David ne peut poursuivre son échappée musicale.

Son esprit vagabonde, rattrapé par l'image des bateaux israéliens, naviguant vers Israël.

Il les voit.

Il les imagine transperçant les flots de la Méditerranée rugissante, engageant un corps à corps contre ses lames de plusieurs mètres.

Il les voit.

Ils se suivent, en file indienne, celui de Moshe traçant la route en tête.

Il ne peut accepter d'être absent à leur arrivée.

Il se ressaisit.

Il lui est indispensable de savoir.

Maintenant, où se trouvent-ils ?

Les questions trottent dans sa tête.

Impatient, il bouge sans arrêt.

Il ne peut rester sans nouvelles.

Il appelle le Q.G.

– Allo, Joseph, as-tu des nouvelles des vedettes ?

– Tout se passe bien, David. Ne t'en fais pas !

– Merci, tiens-moi au courant, je t'en prie.

Rassuré, il souffle un bon coup.

Il flâne, met du temps à se préparer, traîne.

Cela ne lui ressemble pas.

Soudainement, il décide de se changer les idées.

Il enfile sa tenue de sport en tweed, met sa casquette, ses gants, ses lunettes, sort sa Triumph du garage et s'en va faire un tour à travers la campagne londonienne.

Il aborde d'abord le Hampstead Heath Park, avec sa faune et sa flore très abondante, puis continue vers Hyde Parc, pour terminer vers celui qu'il préfère, le Bushy Park sur la rive nord de la Tamise.

Ces magnifiques parcs entourés de lacs, rivalisent tous, dans les espèces de végétaux que les jardiniers soignent, entretiennent avec délicatesse et amour.

Les Londoniens aiment se rencontrer dans ces parcs très prisés pour des pique-niques, ou bien pour le tea-time et aussi pour pratiquer du sport en famille.

Il fait froid.

Fort heureusement, et fait rarissime, il ne pleut pas.

David, en conduisant, aime sentir ce vent venir lui caresser le visage et conclut cet instant de balade, avec une certaine délectation, comme un privilège accordé aux nantis.

La nature, aux abords de la ville, exubérante, particulièrement verte entraîne le promeneur à s'y engager.

Épris de ce moment de liberté, il s'éloigne de plus en plus de la capitale pour découvrir la campagne anglaise apaisante.

Il prend des routes secondaires, traverse les villages traditionnels des Cotswolds, en direction d'Oxford, ville où la prestigieuse université qu'il a fréquentée durant ses études, l'a récompensé.

Cette escapade bucolique, lui permet de retrouver son calme, d'oublier, quelques instants, le périple des bateaux qui naviguent entre Chypre et Israël.

Il s'arrête pour acheter le quotidien *The Times*.

Arrivé chez lui, il se sent apaisé.

Il savoure les bienfaits de cet intermède, se plonge dans son journal.

Rien sur les vedettes.

La Bourse toujours en hausse.

Pas d'inquiétude sur ces deux plans.

Il lui manque cependant quelque chose.

Parler.

Parler à quelqu'un ?

Qui ?

S'éloigner de ses inquiétudes, loin des affaires.

Il réfléchit un instant, compulse son carnet de téléphone.

Il hésite, puis compose le numéro de Patrick, son partenaire de golf avec qui il joue régulièrement.

C'est avec plaisir, qu'il s'entretient un moment avec son ami, inquiet de son absence, et reprend rendez-vous, pour une prochaine partie au prestigieux Royal Blackheath Golf Club, ou il aura l'occasion de se distinguer par son swing réputé et admiré par tous les membres du club.

Il remet la radio, qui diffuse à ce moment un morceau des Beatles, ce groupe qui a décidé de ne plus se produire ensemble, et prête une oreille attentive, lorsque le speaker annonce qu'ils ont chanté tous les quatre sur le toit de leur studio, au 3, rue Savile Row, pour le tournage du film

Let it Be. L'exhibition fut interrompue par la police sur des plaintes pour bruits. C'était leur dernier concert.

David râle un peu, parce qu'il aurait aimé assister à cette prestation de ce groupe au succès international, qui s'est produite juste à côté de chez lui.

Pensif, il tourne en rond.

Parler.

Il reprend son téléphone, appelle Myriam, qui se trouve en mission à Moscou.

Pas de réponse. Il renouvelle à trois reprises ses appels sans succès.

19 heures.

Il se lève, agacé, fait quelques pas, traverse son salon, entre dans sa cuisine de style américain, pour l'incontournable moment : la préparation de son cocktail de jus de tomates accompagné de sel de céleri et d'un zeste de citron.

Assis, confortablement dans son sofa, face à la télévision, David, sirotant son apéritif, est impatient de voir si les informations concernant les vedettes sont évoquées.

Rien.

Pas un mot.

Tant mieux ! pense-t-il.

Soucieux, épuisé il décide d'aller se coucher.

Mercredi 31 décembre.

Londres se prépare pour le réveillon.

Les rues de la City sont bondées de monde. Les magasins regorgent d'acheteurs. La ville, illuminée, qui vit à l'heure des festivités scintille de toute part et attend les douze coups de minuit de Big Ben qui retentissent depuis 1859.

David inquiet attend surtout de savoir où en sont « ses » vedettes. Il ne tient plus en place et appelle le Q.G. qui l'informe qu'elles sont sur le point d'arriver à Haïfa, le port, au nord d'Israël, base navale de Tsahal.

Cette ville, perchée sur les hauteurs du Mont Carmel, est une des villes les plus pittoresques du Moyen Orient et le port le plus important d'Israël.

À dix-sept heures, du Mont Carmel on aperçoit les cinq vedettes battant pavillon israélien, au large, entrant ensemble au port.

Par une mer calme, sous un ciel bleu, comme si la commande faite aux divinités la veille était au rendez-vous, les bâtiments, aux mâts desquels sont hissés les drapeaux d'Israël, naviguent fièrement et triomphalement vers Haïfa.

L'une après l'autre, les vedettes se rapprochent tranquillement sous escorte, puis par des manœuvres sûres et habiles, accostent le long des quais, bondés de marins prêts pour l'amarrage. Sous le tintamarre des sirènes, et les clameurs de la foule venue nombreuse pour les recevoir, les israéliens hurlent leur joie sans discontinuer ; une liesse exubérante accueille la flottille évadée, désormais en sureté.

Elles sont enfin là.

En Israël, à Haïfa.

Elles sont belles.

Les autorités israéliennes sont présentes, pour les accueillir : Le premier ministre Madame Golda Meir, surnommée la Dame de fer, le ministre de la Défense Moshe Dayan, un des généraux, artisan de la victoire de la Guerre des Six Jours, et tous les officiers de la marine israélienne.

Les drapeaux israéliens, bleu et blanc, affichant l'étoile de David, flottent tout le long des quais, au gré du vent marin, qui souffle par rafale.

La marine nationale, organisée pour un accueil d'exception, a délégué ses officiers et ses représentants qui, au garde à vous, dans des uniformes impeccables, sont alignés le long des embarcadères, prêts à former une haie d'honneur à la descente des hommes d'équipage, sûrement marqués par ce périple maritime.

Le cortège silencieux des officiels, protégés par une garde disciplinée et respectueuse, attend sur l'estrade l'arrivée des vaillants matelots.

La musique de la fanfare qui accompagne l'accostage est en partie couverte par des cris de jubilation acclamant les premiers marins, affichant de grands sourires réjouis, qui débarquent sur le sol israélien, accueillis chaleureusement par la foule en délire.

Moshe, commandant de la flottille, les larmes aux yeux, lorsqu'il reçoit l'accolade du premier ministre et celle du général Dayan, a le visage marqué par la fatigue, mais sous ses traits tirés, le sentiment de fierté et sa grande émotion, traduisent un bonheur indéfinissable.

Les vedettes, censées faire de la recherche pétrolière, en mer du Nord, vont devenir, enfin, ces canonnières lance-missiles, destinés à la défense d'Israël.

Le drapeau hissé, l'hymne national, la *Hatikva*, met tout le monde au garde à vous. L'exaltation est grande et sur les visages des militaires, saluant fièrement, se lit une profonde émotion mêlée à une joie intense.

La presse, la télévision et toutes les radios du monde, exceptées celles de la France, sont présentes pour relayer cet évènement qui a secoué les chancelleries internationales.

Les remous politiques en France vont bon train, et pour garder la face, le gouvernement a prié tous les ressortissants israéliens qui travaillent dans les chantiers de la société des C.M.N ainsi que l'amiral Mordechaï L…, de quitter le territoire.

Installé dans son fauteuil, David suit à la télévision, avec attention et joie, les évènements retransmis aux actualités. Il savoure, avec le regret de ne pas être présent, cet instant de victoire et laisse couler une larme.

Le téléphone retentit.

– Allo, David…, c'est Myriam…, je voulais te féliciter… pour tout ce que tu as fait… J'espère que tu vas bien… et que tu es heureux…

– Merci, Myriam, merci, ça me fait plaisir de t'entendre.

– Ça fait longtemps que tu ne m'as pas appelée, mais je ne t'en veux pas, j'aurais pu le faire moi aussi.

– J'espère que tu vas bien, tu m'as beaucoup manqué. Je souhaite te voir au plus tôt.

– Je suis à Moscou, pour nos affaires que tu connais. Je ne rentre que dans deux mois mais tu peux venir me rendre visite. Tu m'as beaucoup manqué aussi. Il faut rattraper le temps perdu, tu ne crois pas ?

– Oui, c'est sûr ; j'essaie de venir à Moscou.

– O.k. en attendant, je t'embrasse, et encore « *Mazaltov* ».

– Moi aussi je t'embrasse.

C'est vrai que leurs occupations militaires respectives, l'éloignement permanent, restent une entrave à la vie de couple.

Elle, comme lui, le savent et l'ont choisi.

Les sentiments s'étiolent peu à peu, et l'engagement dans les services secrets n'arrange pas les choses.

Et puis, il le sait, il n'a jamais pu s'attacher réellement à une de ses conquêtes sans connaître les véritables explications.

Est-ce son éducation, est-ce sa mère, est-ce la peur, où tout simplement le fait de n'avoir pas rencontré la femme qui a ce « je ne sais quoi » de plus, ou bien, la rancœur, d'avoir été trahi, par celle qu'il aimait vraiment ?

David s'interroge.

Le téléphone sonne, s'arrête, puis sonne et s'arrête : le signal que David attend de Yaacov.

Il descend et rejoint une cabine téléphonique.

– Allo, Yaacov, c'est David. Tu as vu ces images à la télé ? Golda et Moshe ensemble, pour accueillir « nos » vedettes, nos marins ; ça parait incroyable !

– Oui, David, c'est magnifique. J'aurais aimé être là avec eux.

– Tu as raison, mais nous sommes tout de même représentés par Moshe qui a eu l'accolade de tous les officiels.

– C'est vrai, David, mais il me tarde de repartir.

– Israël te manque ?

– Oui, je ne te cache pas que j'en ai un peu marre de Cherbourg ; cela fait plus de six mois, que je n'ai pas revu Odette, Tel Aviv, mes copains de Dizengoff.

– Je te comprends Yaacov… Moi aussi, j'aurais aimé être à Haïfa pour passer le réveillon et célébrer notre victoire.

– On se donne rendez-vous pour une virée à Haïfa dans quelques temps si tu veux ?

– Volontiers Yaacov, une fois que tout est rentré dans l'ordre. As-tu des nouvelles d'Isabelle et de Sylvie.

– Oui, j'ai appelé Isabelle, qui est au courant de l'arrivée des vedettes et qui m'a demandé de tes nouvelles.

– Et Sylvie ?

– Isabelle m'a dit qu'elle est très dépressive, qu'elle espère une seule chose, te revoir.

– Je vais l'appeler. Pourrais-tu demander à Isabelle à quel numéro de cabine je peux la joindre et à quel moment ?

– Je vais tâcher de me renseigner, je te rappelle comme d'habitude.

– Merci, Yaacov. Vas-tu réveillonner ce soir ?

– Oh non, je suis tout seul, et toi ?

– Moi aussi, je suis seul mais je vais trouver un endroit pour festoyer ce qui me changera les idées.

– Bon réveillon, je t'embrasse.

– Merci, Yaacov, je t'embrasse.

David est maintenant seul.

Ses amis ne l'ont plus vu depuis six mois.

La vie des agents secrets en service n'est pas toujours rose malgré les apparences ; cet engagement a des revers qui perturbent souvent le cours des choses.

David décide de faire quelques pas près de chez lui.

Chelsea, quartier huppé de Londres, abrite le musée d'Histoire Naturelle et des boutiques de luxe, très appréciées pour faire du shopping, surtout en ces périodes de fêtes.

Il marche mais ses pensées sont à Haïfa. Il imagine l'effervescence qui doit régner et à ce réveillon que vont fêter les marins victorieux.

Il aurait tant aimé passer cette fête avec eux, admirer du Mont Carmel la baie de Haïfa, celle qu'on décrit comme l'une des plus belles au monde.

Mais il est seul.

Il le supporte mal.

Parler, parler à quelqu'un.

Téléphoner à ses parents ?

Non, demain, pour leur souhaiter la bonne année.

David, fait le tour de ses amis et amies, mais trop tard, il craint s'il les appelle, de passer pour un *looser* en manque d'affection.

Il est presque vingt heures. Les magasins ferment les uns après les autres, les passants se pressent pour rentrer réveillonner. Les restaurants, les théâtres ,les pubs sont prêts à accueillir les clients pour fêter la soirée du *Happy new year*.

Il est seul.

L'homme d'action, qui a voué à sa nouvelle vie une totale implication, bravant les dangers, ne peut se résoudre à une attitude passive d'homme esseulé.

Un brin nostalgique, il ne peut se résigner à passer cette soirée, sans festoyer. Seul, non.

Une soudaine fantaisie le conduit à changer de quartier et à passer la soirée dans le très vieux pub, le The old coffee House, lieu emblématique de Soho, qualifié de « jeune », qu'il connaît de réputation.

L'ambiance attendue est conforme à celle des jours de réjouissance à Londres.

L'extravagance vestimentaire est de mise.

Soirée d'exception, repas de fête traditionnel, avec dinde farcie aux marrons, accompagnée de pommes de terre rissolées à la sauce aux airelles.

Le décor est juste modifié pour donner à l'espace un air festif.

Les guirlandes, de part et d'autre de la salle, les ballons multicolores accrochés au plafond, rendant le lieu lumineux et étonnant, fascinent et éblouissent les clients qui ont réservé leur place pour une folle nuit blanche.

Les tables, tradition oblige, ont toutes un vase fleuri, muni d'une branche de houx de Noël, et la musique à tue-tête n'est pas pour déplaire aux jeunes, qui trouvent à cette forme d'expression, un comportement dérivatif, comme un exutoire, auquel ils adhèrent avec bonheur.

On est là pour s'amuser, oublier, profiter de cette soirée, pour boire plus que d'habitude, communiquer sans se connaître et, pourquoi pas, pour des célibataires, au cœur libre, trouver l'âme sœur.

Le monde arrive, la salle se remplit, David se faufile, pour essayer de s'installer dans un coin retiré, d'où il aura la possibilité d'observer, sans pour autant, participer.

Il est tout seul au fond du pub.

Il observe.

Les verres se remplissent à une cadence soutenue ; les repas servis, au fur et à mesure, sur les tables, sont commentés, avec des louanges et des félicitations, qui s'ajoutent aux rires de l' ambiance réjouissante.

Des groupes commencent à fredonner timidement les chants traditionnels qui prennent peu à peu l'ampleur réunissant toute la salle, dans un hymne général. Les esprits se délient, la fête s'intensifie.

La symbiose magique des agapes, de la bonne humeur, et de la boisson s'opère.

Cinq, quatre, trois, deux, un, les douze coups de minuit de Big-Ben, retentissent et sonnent le début de l'année.

Tout le monde dans un cri de joie souhaite un *Happy New Year*. On s'embrasse, s'enlace, les cotillons fusent de toutes parts, les langues de belle mère surgissent, la gaieté, la joie se répandent sur les visages.

Tous en chœur entament le *Good Save The Queen*.

Mais c'est la *Hatikva* que David entend.

David, dans cette ambiance de joie et d'allégresse, est seul.

Un sentiment étrange l'envahit. Il voit « ses » vedettes.

Comme un mirage elles apparaissent puis s'éclipsent dans ce lieu festif englouti par cette marée humaine qui remue, danse et se noie dans une mer calme et accueillante.

L'image s'évanouit.

Il reprend ses esprits, revient à la réalité. Il est seul.

Il aurait tant voulu fêter ce début d'année, en Israël à Haïfa, en compagnie de ses amis marins, avec Moshe, Yaacov, Réouven, Samuel.

Mais non. Il est isolé, dans ce pub, à Soho, entouré de gens qui festoient et dont il ne connaît rien.

Tel est son sort.

A-t-il réellement fait le bon choix ?

Il pense toujours à « ses » vedettes.

Fier tout de même d'avoir accompli, avec succès, l'« Opération Noa » pour laquelle il avait été choisi.

Il va, à présent, rentrer seul chez lui, essayer de tourner la page, en attendant du Mossad, les instructions pour son prochain ordre de mission.

Seul ?

Pas sûr.

Dans le groupe de jeunes fêtards, qui chahutent, qui dansent, qui expriment leur joie, une charmante jeune femme, la trentaine, accoutrée d'une tenue singulière et excentrique, un verre à la main, s'avance vers David, qu'elle aborde sans complexes :

– *Happy new year, bad boy, will you drink with me* ? (Bonne année, mauvais garçon, boiriez vous un verre avec moi ?)

– *Why not, with pleasure, of course*. (Pourquoi pas. Avec plaisir, bien sûr)

La jeune femme aux cheveux rouges, coiffée à la mode « Beatnik », de grandes boucles d'oreilles vertes, une robe bleue inclassable, s'assoit, engage une conversation peu conventionnelle pour un jour comme les autres, mais sympathique et admise pour un soir de fête, comme cette nuit de la Saint Sylvestre.

David, en gentleman, accepte, amusé, la singulière entrée en piste de cette originale représentante de la gente féminine qui l'a, à vrai dire, déconcerté.

Mais, son goût pour la conversation, son inaltérable instinct de curiosité, son indéfectible appétence de séducteur et son désir de découverte, entraînent rapidement l'homme esseulé dans une nouvelle aventure destinée, peut-être, à de nombreux imprévus, à des sensations, qu'il est impatient de vivre. Il souhaite, au fond, ajouter à son tableau de chasse, cette étrange et surprenante jeune femme. Celle qui deviendra pour sa future mission, hypothétiquement, la prochaine *Sayan* remplaçant Sylvie, la féline blanche, ou encore, la panthère noire.

L'« Opération Noa » est réglée.

Affaire classée.

Deux jours après, à Marseille, auprès de ses parents, David, fier et satisfait redevient le prince.

En attendant sa prochaine mission.

Le mistral souffle, la ville sous un soleil éclatant, entourée par la mer et protégée par les montagnes, offre toujours le même spectacle radieux.

Il quitte sa Porsche, se présente à dix-neuf heures, comme à son habitude, au London Club, sur la Corniche, accompagné de Mary, la jeune femme aux cheveux rouges, aux boucles d'oreilles vertes.

Au piano, Bob, joue *Misty*.

– Comme d'habitude, Monsieur le prince ?

Table des matières

REMERCIEMENTS

Je remercie mes amies Isabelle, Marilyne, Régine qui m'ont apporté leur aide si précieuse pour l'élaboration de l'ouvrage.

Je veux exprimer toute ma reconnaissance à mon jeune frère Fernand qui m'a harcelé sans ménagements mais avec beaucoup de patience, pour suivre Nicolas Boileau à remettre mille fois sur le métier mon ouvrage et qui m'a permis pendant ce temps de surmonter des périodes douloureuses.

www.ingramcontent.com/pod-product-compliance
Lightning Source LLC
Chambersburg PA
CBHW071614150726
48000CB00004B/1719